# 波斯人信札
## LETTRES PERSANES

[法]孟德斯鸠 著　罗国林 译

陕西师范大学出版总社

图书代号：WX22N0222

**图书在版编目（CIP）数据**

波斯人信札 /（法）孟德斯鸠著；罗国林译 . —西安：陕西师范大学出版总社有限公司，2022.5

ISBN 978-7-5695-2738-4

I.①波…　II.①孟…　②罗…　III.①书信体小说－法国－近代　IV.① I565.44

中国版本图书馆 CIP 数据核字（2021）第 262388 号

# 波斯人信札
BOSIREN XINZHA

［法］孟德斯鸠　著　罗国林　译

| | |
|---|---|
| 出 版 人 | 刘东风 |
| 责任编辑 | 高　歌 |
| 特约编辑 | 王亚松 |
| 责任校对 | 王西莹 |
| 封面设计 | 赵银翠 |
| 出版发行 | 陕西师范大学出版总社 |
| | （西安市长安南路 199 号　邮编 710062） |
| 网　　址 | http://www.snupg.com |
| 印　　刷 | 北京雁林吉兆印刷有限公司 |
| 开　　本 | 787mm×1092mm　1/16 |
| 印　　张 | 15 |
| 字　　数 | 246 千 |
| 版　　次 | 2022 年 5 月第 1 版 |
| 印　　次 | 2022 年 5 月第 1 次印刷 |
| 书　　号 | ISBN 978-7-5695-2738-4 |
| 定　　价 | 69.00 元 |

# 译 者 序

　　"孟德斯鸠"这个名字，是与卢梭、伏尔泰、狄德罗等人的名字紧密联系在一起的。他们都是 18 世纪法国启蒙运动的先驱者和奠基人，他们的活动和著作为 1789 年的法国资产阶级大革命做了舆论准备。

　　孟德斯鸠，原名夏尔·德·塞孔达，1689 年出生于波尔多城附近一个贵族家庭。由于不是长子，他不能继承父亲的产业和爵位，但在 1716 年他继承了伯父的家业和"孟德斯鸠"男爵的封号。青少年时代的孟德斯鸠是在教会学校读的书。当时的学校全是教会办的，虽然他对学校讲授的那老一套的教材不感兴趣，却被吹进校园的进步思想之风所吸引。1708 到 1714 年间，他在家庭的影响下专门研究法律，二十五岁时被录用为波尔多法院参事。两年后，担任法院副院长的伯父去世，他便承袭了副院长的职位。不过他对诉讼事务兴趣不大，而对历史、法律，尤其是自然科学的研究兴趣浓厚。于是他卖掉了法院副院长的职位，而成了波尔多科学院院士。他是一个勤学深思的人，深受进步思想的影响，所以他在直接参与当时的革新运动的同时，致力于著书立说，写过多篇科学论文，尤其是 1721 年发表的哲理小说《波斯人信札》使他一举成名。1728 年，他被遴选为法兰西语文学院院士。之后，他离开波尔多，到欧洲各国游历，考察风俗民情、政治、经济、法律、政体，为后来创作伟大的巨著《论法的精神》（严复译作《法意》）收集了丰富的第一手资料。

孟德斯鸠平生大部分精力都花在著书立说方面。他的代表作是《波斯人信札》和《论法的精神》。在写作《论法的精神》的过程中，他出版了另一本重要著作，即《罗马盛衰原因论》。这本书他最初是想作为一篇历史附录，收在《论法的精神》里的。

《罗马盛衰原因论》发表于 1734 年。它概括了罗马帝国的全部历史，但该书并不是纯粹的历史著作，而更大意义上是一部理论著作。孟德斯鸠并不做历史事实方面的叙述，他感兴趣的不是一桩桩历史事件，而是对它们的认识和看法，不是历史本身，而是观察由历史引出的哲理。这本书具有辩论的性质，是直接针对当时很有影响的波舒哀的观点的。波舒哀在《世界历史论》一书中认为，历史事件的演变和历史的进程，是由神的意志决定的。孟德斯鸠驳斥和批判了这种观点，把对历史的阐述和分析置于科学的基础之上。他认为，罗马帝国强盛的原因，在于它的人民对自由和祖国的热爱，在于使它的人民经常意识到大敌当前的军事训练，在于他们对祖国繁荣昌盛的共同关心，在于他们改正错误吸取教训的能力，以及他们在逆境中坚韧不拔、英勇顽强的精神，等等。相反，罗马帝国衰亡的主要原因，则主要在于执政者的腐败和过度向外扩张的穷兵黩武行为，以及世风的败坏。较之于波舒哀，孟德斯鸠的历史观无疑是一个很大的进步。不仅如此，他在论述罗马帝国的历史时，还着意联系法国的现实加以对照和议论。例如在述及罗马帝国的财政危机、苛捐杂税和行政机关的贪污腐败时，孟德斯鸠注意到法国正发生着同样的现象。他根据罗马帝国的历史经验教训，批判法国专制政体的不合理，提出改良这个体制的基本原则。这本书对法国社会的思想变革，起了革命性的启蒙和推动作用。

孟德斯鸠最重要的著作《论法的精神》于 1748 年问世。这是孟德斯鸠穷其毕生精力完成的一部杰作。他在决定写这部著作而未动手之前，游历了欧洲各国，实地考察了意大利、匈牙利、德国和英国的风俗民情，以及其制度和立法。尤其是他在英国逗留一年半之久（1729 年 10 月—1731 年 4 月），深入考察了英国的国家制度和立法，旁听了议院会议，研究了英国宪法，收获很大。这次游历为他写作《论法的精神》提供了大量生动活泼的第一手材料。《论法的精神》是一部内容极为广泛的巨著，它包含了孟德斯鸠在历史、哲学、社会、政治、经济和宗教诸方面的知识和观点。这是一部人类法律的"自然史"，阐述了人类法律产生的前提，探讨了国家政治自由的条件及其保障。作者认为，政治自由的必要条件和最好保障，是实行立法、司法和行政三权分立。行政权应由君王掌管，因为它要求行动果断、迅速，最宜于让一个人独揽、执行；立法权原则上应属于全体人民，但实际做起来行不通，故由人民把自己的权利委托给他们选出来的代表，即议会（院）行使立法权；司法权则专由司法机关施行，政府不得干预。这个著名的三权分立的理论，成为许多国家资产阶级宪政的基础。《论法的精神》为后来的资产阶级大革命做了广泛的舆论准备和理论准备。在这部作品里，孟德斯鸠激烈批评了专制政体，痛斥了对宗教的盲从和迷信，为人权、民众自由、人文主义和信仰自由进行了强有力的辩护，并且影射和抨击了法国社会的现实，指出了社会变革的必要性及其途径。正因为这样，这本书问世后，在社会上引起了强烈的关注和震动。该书出版后的 1748 至 1750 两年间就重印了二十二次，并很快被译成欧洲各国文字。它引起了广大读者和人民对整个腐朽的旧世界的强烈痛恨，因而被教皇列入的"禁书目录"。

前面先介绍了《罗马帝国盛衰溯源》和《论法的精神》两部著作。但实际上，《波斯人信札》是这两部作品尤其是《论法的精神》的准备。《波斯人信札》问世于 1721 年，大约从 1709 至 1720 年花了十年时间酝酿和写作。全书由一百六十余封书信所组成，主要是两个波斯人郁斯贝克和黎加在游历欧洲，特别是游历法国期间，与波斯国内人的通信，以及两个人不在一起时相互间的通信，还有他们与少数侨居国外的波斯人和外交官的通信。书信体小说在 18 世纪的法国十分盛行。这本书可以说是一部游记与政论相结合的小说，也可以说是一部哲理小说，它为 18 世纪法国文学所特有的哲理小说体裁奠定了基础。

波斯贵族郁斯贝克因不满宫廷的黑暗政治和腐败之风，受到排斥打击，遂奏准国王，带了青年黎加，离乡去国，游历西方诸国，最后辗转到了巴黎。他们虽然一路上考察各国风俗民情、政治经济、政体法律、人文宗教，但实际上是过着流亡生活。当时在波斯，宗教和法律都允许一夫多妻制，不但国王的后宫里嫔妃如云，一般贵族也都妻妾婢女成群。郁斯贝克去国之时，在伊斯法罕的法特梅内院留下了一大群妻妾，由忠于他的阉奴严加看管。起初，他与妻妾们还频传书信，互诉离情别恨、相思盼归之情。然而，既是流亡，他有国难返，年复一年，归期渺茫，久而久之，法特梅内院渐生变故，妻妾们多有越轨行为。郁斯贝克得到阉奴总管的报告后，勃然大怒，命令残酷镇压，激起内院女人们的仇恨和反抗。其中以罗莎娜的反抗最为坚决、惨烈。她下药毒死了众阉奴，随后服毒自杀。她在寄给郁斯贝克的绝命书中写道："不错，我欺骗了你。我勾引了你的阉奴，嘲笑了你的妒忌，把你这可怕的内院变成了寻欢作乐的场所。""你自己在为所欲为之时却扼杀我的全部欲望？你想错了，我是生活在奴役之中，但我始终是自由的。我按照自然的法则改造你的法律，我的思想一直保持着独立。"真是痛快淋漓，堪称被压迫妇女的一篇反抗宣言。而罗莎娜们所痛恨的那些阉奴，虽然充当了贵族老爷郁斯贝克的爪牙，但他们个个也都身世凄惨，身心受到惨无人道的摧残，作品的字里行间，也渗透着对他们的同情。《波斯人信札》中的内院故事，应该说具有积极的思想意义，它表现了作者反对封建专制，维护人权，主张妇女自由、男女平等的进步思想。

仅就内院故事而言，《波斯人信札》就算得上一部不错的作品。然而，贯穿于全书的内院故事，绝不是整部作品的重心。《波斯人信札》的重心，是有关西方，尤其是有关法国的内容。孟德斯鸠借具有民主进步思想的郁斯贝克的观察和议论，发表自己对社会、政治、政体、法律、宗教等基本问题的观点和政见。内院故事其实只是他的这些观点和政见免遭查禁的掩护。

《波斯人信札》首先无情地揭露了法国头号封建主——太阳王路易十四残暴的专制统治。路易十四残暴无道，刚愎自用，致使奸臣当道，朝政腐败，对内苛捐猛政，对外连年征战，使得国力衰竭，民不聊生，怨声载道。暴君谢世后，继位的路易十五年幼，由奥尔良公爵摄政。《波斯人信札》还反映了当时法国人民

4

对新政的期待——"温和的王政"也许可以实现了。但此时国势已颓，积重难返，尤其财政制度，千疮百孔，摄政王病急乱投医，请苏格兰人约翰·劳出任财政大臣，而他饮鸩止渴，滥发纸币，使全国经济濒于破产。这就是"劳氏制度"造成的灾难。孟德斯鸠在书中对之大加抨击。

其次，作者在《波斯人信札》中批评时政的同时还提出了自己的一些政治主张，例如反对专制和苛政，指出比较温和的治理方式，反而能使百姓更好地遵守法律；荣誉与自由不可分离，人民只有在政治上获得自由，才会重视荣誉。

书中还以相当长的篇幅，集中讨论了地球上居民日趋减少的原因。作者认为，君主专制和天主教干政，不利于人口的繁殖；共和政体和新教的政策才有利于人口的繁衍。他反对奴隶制度和殖民主义政策，认为这是世界上人口减少的根本原因。书中还划分了正义战争和非正义战争的界线，认为君主为满足私欲或扩张领土而发动的侵略战争，以及殖民主义战争，都无正义可言；主张各国都应致力于改善人民的福祉，致力于和平建设，只有这样，才能有效防止战争的发生。

作品还触及了种种社会问题，揭露社会黑暗和污浊，以讽刺的笔调描写了巴黎上流社会各种人物的嘴脸、权贵们的骄横和私欲、政治圈子里的裙带关系，深刻揭露了妇女所受的统治和压迫，认为如果男女平等，受同样的教育，妇女会与男人一样能干，甚至胜过男人。

在宗教方面，《波斯人信札》抨击天主教，大胆怀疑基督教的基本教义，甚至认为上帝的预见性是有限度的，上帝不可能没有缺陷，反对地狱之说，断定天堂不可能存在，嘲笑放荡、贪婪、虚伪的僧侣；希望进行宗教改革，批判不同宗教和不同教派的相互倾轧和由此所造成的战乱，主张不同宗教信仰或同一宗教的不同派别相互宽容，和睦相处，这样在同一个国家同时存在数种宗教不仅无害，反而有益。《波斯人信札》中关于宗教的议论和见解，反映了资产阶级革命酝酿时期人民思想状态的一个重要方面。从中我们可以看出，在当时的法国社会，宗教统治和宗教信仰开始动摇，而这也恰恰标志着封建统治的基础已经动摇。

《波斯人信札》的意义和价值，当然首先在于它丰富而严肃的思想内容。它反映了法国大变革前夕以及资产阶级革命酝酿时期，人们的思想状况及其变化，为后来资产阶级大革命的爆发做了舆论准备，也为孟德斯鸠后来写作《论法的精神》打下了初步基础。它所提出的不少思想和见解，在《论法的精神》里得到进一步的阐述、修正、发展和系统化。同时，它是一部优秀的文学作品，是一部风格清丽隽永的散文名作。在法国文学宝库中，《波斯人信札》至今仍是一部非但没有被人遗忘，而且颇有影响的杰作。

罗国林

# 《波斯人信札》序言

我在这里既不想为这本书写献词，也不想为这本书请求保护。书好，人家自然会读；书不好，人家读不读，我就无所谓了。

我挑选出第一批信，试探一下读者的兴趣，我的公文包里还有许多信，以后可以提供给读者。

不过有一个条件，就是允许我隐匿自己的姓名，一旦有人知道我姓甚名谁，我就要缄口了。我认识一个女子，她走路的姿势相当好看，可是只要有人打量她，她就一瘸一拐起来。将这本书的缺点让人家去批评已经够了，不能再把我本人拿去让人评头品足。人家知道我是谁，就会说："他的书与他的性格不相称。他应该把时间用于干更有益的事。一个严肃的人不宜干这种事。"评论家们无疑都会这样想，因为这样想无须多动脑筋。

书中写信的波斯人曾与我住在一起，朝夕相处。他们把我看成另一个世界的人，所以对我什么也不隐瞒。事实上，从那么远的地方移居来的人，无须保守什么秘密。他们把自己所写的大部分信拿给我看，我一一抄录了下来。其中有若干封信甚至让我吃惊，是他们不应该向我披露的，因为这几封信会严重伤害波斯人的虚荣心和妒忌心。

我仅仅是代为传译。我的全部困难在于要使这部作品适应我们的风俗。我尽可能地减轻亚洲语言给读者造成的困难，使他们不至于被没完没了、令人生厌的华丽辞藻弄得如堕云里雾中。

我为读者所做的不仅于此：我删去了冗长的客套话，东方人在滥用客套话方面并不比我们逊色；我还略去了大量细枝末节，即很难公之于众，应在两个朋友之间了结的小事。

如果大部分将书信汇集出版的人都这样做，那他们的作品就会湮没无闻了。

有一件事常常使我惊讶：这些波斯人对我国的风俗和规矩，有时竟然和我一样熟悉，连最微小的情况都了解得一清二楚。我敢肯定，甚至许多在法国旅行的德国人注意不到的事情，他们都注意到了。我想这是他们在这里逗留时间长的缘故。何况，一个亚洲人花一年时间去了解法国的风俗，比一个法国人花四年时间去了解亚洲的风俗还容易一些，因为法国人对人无所不谈，而亚洲人则甚少与人交流。

照惯例，任何译者，甚至最浅薄的评论家，都可以在自己的译作或蹩脚的评论文章之前，对原著吹捧一番，指出它的作用、优点和非凡之处。我没有这样做。其理由不难揣度，其中最有说服力的一条便是：在一个本来已十分无聊的地方，即序言之中，写上这些话，那一定是一件十分无聊的事情。

孟德斯鸠

# 目 录

波斯人信札 / 001

- - - - - - - - - - - - - - - - - - - - - - - - - - - - - - - - - - - - - - - - - - - - -

《波斯人信札》附录 / 207

- - - - - - - - - - - - - - - - - - - - - - - - - - - - - - - - - - - - - - - - - - - - -

附录一 《波斯人信札》的旧资料 / 208

附录二 关于《波斯人信札》的几点思考 / 223

附录三 孟德斯鸠生平年表 / 225

# 波斯人信札

# 第一封信

郁斯贝克致伊斯法罕[1]友人吕斯当

我们在科姆[2]逗留了一天，拜谒了生有十二位先知的圣母法特梅的陵墓，随后又上路，于昨天，即离开伊斯法罕的第二十五天，抵达道里斯[3]。

在求知欲驱使下，离开故土，放弃恬适安逸的生活，辛辛苦苦跑出来寻求智慧，在波斯人之中，我和黎加大概是头两个人吧。

我们生长在一个昌盛的王国里，但我认为我们的知识不应局限于王国的疆界，可以启迪我们的不仅仅是东方的智慧。

对于我们的游历别人有何议论，请据实相告，好听的话不必讲，我不指望会有很多人持赞同态度。来信请寄埃泽龙，我要在那里逗留几天。

再见，亲爱的吕斯当。请相信，我就是跑到天涯海角，仍是你忠实的朋友。

1711年赛法尔月[4]15日于道里斯

---

[1] 波斯古都。——译注（若无特殊说明，本书脚注均为译注）

[2] 波斯古城。

[3] 波斯古城。

[4] 波斯古历中的二月。

# 第二封信

郁斯贝克致伊斯法罕内院黑人阉奴总管

　　你是波斯最美丽的女人们的忠实看守者。这个世界上我最宝贵的东西，我托付给了你。那些只为我开放的禁门的钥匙，全掌握在你手里。我这些心爱的宝贝有你看守，就不会被惊扰，十分安全。不论是寂静的夜晚，还是喧扰的白昼，你都恪尽看守之职。你不懈地看守，使道德得以维持，不致动摇。你看守的女人有非分之想，你就让她们断绝妄念。你是邪恶的克星，贞节的柱石。

　　你既要管制她们，又要顺从她们。她们的一切意愿，你要盲目地遵从；内院的一切规矩，你要让她们盲目地遵守。你要以最卑贱地听从她们的使唤为荣，毕恭毕敬、诚惶诚恐地服从她们正当的命令，小心谨慎地侍候她们，就像她们奴才的奴才。但是，你也要行使权威，当贞洁与操守的纲纪面临松弛的危险时，要像我本人一样，以主子的身份发号施令。

　　要时刻记住，你本是我最低贱的奴隶，是我使你摆脱了毫无地位的处境，把你放在现在的位置，将我心爱的尤物托付给你。在我所宠爱的这些女人面前，你必须低三下四，同时要使她们感到，她们处于绝对从属的地位。无邪无害的娱乐，可让她们尽情享受，让她们排遣烦忧，音乐、舞蹈和甜美的饮料，可供她们消遣，还要劝她们经常聚会。她们要去乡村，你可以带她们去，但凡是出现在她们面前的男人，要派人撵跑。要鼓励她们保持洁净，身体洁净是心灵洁净的表现。要时常对她们谈起我。将来我要在那因她们而变得更美好、更迷人的地方与她们重聚。

1711 年赛法尔月 18 日于道里斯

# 第三封信

贾琪致道里斯郁斯贝克

　　我们叫阉奴总管带我们去过乡村，没有发生任何意外，他会告诉你这些的。过河的时候，我们下了轿子，按习惯钻进箱子里，由两个奴隶扛过去，以免有人看见我们。

　　亲爱的郁斯贝克，你伊斯法罕府中的内院，让我时刻想起往昔的欢乐，每天都激起我更强烈的想念。在这样的地方，我怎能生活下去呢？我踯躅于一套套房间之中，不停地寻找你，却总是找不到，所遇到的，尽是往昔的欢乐留下的回忆。有时，我发觉自己处在自己平生头一回把你拥抱在怀里的地方；有时，我发觉自己来到了你裁决你的妻妾们那次轰动性的争芳斗艳的地方。当时，我们每个人都声称比别人美丽，各自挖空心思装饰打扮，然后拥到你面前。看到我们的打扮所创造的奇迹，你兴高采烈。我们都那样热烈地想博得你的欢心，你大为赞赏。但是，不久你就厌弃了这种造作的艳丽，而倾心于比较自然的风韵。你让我们放弃一切打扮。我们不得不卸下令你感到不舒服的饰物，而以自然纯朴之美出现在你面前。我呢，不把羞耻放在心上，只想获得你的荣宠。幸福的郁斯贝克，多少娇姿媚态展示在你眼前！我们看到，你在一个个迷人的女人面前久久地徘徊，心里犹豫不决，不知道选择哪一个好。每一副新的娇容都渴求得到你的宠幸，转眼间，我们每个人的全身被你吻遍，你好奇的目光投向每一个人最隐秘的部位。你让我们在片刻间摆出千百种不同的姿势，你的命令不断花样翻新，我们也随之花样翻新。说实话，郁斯贝克，我希望讨得你的欢心，与其说是出于强烈的野心，不如说是出于强烈的情欲。我感觉到我渐渐主宰了你的心。你搂住了我，又离开了我，然后又回到我身边。我懂得如何吸引住你。胜利完全属于我，绝望属于我的情敌们。世间仿佛只有你我两个人，周围的一切都不值得我们关心。真希望我的情敌们留在我们身边，让她们成为我如何受到你百般宠爱的见证！她们看到我因为情欲而冲动的状态，就会体会到我的爱情与她们的爱情有何不同，就会明白她们虽然在魅力上能同我竞争，却远远不如我多情……

瞧我说些什么！说这些废话又有何用？未曾被爱是一种不幸，不再被爱则是一种屈辱。你离开了我们，郁斯贝克，去野蛮的国度漫游。怎么！被爱的好处，在你心目中居然一文不值？你甚至不知道自己失去了什么！我成天叹气，没有人听见；我终日流泪，没有人心疼。这内院之中似乎还充满着爱情呢，可你无动于衷，离我们越来越远！唉，亲爱的郁斯贝克，要是你懂得享福……

1711 年穆哈兰姆月<sup>[1]</sup>22 日于法特梅内院

## 第四封信

泽菲丝寄埃泽龙郁斯贝克

这黑鬼终于下决心要把我逼到绝境，不择手段地赶走我的女奴泽丽德，赶走尽心竭力服侍我、一双巧手把我浑身上下打扮得优雅动人的泽丽德。他并不满足于用这种分离给我制造痛苦，还要利用它来损害我的名誉。这个奸贼硬说我信任泽丽德是出于罪恶的动机，因为我经常把他赶出房间。他待在门外感到无聊，居然信口雌黄，说听到和看到一些连我自己都想象不到的事情。我真冤枉啊！我足不出户，恪守贞操，也不能免去他的无端猜疑。一个卑鄙的奴才肆意诋毁我，企图抹去你对我的爱，因此我不得不自我辩护。不，我十分自尊，不想降低身份为自己分辩。我行为端正，关于这一点，我可以作为担保的，我想不是别的东西，而是你本人，是你对我的爱和我对你的爱，还有呢，亲爱的郁斯贝克，说实话，就是我的眼泪。

1711 年穆哈兰姆月 29 日于法特梅内院

----

[1] 波斯古历中的一月。

## 第五封信

吕斯当致埃泽龙郁斯贝克

在伊斯法罕，你成了人人议论的对象，大家都在谈论你的出走。一些人说是因为你生性轻率，另一些人说是因为你有难言之隐。只有你的朋友们为你辩解，可是他们说服不了任何人。人们不理解，你怎么能离开自己的那些女人，离开自己的双亲、朋友和祖国，跑到波斯人陌生的国度去。黎加的母亲痛苦不堪，要向你讨还她的儿子，说她儿子是被你劫持了。我呢，亲爱的郁斯贝克，我当然倾向于赞成你所做的一切，但是我不能原谅你在外长久不归，不管你提出什么理由，我内心里永远不会赞同。

再见。请永远爱我。

1711 年赖比尔·敖外鲁月[1]28 日于伊斯法罕

## 第六封信

郁斯贝克致伊斯法罕友人内西尔

从埃里万走了一天，我们就离开了波斯，进入了土耳其人管辖的地盘，十二天之后到了埃泽龙，准备在这里逗留三四个月。

说实话，内西尔，一旦望不见波斯而置身于奸诈的奥斯曼人之中，我隐隐感到痛苦。越是深入这些渎神者的国度，就越觉得自己也仿佛变成了渎神者。

祖国、家人和朋友都浮现在我脑海里，亲切的感情在我心中复苏了；某种程度的不安终于使我心烦意乱，明白了为追求安宁，自己的所作所为实在太过分了。

不过最使我苦恼的，还是我的那些女人，一想起她们，我就忧心如焚。

[1] 波斯古历中的三月。

内西尔，这倒不是因为我爱她们，在这方面，我已麻木不仁，再无任何欲念。我曾生活在姜婢成群的内院，对奸情严加防范，并且以爱情去摧毁奸情。但是，我现在虽已麻木不仁，却还是暗生嫉妒，被妒火吞噬着。眼见一群女人留在那里，几乎完全放任自流，替我看管她们的只是一些卑怯的奴才。就算奴才们对我忠心耿耿吧，也难保万无一失，如果奴才们不忠于我，情况将会如何呢？等我到达将要游历的遥远国度，会得到什么令人牵肠挂肚的消息呢？糟糕的是我的朋友们都无能为力，内院那些令人心烦的隐私不能告诉他们。况且他们能帮上什么忙呢？对我来讲，与其惩罚那些女人，弄得家丑外扬，还不如装聋作哑，听之任之要好得多。亲爱的内西尔，我向你倾吐了我的全部烦恼。在目前情况下，这是我唯一的安慰。

1711 年赖比尔·阿色尼月 [1]10 日于埃泽龙

## 第七封信

法特梅致埃泽龙郁斯贝克

你走了，两个月了，亲爱的郁斯贝克，我情绪低落，真不能相信你已走了这么久。我在内院里到处跑来跑去，总觉得你还在府里，无法摆脱幻想。一个女人，她爱你，习惯了把你拥抱在怀里，一心只想着向你证明她对你的柔情；她出身名门，本是自由人，由于强烈的爱情，却成了奴隶——这样一个女人，你叫她怎么办呢？

我嫁给你的时候，我的双眼还从来没有看见过任何男人的面孔，直到现在，你还是允许我看的唯一男人，因为我并不把那些丑陋的阉奴算作男人。他们身上最起码的缺陷，就是不是男人。把你英俊的容貌与他们丑恶的相貌进行比较，我就由衷地感到自己是幸福的，在我的想象中，没有任何东西比你外表的迷人魅力更令我陶醉。我向你起誓，郁斯贝克，假如允许我走出这个由于自身的地位而被幽禁的地方，假如我摆脱了周围的看守，而有人让我在这万邦之都 [2] 的所有男人中挑选

[1] 波斯古历中的四月。
[2] 即伊斯法罕。

一个，我向你起誓，郁斯贝克，我肯定会选中你。世界上的男人，只有你值得爱。

不要以为你不在，我就不注意保持你所珍爱的娇容。尽管我不能让任何男人看见，尽管现在我的化妆不能增添你的幸福，我还是保持着博取你欢心的习惯，每天晚上身上不洒最芬芳的香水绝不就寝。我时时回味着你经常投进我怀抱的幸福日子。这种回味像一个令人留恋的梦，令我迷醉，使我看到自己心爱的人儿。我的想象沉迷在爱的欲望中，也在爱的希望中得到慰藉。有时我想，你已经对艰苦的旅行感到厌倦，很快就会回到我的身边。我总是怀着诸如此类的幻想，于半睡半醒的状态，度过漫漫长夜。我常常伸手摸你是否躺在我身边，可是你却仿佛在躲开我。最后，吞噬着我的烈火自动驱散了这类幻觉，我的头脑清醒了，而心里仍极不平静……

你也许不相信，郁斯贝克，人处于这种状态是没法生活的。欲火在我的血管里燃烧。我深切感受到的一切，有什么不能对你表白！然而，这种无法向你表达清楚的情感，我怎么竟感受得如此深切？每当处于这样的时刻，郁斯贝克，如果能得到你一个亲吻，就是让我放弃统治世界的王位，我也心甘情愿。一个女人有着如此强烈的欲望，而又失去了能够满足她这种欲望的唯一男人，她该多么不幸。她孤单一人独守空房，没有任何东西可供排遣，只能从早到晚长吁短叹，按捺骚动的情欲。她不仅非常不幸，甚至也不能为另一个人的快乐效劳。她成了内院里无用的点缀品，仅仅为丈夫的体面，而不是为丈夫的幸福摆设在那里。

你们这些男人个个都是铁石心肠！你们以我们的情欲得不到满足为乐事，把我们当成麻木不仁的人；如果我们真的麻木不仁，你们又该大为恼火了。你们以为，我们长期受到压抑的情欲，一见到你们男人就会迸发出来，其实，要让人爱自己并不是一件容易的事情。你们所希冀的东西，不敢凭自己的长处去获得，而是先让我们的欲望陷于绝境，以为这样更容易得到。

再见，亲爱的郁斯贝克，再见。请相信，我是为爱你而活在世上。我心里只有你，你的远离非但没有使我忘记你，反而使我的爱情变得更强烈，如果我们的爱情还能更强烈的话。

1711 年赖比尔·阿色尼月 12 日于伊斯法罕内院

# 第八封信

郁斯贝克致伊斯法罕友人吕斯当

你的信我已在埃泽龙收到。现在我还在埃泽龙。我的出游引起纷纷议论，这早在意料之中，我并不放在心上。你叫我怎么办呢，是屈从于我的敌人而谨小慎微，还是自己明智地行事？

我自幼出入宫廷，但是我敢说，我的心灵并未受宫廷生活的腐蚀，我甚至胸怀大志，敢于在宫廷里洁身自好。只要觉察到邪恶，我便避而远之；后来我改而主动接近邪恶，目的是揭露它。我甚至向王上直谏真情，说出王上闻所未闻的话，一反阿谀奉承的陋习，使崇拜者和偶像都惊愕不已。

不过，我的诚实态度反而为自己树立了一些敌人，使我遭到大臣们的妒忌，而不曾获得国王的宠幸。在一个乌烟瘴气的宫廷里，我仅仅靠自己脆弱的操守才不致与他们同流合污。看到这一切，我便决计离开这个宫廷了。我假装醉心于科学，结果弄假成真。我再也不参与任何朝政，而隐居在一座乡间别墅里。可是，就是这样一个决定也为我引来种种麻烦，我总是受到政敌们的暗算，几乎没有防范的手段。一些人劝我严肃地为自己的将来打算，于是我决定远走异国他乡。我早已从宫廷隐退，这为我的出国提供了一个说得过去的理由。我觐见王上，陈述我渴望接受西方科学的教育，并且委婉陈辞，让王上相信他将从我的游历中获得好处。承蒙王上恩准，我得以出国，免于成为政治的牺牲品。

吕斯当，以上就是我此行的真正缘由。让伊斯法罕的人去议论吧，不要为我辩护，除非在爱我的人面前。让我的政敌们去恶意歪曲吧，这是他们能加害于我的唯一手段了，我为此感到欣慰。

现在人家都在议论我，不久我也许会被人们彻底忘记，也会被朋友们忘记……不，吕斯当，我不愿意陷入这种可悲的想法，我将永远受到朋友们的珍爱，我相信他们的忠实，就像相信你的忠实一样。

> 1711年主马达·阿色尼月 [1]20 日于埃泽龙

---

[1] 波斯古历中的六月。

# 第九封信

阉奴总管致埃泽龙伊毕

你跟随老主人游历，走遍一个又一个省份，一个又一个王国，忧愁不会袭上你的心头，因为新鲜事物让你目不暇接，一切使你心情愉快，让你在不知不觉中度过时光。

我呢，却完全不同，被囚禁在可怕的牢笼里，周围天天是同样的事物，让我时时忍受着同样的烦恼。五十年的呕心操劳，压得我喘不过气来。在漫长的一生中，我可以说没有一天清静过，没有片刻安宁过。

我的头一个主人按照他残酷的计划，把自己的女人交给我看管，通过利诱和百般威胁，迫使我终生背弃了自我。那时，我厌倦了最艰苦的差役，打算牺牲自己的情欲，换取安宁优裕的生活。我真可怜啊！满脑子想的都是补偿，却没有想到损失。我本来以为，既然我已经失去满足自己情欲的能力，从此就摆脱了情欲的冲动。唉！人们取消了我身上情欲的功能，却没有取消我身上情欲的根源。我非但远远没有得到解脱，周围的一切反而不断刺激我的情欲。我被派进内院，那里的一切都使我为自己失去的东西后悔不已。我无时无刻不感到冲动，天姿国色，千媚百态，呈现在我眼前，仿佛是故意使我难受。更不幸的是，我眼前始终有一个幸福的男人。在那段心烦意乱的时期，我每次把一个女人领到主人房里，给她宽衣解带之后回到自己的住处时，总是按捺不住满腹的焦躁，心里充满了绝望。

我就是这样度过了凄惨的青年时代，除了自己，没有任何人可倾吐苦水、烦恼和忧愁，一切只好往自己肚子里吞。那些女人，我心里想用同情的眼光看她们，却只能用严厉的目光打量她们。要是让她们窥透了我的心理，我就完了。她们利用这一点，什么好处捞不到呢？

记得有一回，我侍候一个女人沐浴，内心非常冲动，完全丧失了理智，竟用手触摸了那个可怕的部位。当时我的第一个念头是，自己的末日肯定来临了。然而，我幸运地逃脱了惨死的下场。那美人儿抓住我的把柄，保持了沉默，但让我付出了惨重的代价。从此我在她面前完全丧失了权威，她千百次强迫我冒着生命危险为她做下流的事情。

青春的火焰终于熄灭了，我老了，在情欲方面进入了平静的境界，看到那些女人，完全无动于衷了。过去她们让我受尽鄙视和折磨，现在我也以鄙视和折磨来回敬她们。我时刻牢记，自己天生是来管束她们的。遇到向她们发号施令的机会，我简直觉得自己重新变成了男子汉。自从我能够冷静地观察她们，并通过理智发现她们的全部弱点之后，我就对她们充满了憎恨。尽管我是为另一个男人监视她们，但看到她们一个个对我俯首帖耳，我暗暗觉得是一种乐趣。我剥夺她们的一切自由，仿佛是为我自己而禁锢她们，使我总感到一种间接的满足。能够统治一个小小帝国般的内院，这稍稍满足了我仅剩的欲望——野心。我高兴地看到，一切都围绕我转，我每时每刻都是不可缺少的人。对所有这些女人，我自然地充满憎恨，这憎恨使我履行自己的职责时坚定不移。面对一个铁面无情的人，她们休想获得我的通融。那些天真无邪的玩乐，我会主动迎合她们，但在她们面前，我总像一个不可逾越的障碍，她们酝酿的种种计划，我会突然加以制止。我的武器就是拒绝，凡事绝不马虎，满嘴"责任""道德""廉耻""正经"等字眼。我不停地给她们讲女人的弱点、主人的权威，让她们断绝一切邪念，然后又自怨自艾，说自己如此严厉，实在是迫不得已，似乎想让她们明白，我完全是出于为她们自身利益着想才对她们十分关心，毫无别的动机。

不过，我并非没有麻烦。我所遇到的麻烦数不清：这些爱记仇的女人，每天总是千方百计报复我。她们的报复很可怕。我与她们之间，控制与服从，像潮起潮落一样相互交替。她们总让我干最下贱的活儿，对我时时摆出一副极端蔑视的神态。不顾我已老迈，为了鸡毛蒜皮的小事，夜里把我从床上叫起来十来次。她们颐指气使，心血来潮，不停地支使我干这干那，轮番地折腾我，而且花样层出不穷，可把我累苦了。她们经常以让我疲于奔命为乐事，叫人向我透露一些假情况：一会儿说内院外面出现一个小伙子，一会儿说听到什么动静，一会儿又说有一封信要送，直搞得我手忙脚乱，而她们在一旁嘲笑我。看到我苦不堪言，她们一个个心花怒放。有一次，她们把我拴在门背后，日夜不放。她们个个善于装病，假装昏倒在地或者惊恐万状。她们会找各种借口，让我按照她们的意志行事。在这些情况下，我必须对她们俯首帖耳，百依百顺。像我这样一个人，敢于从嘴里吐出一个"不"字，那还了得！在服从方面，我稍稍犹豫，她们就有权惩罚我。亲爱的伊毕，我宁愿丢掉老命，也不愿意受那种屈辱呀。

不仅如此，我从来没有把握能够获得主人片刻的欢心。我的敌人个个都是主人的心上人，她们都一心想置我于死地。有许多时候，我的话主人根本听不进去，而对她们却有求必应，总是把错误归到我头上。我领到主人床上的都是窝了满肚子火的女人。你想吧，她们在枕边能说我的好话吗？我的地位会牢不可破吗？她们的眼泪，她们的唉声叹气，她们的拥抱亲吻，甚至她们的云雨欢情，都足以令我提心吊胆。床第正是她们如鱼得水的地方，她们的魅力对于我来说成了可怕的东西，我过去的全部效劳，都被眼前的殷勤顷刻间一笔勾销，在主人神魂颠倒的时刻，我失去了全部保障。

有多少次，我晚上就寝时还得到信任，早上起床时就失宠了！有一回，我在内院外面受尽鞭笞，到底是为了什么事呢？原来那天晚上，我把一个女人送进主人的怀抱，她看到主人欲火中烧，便痛哭流涕，大诉其苦，看到主人的情欲在她的引发下达到了高潮，她越是哭得厉害。在如此严峻的关头，我的地位怎么还保得住呢？我的信任往往在自己没有意料到的时候被断送掉，成为床第欢爱的交易和哭诉达成的协议的牺牲品。亲爱的伊毕，我一直是在这样严酷的处境下讨生活的啊！

你多么幸福！你服侍的仅仅是郁斯贝克本人，容易讨得他的欢心，并且终生保持着他对你的宠信。

1711年赛法尔月最后一日于伊斯法罕内院

## 第十封信

米尔扎致埃泽龙友人郁斯贝克

只有你能在黎加远行的时候给我带来安慰，同样，只有黎加能在你远行的时候给我带来安慰。我们都惦念着你，郁斯贝克，你是我们这班人的灵魂。心灵和思想的投合，绝非轻易会破裂的。

在这里，我们经常争论，而争论的核心一般是道德问题。昨天，有人质疑：人究竟是通过官能的快感和满足，还是通过力行道德而得到幸福？我常听你说，人天生就有道德，正义感是人与生俱来的固有品质。你这些话的含义，望详细说明。

我和一些毛拉[1]交谈过，他们开口就成段成段地引用《古兰经》，令我不知如何应对，因为我不是作为一个真正的信徒，而是作为一个人、一位公民、一位人父与他们交谈的。再见。

1711年赛法尔月最后一日于伊斯法罕

## 第十一封信

郁斯贝克致伊斯法罕米尔扎

你不运用自己的理智，而想试探我的理智，甚至不耻下问，以为我能给你指教。亲爱的米尔扎，较之你的褒扬，你的友情更使我感到欣慰。

要清楚地回答你提出的问题，我以为不应该讲得十分抽象。某些真理，光让人家相信是不够的，还要让人家体验到。道德方面的真理就是如此。下面这个故事，也许比高深的哲学更能打动你。

从前，阿拉伯有个小民族，叫作穴居人，是古代穴居人的后裔。按照历史学家的说法，他们与其说像人，不如说更像野兽。其实，他们并非青面獠牙，也不像熊一样浑身长毛，而且不嚎叫。他们也有两只眼睛，只不过凶悍、残暴，不奉行任何公平和正义的原则。

他们有一位国王，是外族人。这位国王想纠正他们凶蛮的劣根性，对待他们十分严厉。他们便发动叛乱，杀死了国王，灭亡了整个王室。

叛乱成功之后，他们开会选举政府，经过激烈的争论，产生了一批行政长官。

---

[1] 某些地区穆斯林对伊斯兰教学者的尊称。

可是，行政长官刚选出，他们就不堪忍受这些长官，把他们统统杀了。

挣脱了这一新的桎梏，从此他们只凭野蛮的天性行事。每个人都表示不再服从任何人，各人只关心自己的利益，根本不考虑他人的利益。

这次一致做出的决定，使所有人皆大欢喜。他们说："我干吗要为与我毫不相干的人拼命干活呢？我光为我自己着想，一定会生活得幸福。别人幸福与否，与我有什么相干？我要想办法弄到自己需要的一切。只要自己的需要得到了满足，其他穴居人都是穷光蛋我也不管。"

播种的季节到了，每个人都说："我只耕种我的地，让它生产足够我自己吃的小麦就成了，生产更多麦子对我毫无用处，我才不白费力气哩。"

这个小王国的土地并不全都一样，有干旱的山地，有溪流灌溉的平地。这年大旱，山坡上的土地颗粒无收，而水浇的平地获得了大丰收。山地上的人几乎全都饿死了，因为平地上的人个个一毛不拔，不肯借一粒粮食给他们。

第二年多雨，地势高的地方获得了少有的大丰收，地势低的地方全给水淹了。这个民族又一次有一半人闹饥荒，可是这些可怜的人发现另一半人像他们头年一样冷酷无情。

有一位头人的妻子姿色好，邻居的男人钟情于她，把她抢了去。于是头人和邻居发生了一场大争端，两个人大吵大骂，拳脚相加，最后同意请另一个穴居人来公断。那个人在共和制还存在的时候颇有点威望。两个人前去找他，都想向他陈述一番理由。"这个女人归你俩哪一个，"那人说，"与我有什么关系？我有自己的土地要耕种，不能撂下自己的活儿，化时间去解决你们的争端，处理你们的事情。请你们别来打扰我，别拿你们的争端来烦我。"说完，他撂下那两个人，下地干活儿去了。那个夺人之妻的人强壮有力，扬言宁死也不交还抢来的女人；另一个呢，痛感邻居的不义和仲裁者的无情，绝望之下只好回家。回家路上他遇到一个年轻漂亮的女子，从井里汲了水回家。他没了老婆，一眼便看中了这个女子。尤其当他获悉，此女子正是对他漠不关心的那个仲裁者的老婆时，他更是欢喜。于是，他抢了这个女子，带回家中。

还有个人拥有一块相当肥沃的土地，他自己精耕细作。两个邻居串通一气，把他赶走，强占了他的土地。这两个人抱成一团，防止别人来抢那块地，坚持了数月之久。可是，其中一个觉得这块地他本来可以独占，却要与另一个分享，心里不是滋味，便把另一个杀了，成了那块地唯一的主人。他的独占权没有维持多久，另外两个穴居人来袭击他。他势单力薄，不能抵御，做了刀下鬼。

一个几乎一丝不挂的穴居人，见市上有羊毛出售，便趋前问价。羊毛贩子心想："我这些羊毛，本来指望卖到能买两斗麦子的钱就够了，我要卖四倍的价钱，好买八斗麦子。"他一口咬定这个价钱，买者只好照付。"真不错。"小贩说，"这下我有麦子了。""你说什么？"买者问道，"你需要麦子吗？我有麦子卖，只怕价钱会让你吃惊。你知道，眼下麦子贵得出奇，因为全国几乎到处闹饥荒。你把钱还给我吧，我给你一斗麦子。不然，你就是饿死我也不会卖给你一粒。"

其时，该国瘟疫蔓延。邻国一位高医来到该国，对症下药，药到病除，凡经他治疗者莫不痊愈。疫情遏止之后，他去被他治愈的人家里索讨诊费，可是谁都不肯给。他只好打道回国，长途跋涉，劳累不堪。不久，同样的瘟疫再度肆虐，空前严重地危害着这个忘恩负义的邻邦。这一次，该国人不等他来就去请他，他回答说："滚吧，你们这些不义之徒。你们狠毒的心肠，比你们急于医治的瘟疫更致命，你们根本不配在地球上占有一席之地！你们毫无人道，不懂得公正的准则。神惩罚你们，我要是违背神愤怒的判决，恐怕就是大逆不道了。"

1711 年主马达·阿色尼月 3 日于埃泽龙

# 第十二封信

郁斯贝克致伊斯法罕同一位友人

亲爱的米尔扎，你知道了穴居族人如何以他们的恶劣本性自取灭亡，如何成了他们背弃天良的行为的牺牲品。那么多家庭只有两户人家逃脱了全民族的灾难。该国有两个与众不同的人，他们具有人道，深明大义，崇尚道德。由于自己心地正直，目睹其他人堕落的现状，他们彼此相处十分亲密。看到灾难蹂躏着全国，他们心里充满了怜悯，两个人更加精诚团结，同舟共济，为了共同的利益辛勤劳作。他们之间没有纠纷，即使有，也不妨碍彼此亲密无间的友情。他们避开不仁不义的同胞，偏居一隅，过着幸福安宁的生活。土地经过两个善良人亲力耕作，仿佛自动长出庄稼。

他们钟爱自己的妻子，也得到妻子温柔的爱。他们一心教育儿女崇尚美德，不断向他们讲述同胞们的不幸，让他们看清这个惨痛的教训，特别让他们认识到：个人的利益总是存在于公众的利益之中，背弃公众利益，无异于自取灭亡；遵守道德并非难以忍受的负担，不要把积德行善视为畏途；公平待人，等于仁德待己。

这两位仁德父亲的一片苦心没有白费，他们的儿女很快成长为像他们一样的人。两位父亲眼见着年轻一代长大成人，互结美满婚姻，迅速繁衍后代。人口日渐增加，团结依然牢固，道德也并未因为人口增多而削弱，反而因为榜样层出不穷而得到加强。

这些穴居族人的幸福在这里难以描述。一个如此仁义的民族，必然会引起神的垂爱。这个民族的人从睁开眼睛认识神，就学会了敬畏神；原本窳劣的民俗，在宗教的熏陶下得到醇化。

他们确定了膜拜神的节日。那一天少女们插满鲜花，与少男们载歌载舞，歌颂诸神。然后是会餐，虽是粗茶淡饭，但席间洋溢着欢乐气氛。正是在这样的聚会中，纯朴的天性得以表露。在这种场合，少女羞答答向心上人表明心迹，不料被人听见，但马上得到父亲的认可；在这种场合，慈母预言，儿女们结婚之后，将会甜甜蜜蜜，白头偕老。

人们常去寺庙里祈求神的护佑，但所祈求的，并不是自己家财万贯，过花天酒地的生活。那样的祈求与幸福的穴居人是不相称的。他们是为同胞们祈祷。他们来到神坛前，祈祷长辈健康，兄弟和睦，妻子温柔，子女孝顺。姑娘们来到寺庙里，敬献上她们温柔多情的心，她们祈求的唯一神恩，是让自己能使一个穴居族男人幸福。

傍晚，当羊群离开牧场，疲倦的耕牛拖着犁归来时，人们聚在一起，一边享用简单的晚餐，一边唱歌，回顾当初穴居人的不义和灾难，歌唱民族的复兴，道德的再度昌明，人人重获的幸福。他们颂扬神的伟大：凡是敬奉神明的人，都能得到神的庇佑；对神不知敬畏的人，必然触犯神怒。然后，他们又歌颂田园生活的乐趣，纯朴的生活环境带来的幸福。不久，他们都进入了梦乡，绝不会有烦恼和忧愁来扰乱他们睡眠。

大自然既能满足他们的需要，也能满足他们的欲望。在这个幸福的国度，人们不知道何为贪婪，譬如相互送礼，送礼者总认为自己占了便宜。所有穴居人自视为一家人，各人的牛羊几乎总是混在一起，他们通常认为，把各人的牛羊分开是多余之举。

1711 年主马达·阿色尼月 6 日于埃泽龙

## 第十三封信

郁斯贝克致同一位友人

穴居族人的美德真是说不完。一天，一个穴居人心里说："我爹明天要去犁地。我要比他早起床两个钟头，等他到地里时地已犁完了。"

另一个穴居人寻思："我妹妹似乎看中了亲戚家一个小伙子。我得跟爹谈一谈，让他定下这门亲事才好。"

有人告诉另一个人他的牛群被偷走了，说："真气人，其中有头纯白色的小母牛，我本来预备用来祭神的。"

也会听见有人对别人说："我得到庙里去谢神，因为我弟弟康复了。我的双亲钟爱他，我也非常疼爱他。"

还会听见有人说："在我父亲的地旁边的一块地上，干活的人天天头顶烈日，我得去种上两棵树，让那些可怜的人有时可到树荫下歇息。"

一天，不少穴居人聚在一起，一个老年人说他怀疑一个年轻人干了坏事，并责备那个年轻人。其他年轻人说："我们相信他不会犯这个过错。如果真有这么回事，就让他在全家人中最后一个死去。"

有人通知一个穴居人，他家遭了外族人抢劫，一切财物被洗劫一空。这个穴居人说："如果那些外族人并非不义歹徒，我愿神让他们享用那些财物比我享用得更长久。”

穴居族那么兴旺，免不了令其他族的人眼红。邻近各族开会商议，决定以一个毫无道理的借口，抢走穴居族人的牲口。消息传到穴居族人耳朵里，他们便派出使者，对邻近各族人说：

“穴居族人做了什么事得罪你们了吗？他们抢走了你们的妇女，偷了你们的牲口，还是糟蹋了你们的田地？没有。我们讲正义，敬神明。你们想要我们的什么东西呢？要我们的羊毛做衣裳穿，要我们的牛羊奶喂牛犊羊羔，还是要我们地里出产的水果？那么请你们放下武器，到我们中间来吧，这一切我们都会给你们。但是我们立下神圣的誓言，如果你们作为敌人进入我们的国土，我们就会把你们视为不仁不义的民族，定要像对付凶恶的野兽一样对付你们。”

这些话对方不屑一听。那些蛮族人全副武装，侵入穴居族的地盘。他们以为穴居族人天真纯朴，不会自卫。

但是，穴居族人早已做好自卫的充分准备。他们把妇女和儿童围在当中。令他们吃惊的是敌人的不仁寡义，而不是敌人的人数众多。他们每个人心里更加充满了热情，有的愿为保卫父亲捐躯，有的愿为妻子儿女牺牲，有的愿为兄弟战死，有的愿为朋友送命，人人都愿为保卫穴居族抛头颅洒热血。一个人倒下去，另一个人马上填补他的位置，大家为共同的事业而战，也为死者复仇。

这是一场不义与正义之间的战斗。那些一心想掠夺财物的民族乃卑劣之师，并不以逃跑为耻，还没交手，就在大义凛然的穴居族人面前溃不成军了。

1711 年主马达·阿色尼月 9 日于埃泽龙

## 第十四封信

郁斯贝克致同一友人

穴居族人口日益增多，他们觉得该推选一位国王了。大家一致认为应把王位交给最公正的人，并都看中了一位德高望重、受人尊敬的老者。但这位老者却不愿出席大会，而是忧心忡忡躲在家里。

大家派代表去告诉他，他已被推选为国王。 老者说："但愿不是我害了穴居族人，使他们以为他们之中没有比我更公正的人了。 你们把王位授予我，如果你们非这样做不可，我只好接受。 但是请相信，我会难过得要命，因为我生下来就看见穴居族人是自由的，现在却眼见他们要当顺民了。"说到这里，老者泪如雨下道："可悲的日子，我为什么活得这样久？"接着又严肃地大声说："唉！穴居族人，我明白是怎么回事了，你们开始感到道德是个沉重的包袱了。 在目前的情况下，你们没有首领，不得不按道德行事，否则就生存不下去，会重蹈你们祖先的覆辙。 但是你们感到这种约束不堪忍受，宁愿听令于一位国君，遵守他的法律。你们认为，国君的法律不如你们的道德严厉。 你们知道，那样你们就可以填满欲壑，聚敛财富，沉溺于靡靡之音，只要不犯重大罪过，什么道德全无所谓。"老者顿了顿，更是涕泗滂沱道："你们企图让我干什么？我怎么能命令一个穴居族人去干什么事呢？你们希望在我的命令下做高尚的事吗？ 其实，没有我的命令，你们凭着自然的天性也会去做的。 咳！穴居族人，我已是风烛残年，我血管里的血都没有热气啦，不久我就要去见你们圣明的列祖列宗了。 你们为什么要让我令他们伤心，让我不得不对他们说，我给你们留下的不是道德，而是另一种枷锁呢？"

1711 年主马达 · 阿色尼月 10 日于埃泽龙

## 第十五封信

阉奴总管致埃泽龙黑人阉奴雅龙

我祈求上天保佑你安然无恙返回家乡。

我几乎从未体验过被称为友谊的这种情谊，而且我完全自我闭塞，自我孤立。然而，你使我感到自己还有一颗心。 我对于自己所管辖的奴隶，向来是铁石心肠，却怀着喜悦的心情目睹你从小长到大。

我的主人的目光终于落到了你身上。 当利刃阉割你的天性时，你的天性还远没有表现出来呢。看到你被擢升到我的地位，我当时究竟是对你抱着同情，还是为你感到高兴，不谈也罢。我当时让又哭又喊的你平静下来。我认为你获得了新生，从永远听命于人的奴隶地位，升到了管辖人的奴隶地位。我尽心尽力地教育你，而教育总免不了严厉，致使你很长时间不知道我是疼爱你的。我的确疼爱你，可以说恰如父亲疼爱自己的儿子，假如命运能让你我成为父子的话。

你即将游历基督教徒居住的各国。基督教徒压根儿就没有信仰，你难免会受到种种玷污。你处于先知的千百万敌人之中，先知怎能时时注视着你呢？我希望主人回来后去麦加朝圣，在神明的土地上彻底涤除你们心灵上的污浊。

1711 年主马达·阿色尼月 10 日于伊斯法罕内院

## 第十六封信

郁斯贝克致科姆三陵[1]看守人毛拉穆罕默德·阿里

神圣的毛拉，你为什么生活在坟墓里？按你高贵的出身，你应该居住在星球上。你隐匿形迹，大概是担心你会使太阳暗淡无光吧。你像太阳一样纯洁无瑕，也像太阳一样会被云雾笼罩。

你学识渊博，犹如浩瀚海洋，你思想敏锐，犹如阿里[2]的三刃宝剑朱法加；你知道九品天神之间所发生的事情；你在我们的至圣先知胸前阅读《古兰经》；当你遇到深奥难解之处，就有天使离开宝座，展开敏捷的翅膀，下来为你释疑。

通过你，我可以与上品天神频通书信，因为说到底，第十三代伊玛目[3]，你不正是天地交接的中心、深渊与九霄联系的枢纽吗？

我身处一个不敬神的民族之中。请允许我和你一道涤净自己的灵魂，允许我面朝你所居住的圣地；请把我与恶人区别开来，像曙光初露之时一样黑白分明。

---

[1] 圣母法特梅（见第一封信）及国王塞斐和拉巴斯三世之陵墓。

[2] 伊斯兰教先知穆罕默德的女婿。

[3] 伊斯兰教教长。

请指点帮助我，关照我的灵魂，让我的灵魂陶醉在先知们的思想之中，用天国的学识养育它。请允许我把心灵的创伤呈奉于你面前。请把你神圣的手书寄到埃泽龙，我要在这里逗留几个月。

1711年主马达·阿色尼月11日于埃泽龙

## 第十七封信

郁斯贝克致同一位毛拉

神圣的毛拉，我控制不住急切的心情，等不及看到你卓越的复信了。我有些犹疑，需要拿定主意。我感到自己的理智陷入了歧途，请帮我把它引回到正路上来吧。启示我吧，智慧的源泉，用你神授的笔，化解我向你陈述的困惑，让我自己可怜自己，为我向你提出的问题感到羞愧。

为什么我们的立法者禁止我们吃猪肉和一切所谓污秽的肉类？为什么他禁止我们触摸尸体，并且为了净化我们的灵魂，要求我们不断沐浴？我认为，事物本身并无洁与不洁之分。我无法设想事物有什么固有品质使之变得洁或不洁。污泥显得脏，仅仅因为它使我们的视觉或另外某个感官不舒服，其实它本身并不比黄金或钻石脏。触摸尸体而产生污秽的概念，仅仅因为我们对尸体抱有某种自然的反感。那些不沐浴者的身体如果不使我们的嗅觉和视觉不舒服，我们怎么会认为他们不洁净呢？

神圣的毛拉，事物洁还是不洁，是否仅仅凭官能来判断？不过，同样的事物给人的感觉不尽相同，使某些人感觉愉快的东西，却使另一些人生厌。由此看来，官能的判断不能作为标准，除非每个人在这方面可以随心所欲进行判断，把与自己有关的事物分为洁净的和不洁净的。

可是，神圣的毛拉，这样岂不推翻了我们至圣的先知所确立的区分，推翻了神亲自制定的法律的基本要点了吗？

1711年主马达·阿色尼月20日于埃泽龙

# 第十八封信

先知的仆人穆罕默德·阿里致埃泽龙郁斯贝克

你向我提的问题，无外乎有人向我们神圣的先知提过千百次的那些问题。为什么不读圣师们编写的《圣言释文》[1]？为什么不到一切智慧圣洁的源泉去寻求？在那里，你的一切疑问都能找到答案。

不幸的人们！你们总是为尘世的事物所困惑，从来不专心注视天上的事物；你们崇敬毛拉的地位，却不敢选择和追求那样的地位。

不敬神的人们啊！你们从不深入了解真主的奥秘，你们的智慧像地狱一样一团漆黑；你们思想上的各种推理，犹如在舍尔邦月[2]正午的烈日下，你们的双脚扬起的尘埃。

你们的思想的最高境界，还不如一个最小的伊玛目的思想的最低境界；你们虚妄的哲理，恰如预示暴风雨和黑夜来临的闪电，你们随风飘荡。

你的难题不难解答，只要给你讲一讲我们的至圣先知某一天所遇到的事情就够了。那天他受到基督教徒的诱惑，同时又受到犹太教徒的困扰，弄得连这两种人也分不清了。

犹太教徒阿布迪亚斯·伊贝萨龙问穆罕默德为什么真主禁止吃猪肉。他答道："这不是没有道理的，猪是一种肮脏的动物。待我来说服你们。"他说着用泥巴捏成一个人像，扔在地上，然后喝令道："站起来！"立刻一个人站起来说："我是挪亚的儿子雅弗。"至圣先知问他："你辞世的时候就这样白发苍苍吗？"雅弗答道："不。是刚才你喊醒我时，我以为审判的时刻到了，非常害怕，头发一下子就变白了。"

真主的使者[3]对他说："哦。那么，给我讲讲整个挪亚方舟的故事吧。"雅弗遵命，一五一十详细叙述了头几个月发生的事情，然后接着说道：

"我们把所有动物的粪便放在方舟的一侧，压得方舟严重倾斜，我们吓得要

[1] 圣师们为《古兰经》和先知穆罕默德的言论所做的注释。
[2] 波斯古历中的八月。
[3] 指穆罕默德。

022

命，尤其我们的妻子，个个惊呼乱叫。我们的父亲挪亚祈求真主，真主叫他把大象牵过来，让它头朝方舟倾斜的那一侧。这个庞然大物拉了很多粪便，粪便里生出一头猪来。我们就是从那时起忌了猪肉，把猪视为不洁的动物。"这你难道不相信吗，郁斯贝克？

那头猪天天拱那些粪便，致使方舟上臭气熏天，猪自己也禁不住大打喷嚏，鼻孔里喷出一只老鼠。老鼠见什么啃什么，挪亚忍无可忍，心想该再一次请教真主。真主叫他在狮子额头上重击一下，狮子也打了个喷嚏，鼻孔里喷出一只猫。这些动物是不是也都不洁呢，你的看法如何？

你看不出某些事物不洁的原因，是因为你对其他许多事物一无所知。真主、天神和人类之间发生的事情你就不了解。你不懂得永恒的历史，根本没有读过在天国写的书。你所窥见的，只不过是天书库中极少的部分。就是我们这些人，虽然更接近天上的书，今生今世还是处在黑暗和愚昧之中呢。再见。愿穆罕默德在你心中。

1711 年舍尔邦月最后一日于科姆

# 第十九封信

郁斯贝克致伊斯法罕友人吕斯当

我们在托卡只逗留了八天，又走了三十五天，才抵达士麦那[1]。

从托卡到士麦那，没有一座城市值得一提。奥斯曼帝国之衰弱令我惊讶。这个病入膏肓的躯体还能苟延残喘，靠的不是温补适度的摄生法，而是不断损害它，使它衰竭的烈性药。

帕夏[2]们的官职，全靠金钱贿买，到得任所，已是倾家荡产，于是大肆掠夺

---

[1] 即土耳其海港城市伊兹塞尔，濒临爱琴海。
[2] 奥斯曼帝国的行省长官。

其治下的行省，犹如对待被征服的国家。这里军警横行，胡作非为；要塞毁坏，城市荒凉，乡村凋敝；农商各业，尽遭废弃。

政府虽然严厉，但对贪官污吏从不问罪，而那些种地的基督徒和犹太人，却受尽暴政之苦。

土地的所有权没有保障，开发土地的热情低落；统治者巧取豪夺，一切成约文契皆成空文。

这些野蛮人荒废百艺，对军事技术亦漠不关心。在欧洲各国不断励精图治之际，他们仍停留在蒙昧状态；各种新发明，只在千百次被用来对付他们之后，他们才想到采用。

他们毫无航海经验，扬帆行船笨得出奇。据说，从岩石间冲出的一小队基督徒[1]，就把所有奥斯曼人吓得屁滚尿流，搅得奥斯曼帝国天翻地覆。

他们对经商一窍不通，只好勉强容忍一向进取的欧洲人来胡搅，让那些外国人大发其财，还以为人家是靠他们恩赐呢。

在我穿越的这个幅员辽阔的国家，唯有士麦那称得上是一个繁荣昌盛的城市，而这是欧洲人的功劳。这座城市与其他城市不同，绝非土耳其人之功。

亲爱的吕斯当，以上就是这个帝国的确切情况，不出两百年，它准会成为某个征服者耀武扬威的地方。

1711 年赖买丹月[2]2 日于士麦那


# 第二十封信

郁斯贝克致伊斯法罕内院其妻贾琪

你冒犯了我，贾琪，我很生气。在我远行期间，你如果不端正行为，抛弃强烈的妒忌心，而一味地来折磨我，你要当心后果。

---

[1] 指马耳他骑士团。
[2] 波斯古历中的九月。

据说，有人看见你单独和白人阉奴纳迪尔在一起。那个家伙将因他的不忠不义而掉脑袋。你有的是黑人阉奴伺候，怎么竟得意忘形，不守规矩，在自己的居室里接见白人阉奴？你辩解说，阉奴不是男人，你坚持操守，半男不女的阉奴不会使你产生邪念。这种辩解是徒劳的，对你对我都无济于事。对你无济于事，因为你做了内院规矩禁止做的事情；对我呢，你让人看见了你，这使我名誉扫地。让人看见你，这意味着什么？看见你的也许是个无耻之徒，以其罪恶的举动玷污了你，更可能的是，他因为心有余而力不足，以其遗憾和绝望玷污了你。

你也许会对我说，你对我一向忠心不二。呸！你敢对我不忠吗？你瞒得了那些黑人阉奴吗？他们对你的生活方式大为惊讶，早就保持了警惕。你能砸开幽禁你的重门的巨锁？你口口声声说你坚持操守，其实你是被迫的。说不定你早就以自己的肮脏欲望，千百次丧失了你自夸的贞操的价值。

我有足够理由怀疑的事情，但愿你一件也没干过；但愿那个无耻之徒，没有用他那双手亵渎你；但愿你没有把你那属于主人的、令人销魂的东西，在他眼前展示过；但愿你不曾宽衣解带，你与他之间隔着遮身之物；但愿他能忽生神圣的敬意，在你面前垂下了双眼；但愿他不至于色胆包天，想到不可避免的惩罚而害怕得发抖。即使这一切果真如此，你的所作所为也违背了你的天职。要是你违背了妇道而又一无所获，没能满足你越轨的邪念，那么为了使这种邪念得到满足，你还会想方设法干出什么来呢！要是能走出这个神圣的地方，你会干出什么事情来呢？这个神圣的地方，对你是一座无情的牢房，对你的女伴们则是一个庇护所，可以使她们避免犯罪；它也是一座圣殿，在这里你们可以克服女性的薄弱意志，不为诱惑所动，尽管你们先天不足。如果听凭你自我放任，你会干出什么事情来呢？那时你赖以约束自己的，就只剩下对我的爱和你自己的义务了，而你对我的爱已经受到严重损害，你自己的义务已经遭到无耻的背弃。好在你所生活的国家道德风尚圣洁，足以使你抗拒最卑贱的奴才们的诱惑！你应该感谢我强加给你的种种约束，因为只有接受这些约束，你才配活下去。

阉奴总管令你感到不堪忍受，因为他时时监视你的言行，向你提出明智的忠告。你说他相貌奇丑，见到他心里就难受，似乎这种岗位要安排最漂亮的人才行。

你感到难受，无非是没有安排那个会使你声名狼藉的白人阉奴来代替他罢了。

贾琪，我本是一个严厉的审判者。但现在我只是作为一个丈夫，尽量相信你是清白的。我对我的新妻子罗莎娜的钟爱使我心里充满柔情，这份柔情我也准备给予你。你的美貌并不逊色于她。我爱你们两个。罗莎娜的长处在于她不仅貌美，而且品行端正。

1711 年都尔喀尔德月<sup>[1]</sup>12 日于士麦那

# 第二十一封信

郁斯贝克致白人阉奴总管

你拆开这封信，就该发抖，或者更恰当地说，你容忍纳迪尔的无耻行为时，就该发抖了。你虽已老朽，热情冷却，精力衰竭，但只要看一眼我那些令我牵肠挂肚的心上人，仍然该当论罪。你那双亵渎的脚，绝不准迈进那个非同一般的地方，那里深居着我心爱的人儿，不让他人看见。可是，你自己不敢胆大妄为的事，却居然容许受管束的人去干。你难道没有意识到，严厉的惩罚随时会落到他们和你头上？

你们是什么东西？！只不过是我可以随心所欲毁掉的微不足道的工具。你们只有对我唯命是从，才能存于世上；你们存于世上，只有服从我立的规矩才能活着。我叫你们死，你们就得死。只有我的幸福、我的爱情，甚至我的嫉妒，需要你们低首下心为我服务时，你们才能苟延残喘。总之，服从我就是你们的一切，我的意志就是你们的灵魂，让我快乐就是你们的希望。

我知道，我的妻妾之中有几个不安分的，不愿意遵守要求她们坚持操守的严酷法律；她们因为身边总守着一个黑人阉奴而感到不舒服，已经厌倦于看到这些丑陋的人。把这些人派到她们身边，是为了防止她们背弃自己的丈夫。这

---

[1] 波斯古历中的十一月。

一切你都清楚，可是你却助长了混乱。我一定要惩罚你，让那些辜负我的信任的人发抖。

我对天上的所有先知和最伟大的阿里起誓，你们要是背离自己的职责，我就把你们像虫子一样踩死。

1711年都尔喀尔德月12日于士麦那

## 第二十二封信

雅龙致阉奴总管

郁斯贝克离内院越远，越是思念他那些神圣不可侵犯的妻妾。他叹息，流泪，痛苦日益加深，疑虑日益加重。他想增加看守的人数，要我和伴随他的所有黑奴一道回去。他所担心的不再是他自己，而是比他自己宝贵千百倍的东西。

因此，我将生活在你的管束之下，为你分忧解愁。真主啊，为了使一个人幸福，要做多少事情！

造物主似乎将女人置于了从属地位，却又把她们解脱了出来。男女两性之间便产生了不协调，因为双方的权利本来是相互的。我们参与实施了实现新和谐的计划，在女人和我们之间播种了仇恨，而在男人和女人之间播种了爱情。

我要板起面孔，两眼射出阴森的目光，嘴边不再挂着愉快的微笑。我将表面平静，而内心不安；脸上不会现出老年人的皱纹，却将流露出老年人的忧伤。

我本来很乐意随同主人游历西方，但是主人的利益就是我的愿望。他要我看守他的妻妾们，我就忠心耿耿地去为他看守。我懂得如何对付女人：你不让她们空虚无聊，她们就会变得狂放不羁，但侮辱她们和让她们扫兴的事同样都干不得。

我甘心接受你的监督。

1711年都尔喀尔德月12日于士麦那

## 第二十三封信

郁斯贝克致士麦那友人伊本

经过四十天航行，我们到了里窝那[1]。这是一座新兴的城市，它显示了托斯卡纳地区的公爵们真是天才，他们把一个地处沼泽的乡村变成了意大利最繁荣的城市。

这里的妇女享有很大的自由：她们可以隔着一种叫作百叶窗的窗子观察男人，可以在老妇人的陪伴下天天上街，而且只蒙一块面纱。她们的表兄弟、叔伯和外甥们可以登门看望她们，而她们的丈夫几乎从不会生气。

一个伊斯兰教徒头一回看到一座基督教城市，真可谓大开眼界。首先是举目所见的事物，如不同的建筑物、不同的衣着以及不同的风俗习惯，自不必说，就是种种微不足道的小事物，也使我感到奇特，只是难以形诸笔墨。

明天我们要去马赛，在那里逗留的时间不会长。黎加和我的打算，是立即去巴黎。那是欧洲帝国的首都。旅行者总是寻找大城市，大城市可谓所有外国人的故乡。

再见。请相信我永远爱你。

1712 年赛法尔月 12 日于里窝那

## 第二十四封信

黎加致士麦那伊本

我们抵达巴黎一个月了，但一直忙碌不停，费尽了周折才安顿下来，找到要找的人，备齐一应短缺的必需品。

---

[1] 意大利托斯卡纳地区城市，濒临古里亚海。

巴黎像伊斯法罕一样大，房屋都挺高，让人以为里面居住的都是星相学家。你想象一下吧，一座高耸入云的城市，屋宇层层叠起，都达六七层之高；人口必定非常稠密，所有人都上街的话，一定拥挤不堪。

你也许不相信，我来这里一个月了，还没见到一个安步当车的人。世界上没有人比法国人更善于利用机器了。他们又飞又跑；亚洲慢吞吞的车子，我们那些款款而行的骆驼，会使他们气昏。我呢，生来不适应这种生活节奏，依然不紧不慢地步行，有时会被弄得像基督徒一样气急败坏，因为路过的车子溅得我从头到脚一身泥。这倒也罢了，最让人不堪忍受的，是经常有人用胳膊撞我：一个从后面来的，为了超越我，撞得我向后转；另一个迎面来的，冷不丁又撞得我转回原来的方向。走不到一百步，我已累得气喘吁吁，甚于走了十里路。

别以为我现在已经能够深入地对你谈欧洲的风俗习惯了。老实说，我对这里的印象还只是浮光掠影，初来乍到的，对一切感到惊奇而已。

法兰西国王是欧洲最有权势的君主。他并不像邻国的西班牙国王那样拥有金矿，却比西班牙国王更富有。他的财富是靠其臣民的虚荣心取得的，这种财源比金矿更取之不竭。他进行过或支持过大规模的战争，所依仗的本钱没有别的，就是出卖官爵。靠利用人们异乎寻常的虚荣心，他的军队有饷可发，他的要塞军需充足，他的舰队装备精良。

而且，这位国王简直是一个出色的魔术师，他甚至能支配其臣民的思想，要他们怎样想他们就怎样想。国库里仅有一百万埃居[1]，而他需要两百万，他只需对臣民们说一个埃居值两个，臣民们便深信不疑；他需要打一场困难的战争，但没有钱，他只要对臣民们说，纸片就是钱，臣民们也会信以为真。他对臣民们的思想具有如此的影响和权威，甚至能让臣民们相信，他只要摸一摸他们，就能为他们消弭百病。

我所讲的有关这位国王的情况，你不应感到惊讶。还有一位魔法师，威力比他还大。他能支配国王的思想，就像这位国王支配臣民的思想一样。这位魔法师称为教皇。他能叫国王相信三等于一，人们吃的面包不是面包，人们喝的酒不

---

[1] 13世纪由法国国王菲利普六世铸造的货币，最初为金币，后改为银币。

是酒，如此等等。

　　为了使这位国王俯首帖耳，不丧失信仰的习惯，教皇不时颁布一些信条，让国王身体力行。两年之前，他给国王送来一份重要文件，称为《根本大法》[1]，要求国王及其臣民相信其中所写的一切，否则就严惩不贷。教皇谕旨使国王慑服，立即遵从，以身作则，做臣民的表率。但有些臣民起来反抗，说他们根本不相信《根本大法》中的话。这次造反是妇女发动的，它分裂了整个宫廷、整个王国和所有家庭。《根本大法》禁止妇女阅读一本书，而据所有基督徒称，那是一本上天赐予的书，确切地讲是他们的《古兰经》。这种对妇女的侮辱令她们义愤填膺。她们动员一切力量起来反对《根本大法》，使男人们站到了她们那一边。这一次男人们也不愿意享受特权了。然而应当承认，那位穆夫提[2]所讲的道理是站得住脚的。伟大的阿里在上，他想必精通我们神圣的法律的原则：妇女既然是低于男人的造物，按照我们先知的说法，她们根本进不了天堂。那么，一本专门指引通向天堂之路的书，她们何必硬要去读呢？

　　关于这位国王，我还听说了种种近乎奇闻的事情，想必你绝不会相信的。

　　据说，由于所有盟国结成同盟与他为敌，他便向各邻国宣战，而这时在国内，他也被无数看不见的敌人所包围。又据说，这些看不见的敌人，他搜寻了三十年之久，尽管他信任的一些僧侣[3]在不知疲倦地进行搜索，但始终没能找到一个。这些看不见的敌人就生活在他身边，在他的宫廷里，在他的京城里，在他的军队里，在他的法庭里，可他就是无法找到他们。据说他为此忧心如焚。其实呢，据说这些敌人从总的方面来讲是存在的，然而具体来讲又不存在。这是一个团体，但没有成员。这位国王对待降伏之敌不够宽容，上天大概想惩罚他，使他有看不见的敌人，而且这些敌人才能比他大，命运比他好。

　　我会继续给你写信，告诉你一些与波斯人的性格和天性相去甚远的事物。

--------

[1] 据原注，即 1713 年 9 月 8 日颁布的教皇谕旨。黎加的信写于 1712 年 6 月 4 日，说"两年之前"，把谕旨颁布时间提前到了 1710 年。其实，这句话应理解为孟德斯鸠 1715 或 1716 年写这本书时说的。
[2] 伊斯兰教教法说明官。此处代指罗马教皇。
[3] 伊斯兰教僧侣，此处指耶稣会天主教士。

承载着你我的是同一个地球，但我所在的国家的人和你所在的国家的人却大不相同。

1712 年赖比尔 · 敖外鲁月 4 日于巴黎

## 第二十五封信

郁斯贝克致士麦那伊本

我收到你侄儿雷迪的一封信，他告诉我，他打算离开士麦那去意大利看一看。他此行的唯一目的是长见识，使自己不愧为你的侄儿。真是可喜可贺，将来你老了，定能从他那里得到安慰。

黎加给你写了一封长信，他告诉我他对你谈了在这个国家的许多见闻。他思想活跃，任何事物一见就能看个透彻。我呢，思想迟缓，没有能力向你介绍任何情况。

你是我们经常最亲切谈论的一个人。在士麦那，你盛情款待了我们，每天友好地给我们提供种种帮助，这些我们谈起来就没个完。慷慨的伊本，但愿你到处都有像我们一样感恩而忠实的朋友。

但愿不久就能与你再会，一起重温两个朋友一道甜蜜地度过的幸福日子。再见。

1712 年赖比尔 · 敖外鲁月 4 日于巴黎

## 第二十六封信

郁斯贝克致伊斯法罕内院罗莎娜

你多么幸福啊，罗莎娜，你生活在我们温馨的祖国波斯，而不是置身在我周围这种乌烟瘴气的环境中。这里的人都不知道廉耻和道德为何物！你多么幸福啊，你生活在我的内院，居住在没有邪恶的地方，免遭任何人的伤害。你所处的环境那么愉快美满，绝无失足的可能性，任何男人都不会以好色的目光来玷污你。甚至你的公公，在无拘无束的筵席上都从没看见过你动人的嘴唇，因为你总是用一条神圣的布带将它遮住。幸福的罗莎娜，你去乡下时，总是有几个阉奴在前面为你开道，遇到不回避的狂徒，就将他们揍死。就是我本人，尽管上天为了使我幸福把你赐给了我，你还是顽强地护着你那个宝贝不让我碰，我费了多大周折才终于占有了它！在我们新婚的日子里，我见不到你，心里非常不安，一见到你就迫不及待。可是，你不愿解除我的饥渴，你感到自己的贞操受到了威胁而固执地拒绝，使得我更加饥渴难忍。你把我视为与你时时躲避的那些男人一样的人。还记得那一天吗？你和奴婢们在一起，我找不到你，那些奴婢也存心捉弄我，把你藏起来不让我找到。另一次你还记得吧：你看到自己痛哭抹泪不管用，便把你母亲请了出来，想利用她的权威来制止我狂热的情欲。想必你还记得吧：看到一切办法都无济于事，你便横下一条心，举起匕首，威胁钟爱你的丈夫，如果他还要你献出在你看来比丈夫还珍贵的东西，你就杀死他。爱情与贞操之间的这场斗争持续了两个月。你把贞操看得太重了，甚至在被征服之后，你还不顺从，对已经无望保持的处女贞洁，硬要维护到底。你把我视为侮辱了你的仇敌而不是钟爱你的丈夫。一连三个多月，你每次见到我总是满脸通红，一副无地自容的神情，仿佛在责备我占了你的便宜。我甚至不能心安理得地占有你，你不让我看见你身上那些令人迷人销魂的部位。我陶醉在巨大的床第欢乐之中，实际上却什么也没得到。

你如果是在这个国家长大的，就不会那样难为情了。在这里，妇女们放纵得很，她们都不戴面纱出现在男人面前，仿佛存心要迷得男人们神魂颠倒；她们向男人飞媚眼，送秋波；她们在寺院里，在散步场所，甚至在自己家里与男人幽会。她们没有让阉奴服侍的习惯。她们不像你们这样高贵纯情，可爱害羞，而是表现得粗鲁厚颜，实在让人看不惯。

是的，罗莎娜，你如果在这里，看到你们女性堕落到如此可怕的地步，你一定会觉得受了侮辱。你会逃离这种罪恶的地方，而渴求你现在过的那种平静隐退的生活。在那种环境下，你周围的一切纯洁无邪，你能把握自己，无须害怕任何危险。总之你可以爱我，而不用担心有一天会丧失你对我应有的爱。

你涂抹艳丽的脂粉，使你的容颜更加光彩照人，你用最珍贵的香水洒遍全身，你用最漂亮的衣裳装扮自己，你力求用舞姿的优美和歌喉的甜润压倒你的对手们，你十分得体地同她们比魅力、比温柔、比活泼可爱，这时我想象不出，你除了讨我欢心，还有别的什么目的。罗莎娜，每当我看到你羞涩得粉颊绯红，或飞目传情，向我频送秋波，或者用甜言蜜语打动我心扉时，我怎能怀疑你对我的爱情。

对欧洲的妇女我该如何看呢？她们涂脂抹粉的方式，她们佩戴的首饰，她们精心的打扮，她们时时刻刻总想取悦于人的愿望，无疑都是她们操守上的污点，也有辱她们的丈夫。

然而，罗莎娜，我并不认为她们的行为像人们想象的那样，已经达到伤风败俗的地步，已经放荡得可怕至极，完全违反了为妇之道，令人不寒而栗。堕落到这种地步的妇女其实极少。她们心里都还铭刻着某种性质的贞操观念，这种观念是她们的出身赋予的，虽然因所受的教育而有所削弱，但并没有被摧毁。贞操所要求的那些表面的义务，她们可能有所放松，但是到了最后关头，本性就会出来抵制。因此，我们如此严密地禁闭着你们，派那么多阉奴看守你们，在你们的欲望过头时对你们大加约束，这并非我们担心你们完全不忠，而是我们知道，贞洁没有止境，些微污点就可将之毁掉。

我真舍不得你，罗莎娜。你久经考验的贞洁，应该使你有一个永远不离开你的丈夫，一个能够克制自身种种欲望的丈夫。这些欲望在你只能靠操守来克制。

1712 年赖哲卜月[1]7 日于巴黎


# 第二十七封信

郁斯贝克致伊斯法罕奈西尔

我们现在待在巴黎——一座堪与太阳城[2]媲美的城市。

---

[1] 波斯古历中的七月。
[2] 据原注，太阳城即伊斯法罕。

离开士麦那时，我托友人伊本转给你一个盒子，里面有几件薄礼。这封信也由他转交。我与伊本虽然相距五六百法里[1]，但我经常把我的消息告诉他，也十分容易得到他的消息，就像他在伊斯法罕、我在科姆时一样。我把信寄到马赛，那里经常有邮船驶往士麦那，他再通过每天从士麦那前往伊斯法罕的商队，把信捎到波斯。

黎加身体极好，体力充沛，人又年轻，天性快乐，能够经受得住各种考验。

我呢，身体欠佳，心力交瘁，忧思纷扰，日甚一日，衰弱的身体使我思念祖国，倍感身处异邦的悲凉。

不过，亲爱的奈西尔，请不要把我目前的情况告诉我的妻妾们。若她们爱我，我不想让她们伤心落泪；若她们不爱我，我不想助长她们的胆大妄为。

我的阉奴们以为我危在旦夕，觉得向女人们献献殷勤再也不会受到惩罚，那么女性的甜言蜜语他们再也不会充耳不闻，而是会使石头动心，使没有生命的东西动情。

再见，奈西尔。能向你表示信任，不胜欣喜。

1712 年舍尔邦月 5 日于巴黎

## 第二十八封信

黎加致 × × ×

昨天我目睹的一件事相当奇怪，虽然这类事在巴黎司空见惯。

傍晚时分，许多人聚在一起演一种叫作喜剧的戏。主要的表演在一个台子上进行，那就是戏台。两边，在一些被称为包厢的窄小房间里，只见一些男女在表演哑剧，与我们波斯通常上演的哑剧差不多。

在包厢里，一个情场失意的女子流露出满脸的忧伤；另一个活泼的女子，两

---

[1] 一法里约合四千米。

眼火辣辣地注视着她的情人，她的情人也火辣辣地注视着她。所有人都把情欲表现在脸上，而且表现得十分动人，真是无声胜有声。那边戏台上的女演员，身体只是半裸，用袖套遮住双臂，以显得庄重。台下的观众都站着，对台上的演员评头品足；台上的演员也嘲笑台下的观众。

但是最辛苦的却是那么几个人，他们年龄都不大，经得起劳累，是专门雇来制造气氛的。他们必须出现在每一个地方，在只有他们熟悉的各个角落里钻来钻去，楼上楼下不停地奔跑，敏捷得令人吃惊，一会儿楼上，一会儿楼下；他们出现在每个包厢里，仿佛一会儿潜入了水底，一会儿又浮到了水面，经常退出这边正在表演的地方，又赶到另一个地方去表演。还有一些人虽然挂着拐杖，却像常人一样走来走去，非常出人意料。最后我们来到几间厅里，这里正在演出一种独特的喜剧：大家一见面就相互行屈膝礼，然后相互拥抱。据说即使是泛泛之交，也要拥抱得双方透不过气来。这种地方似乎能使人产生柔情。据说在这里处于支配地位的公主们性情并不乖戾，一天之中只有两个钟头作威作福，其余时间都挺平易近人。作威作福是一种陶醉，很快就会过去的。

以上所叙述的情形也发生在另一个场所，而且大致相同。那个场所称为歌剧院。唯一不同之处是，在戏台是对白，在歌剧院是唱歌。一次，一位朋友把我带进一位主要女演员的化妆室。那位女演员和我一见面就彼此很投契，第二天给我寄来这样一封信：

先生：

　　我是世界上最不幸的女子。从前我一直是歌剧院里品行最端正的女演员。七八个月前，我正在你昨天见到我的那间化妆室里化妆，准备扮演女祭司狄安娜[1]，一位年轻神父进来见到我，竟不顾我穿着洁白的戏装、戴着面纱、扎着束带，玷污了我的贞操。我向他诉说我为他做出了多么大的牺牲，他充耳不闻，反而笑我太俗。现在我腆着个这么大的肚子，再也没有勇气登台演出。事关名誉，我是非常计较的。我始终认为，一个出身清白的女子，宁可失去

---

[1] 古罗马的月亮女神，与古希腊女神阿耳忒弥斯化为一体，成为专司狩猎、生育的女神。

贞操，也不能失去名誉。我既然如此计较名誉，你可以想见，当时如果那个神父不允诺跟我结婚，他是不可能得手的。他的意图如此正当，我当时便不顾通常的小节，未经明媒正娶就委身于他了。现在他的不忠已使我名誉扫地，这歌剧院我待不下去了。况且，私下对你说想必无妨，我在歌剧院挣的钱也不够糊口。我年纪大了，魅力大不如前，每月收入倒一直没变，但感觉起来却仿佛一天天减少了。听你的一位随员讲，在贵国，优秀的女舞蹈演员极受重视。

　　我到了伊斯法罕准会马上飞黄腾达。如果你愿意保护我，带我去贵国，你便为一个女子做了件大好事。这女子凭着她的操守和品行，决不会辱没你的大恩大德。我……

1712 年闪瓦鲁月[1]2 日于巴黎

# 第二十九封信

黎加致士麦那伊本

　　基督教徒们的领袖是教皇。这是个古老的偶像，人们按习惯仍对他顶礼膜拜。往昔他甚至令各国君主生畏，因为他可以轻而易举地废黜任何国家的君主，就像我们伟大的苏丹废黜伊里默特和格鲁吉亚[2]的国王一样。但现在人们不再怕他。他自称是最早的基督徒圣彼得的继承人。他所继承的遗产无疑非常丰富，因为他拥有无尽的财宝，统治着广阔的地方。

　　主教是臣属于教皇的执法者，在教皇领导下履行着两项互不相容的职责：集中起来开会时，他们像教皇一样制定教规戒律；私下里，他们的工作多半是免除人们履行教规的义务。你肯定知道，基督教有许多清规戒律很难奉行。人们认

---

[1] 波斯古历中的十月。
[2] 二者都是高加索地区的国家，古代为波斯附属国。

036

为，既然这些义务不容易履行，不如让主教来免除。这后一种办法被视为公益行为。于是，有人如果不愿意斋戒，不愿意履行结婚手续，想取消许愿，想违背教规互结连理，甚至想收回誓言，那么只需去找主教或教皇，就会立即得到批准。

主教们并不主动制定戒律。有无数经师，其中大部分是修士。他们之间常常就宗教提出千百个新问题。人们让他们去长期争论，直到终于做出决定才结束他们之间的战争。

我敢肯定，世界上的任何国家，都不像基督教国家那样内战频仍。

提出某种新倡议的人，最初都被称为异端分子。每种异端都有个名称，对于加入的人来说，无异于盟号。不过，不想成为异端也不难，只需将争论者分成两派，为指控别人为异端的人帮腔。这种帮腔不论内容如何，人家听得明白还是听不明白，都会使自己变得清白如雪，可以自封为"正统派"。

上述情形仅仅适用于法国和德国，据说在西班牙和葡萄牙，有些修士容不得任何嘲讽，他们焚烧一个人，就像烧麦秸一样轻易。落到这种人手里，要想幸免，除非你手里数着念珠一直在祈祷上帝，身上披着两块用两根绳子捆住的毡毯，并且你曾经去过那个叫作加利西亚的省[1]，否则你这个可怜虫就要倒霉了。即使你发誓你是正统派，他们也根本不承认你的正统派身份，仍把你作为异端分子活活烧死。你分辩也没用，他们根本不容许你分辩。当人们想听听你的分辩时，你早已化成了灰烬。

别的审判者会推定被告无罪，而这些人总是推定被告有罪。遇到情况不明的时候，他们的准则是从严惩处。他们显然认为人性皆恶，可是另一方面，他们对人性又有好的看法，认为人绝不会说谎。他们所搜集的旁证，都来自被告的死敌、娼妓和从事下流职业的家伙。在宣判的时候，他们对穿硫黄衬衣的罪人[2]稍加恭维，说看到罪人穿得这样差真是于心不忍，他们自己都是温柔敦厚之人，厌恶流血，做出如此判决，实出无奈云云。不过，为了自慰，他们没收不幸者的全部财产，中饱私囊。

---

[1] 基督徒朝圣地圣雅克－孔波斯特拉位于加利西亚省。
[2] 被异端裁判判处火刑，准备烧死的罪人。

先知的子孙们居住的地方真可谓福地！在那里见不到这些悲惨的景象。天神们赐降于这片土地的神圣宗教，靠真理本身来捍卫自己，根本不需要这些残暴手段。

1712 年闪瓦鲁月 4 日于巴黎

# 第三十封信

黎加致士麦那同一人

巴黎人的好奇心近乎荒唐。初到巴黎，我简直被视为天外来客，男女老幼无不以一睹为快。我一出门，所有人都趴到窗口观看。我到杜伊勒里宫[1]，一圈人立刻围拢来，甚至妇女也来围观，五光十色地像条彩虹围绕在我身边。我去看戏，立刻发现成百上千副长柄眼镜对准了我。总之，从来没有人像我这样被围观。有时，听到一些从来足不出户的人议论说："说真的，这个人的确像个波斯人。"我禁不住暗笑。真是不可思议！我发现到处有我的肖像。我仿佛有分身术，出现在每家店铺里、每个家庭的壁炉台上。人人都担心没看够我似的！

如此的殊荣不免成为一种包袱。我并不认为自己是如此稀奇、如此罕见的人。我虽然自命不凡，但万万没有想到，一座没有任何人认得我的大都市，居然被我的出现闹得鸡犬不宁。于是，我决心脱下波斯装，换上欧洲服，看看我换装后的容貌是不是还引人注目。这一实验使我认识到自己的真正价值。当我不再是一身外国人的打扮，人们对我的评价就准确了。我真该抱怨我的裁缝，他使我转眼之间失去了公众的注意和青睐，突然陷入了可怕的毫不起眼的境地。有时我和一些人待了一个钟头，都没有人打量我一眼，也没有人给我张口说话的机会。偶尔有人告诉大家我是波斯人，我立刻听到周围一片议论声："啊！啊！先生是波斯人？真不可思议！怎么会是波斯人呢？"

1712 年闪瓦鲁月 6 日于巴黎

---

[1] 曾是法国王宫，位于巴黎塞纳河右岸，于 1871 年被焚毁。

# 第三十一封信

雷迪致巴黎郁斯贝克

亲爱的郁斯贝克，我现在在威尼斯。威尼斯这座城，即使你去过世界上的所有城市，到了这里还是会惊愕不已。一座城市连它的高塔和寺庙都是从水底冒出来，矗立在你眼前的；在一个本来只有水族聚居的地方，你举目望去，却是熙来攘往的人群，这，不能不令你瞠目结舌。

但是，这座世俗的城市缺乏世间最珍贵的财富——淡水。在这里，想按教规大净一次都不可能。我们神圣的先知厌恶这座城市，他每每从天上俯视它时，总会愤恨不已。

若不是这样，亲爱的郁斯贝克，我会欣然生活在这座城市里。在这里，我每天接受新思想，学习经商的诀窍，了解各国君主的利益所在以及他们政府的形式，就连欧洲所信的迷信，我也不忽略。我潜心钻研医学、物理学和天文学，研究各种艺术。我终于拨开了故乡那遮蔽双目的云雾。

1712 年闪瓦鲁月 16 日于威尼斯

# 第三十二封信

黎加致 ×××

日前我参观过一间收容所，它为大约三百个人提供相当简陋的食宿。我很快就参观完了，因为教堂和房舍没啥好看的。生活在这家收容所里的人，个个倒是相当快活，其中不少人在打牌或从事我看不懂的娱乐活动。我离开时，他们中的一个人跟了出来。他听到我打听去巴黎最偏远的街区马勒怎么走，便对我说："我正要去那里，可以给你带路。请跟我走吧。"他路带得非常好，免去了我许多尴尬事，没有被马车和大车撞死。快要到达目的地时，我突生好奇心，问他："好心的朋友，能告诉我你是什么人吗？""我是盲人，先生。"他答道。"怎么，"我说，"你是盲人？那么，你为什么不请刚才同你打牌的那个彬彬有礼的人给我们带路呢？""他也是盲人，"他回答，"四百年来，你刚才遇到我的那家收容所里，一直住着三百个盲人。不过，现在我得跟你告别了。这就是你要去的那条街。我得随着这许多人进教堂去啦。老实讲，进了教堂，我磕碰别人就比别人磕碰我更多了。"

1712 年闪瓦鲁月 17 日于巴黎


# 第三十三封信

郁斯贝克致威尼斯雷迪


巴黎的酒非常贵，因为税课很重，简直让人以为他们在试图执行《古兰经》里的禁酒戒律呢。

想到这种饮料可能会带来的严重后果，我不禁将之视为造物主赐予人类的最可怕的礼物。戕害我们君主们的生命和名誉的事情，莫过于纵酒。酒，是君主们残酷无道的最恶劣的根源。

哪怕人们听了难为情，我还是要指出：教规禁止我们的君主饮酒，可是他们却纵酒无度，甚至丧失了人性。相反，基督教教规是允许其君主们饮酒的，我们却没有发现他们因饮酒而犯什么过失。人类的思想本身就是矛盾的。人们纵情于酒色，就会拼命反对教规，而为了使我们变得更虔诚而制定的教规，却往往只能促使我们更容易犯罪。

不过，我不赞成酒这种使人丧失理智的饮料，但也不谴责酒这类使人精神愉快的饮料。东方人把酒作为医治最危险的疾病的良药，也把酒作为解忧之物，这是他们智慧的表现。欧洲人遇到什么不幸，就没有别的办法，只有阅读一位名叫塞内加 [1] 的哲学家的著作；亚洲人比欧洲人有见识，也更通晓医道。他们饮用某

---

[1] 生卒年为 4—65 年，古罗马政治家、哲学家。

些饮料，喝了能愉快起来，忘掉痛苦的往事。

人们往往拿病痛难免、药石无效、命中注定、天意难违、人生本来就不幸等说法来自我安慰，没有比这更可悲的了。照此看法，人生来就该受苦受难，也就无所谓减轻痛苦了。因此，最好是让思想摆脱各种忧虑，把人当作感性的人，而不是理性的人对待。心灵与肉体结合之后，就不断受到束缚，如果血液流动太慢，思想净化得不够或者分量不够，我们就会陷入沮丧和忧郁。但如果我们喝一些能改变身体这种状况的饮料，那么我们的心灵就会重新接受使自己愉快起来的印象。它看到自己的机体重新运转起来，恢复了活力，便会暗自欣喜。

1713 年都尔喀尔德月 25 日于巴黎

## 第三十四封信

郁斯贝克致士麦那伊本

波斯女人美过法国女人，但法国女人俏过波斯女人；波斯女人容易让人爱上，但法国女人容易让人开心。前者温顺端庄，后者开朗活泼。

波斯女人显得血统高贵，是因为在这个国家女性过着有规律的生活，她们不赌博，不熬夜，不饮酒，几乎不抛头露面。内院要说是行乐之处，不如说是养生之处，那里生活平静，没有刺激，一切都受服从和义务的约束，即使玩乐，也是严肃的，行乐也有节制。在那里玩与乐也充分显示出权威与依附。

就是波斯男人，也没有法国男人快乐。在这里，不论地位和条件，我所见到的男人都思想自由，乐呵呵的，在波斯可见不到。

在土耳其，情况更糟。你可以见到一些家庭，自君主制建立以来，父子世代从来没有人笑过。

亚洲人那样严肃，在于他们相互之间的交往太少，他们只是迫于礼节才相互见面。友谊，这种心与心的温馨接触，在这里使生活变得和美，亚洲人却几乎不知道其为何物。他们深居简出，家里时时都有妻子在等候他们。因此可以说，每个家庭都是与世隔绝的。

一次，我和这里的一个人谈起这个问题，他对我说："你们的风俗最令我反感的一点，是你们不得不与阉奴一块生活，而这种人心灵里和思想上时时感到自己地位低下。这些卑贱的人削弱着你们与生俱来的道德感。加上从童年时代起，他们就与你们厮混在一起，更毁了你们的道德感。这种卑贱小人，你们能指望从他们那里得到什么教益呢？他们以替别人看守女人为荣，以从事人间最下贱的工作为骄傲，就连他们的忠诚——这算得上他们唯一的品德——也是可鄙的，因为他们的忠诚是出于羡慕、嫉妒和绝望。他们作为男女两性的渣滓，对两性都存有强烈的报复心，但又不得不低首下心接受强者的虐待，而以千方百计折磨弱者为能事，利用自身的残缺不全、丑陋畸形，博取光彩的地位。他们受到倚重，就是因为他们根本不配受到尊重。他们受命守在门口，就永远守在门口，像门闩和插销一样固守不动，五十年坚守在卑贱的岗位上，干尽人们所不齿的勾当，守护着主子唯恐失去的东西，还自我吹嘘哩！"

1713 年都尔喀尔德月 14 日于巴黎

# 第三十五封信

郁斯贝克致道里斯宏明修道院苦行僧、表兄仁希德

高尚的苦行僧，你对基督教徒怎样看？你认为到了最后的审判日，他们会像不忠不信的土耳其人一样，给犹太人充当驴子，驮着他们奔向地狱吗？我知道，他们肯定去不了天国，伟大的阿里也不是为了他们来到人间的。然而，他们都相当不幸，在自己的国家找不到清真寺。你认为他们是否应该因此而受到永恒的惩罚？他们不信奉真主向他们传播过的宗教，真主是否就会惩罚他们呢？我可以告诉你，我经常观察这些基督徒，经常向他们询问，想看看他们对最伟大、最崇高的阿里有没有一点概念，却发现他们根本没有听人提起过。

他们与我们神圣的先知用剑刺死的不信教者没有任何不同之处，那些不信教

者不相信真主的圣迹。更确切地讲，他们像不幸的人，在神的光辉没有向他们照亮我们伟大先知的容颜之前，一直生活在偶像崇拜的愚昧之中。

况且，我们仔细研究他们的宗教就会发现，他们的宗教似乎根源于我们的教义。我常常赞叹真主的秘诀，他似乎有意凭借这些秘诀，使基督徒们将来普遍改宗。我听人谈起过他们的经师们写的一本书，题为《无可辩驳的多妻制》[1]，书中论证了按神意基督徒必须实行一夫多妻制。他们的洗礼则很像我们法定的净礼。基督徒们错就错在只相信人生下来后第一次净礼的作用，认为有这一次就够了，以后再也不需要行净礼了。他们的神父和僧侣像我们一样，每天祈祷七回。他们希望通过肉体的复活，能够升入天堂，享受万千乐趣。他们像我们一样，有明文规定的斋戒和苦修，希望以此感动上天大发慈悲。他们对善神顶礼膜拜，对恶神小心提防。他们真诚地相信天主通过其仆人[2]所创造的奇迹。他们像我们一样承认自己功德不深，需要有人去主面前为自己说情。在这里到处感觉得到伊斯兰教的影响，虽然见不到伊斯兰教徒。不管怎样，真理终归要冲破笼罩着它的黑暗，大白于天下。总有一天，真主会看到普天之下尽是真正的信徒。时间会消磨一切，甚至会消弭错误。全人类将惊愕地发现大家都聚集在一面旗帜之下，一切，乃至教规法典，都将归于湮灭；一切神圣的范例都将从人间被送到天上，存入天国的档案库中。

1713年都尔黑哲月[3]20日于巴黎


# 第三十六封信

郁斯贝克致威尼斯雷迪


巴黎时兴饮咖啡。有许多供应咖啡的公众咖啡馆。在有些咖啡馆里，顾客谈论新闻；在有些咖啡馆里，大家弈棋。有一家的咖啡煮得特别好，饮了可以益

---

[1] 该书为新教教士约翰·李斯鲁斯所著，出版于1682年。
[2] 指教士。
[3] 波斯古历中的十二月。

智，至少凡是在这家咖啡馆饮了咖啡出来的人，没有一个不认为自己的才智增长了四倍。

然而，这些风雅之士令我反感，因为他们不思报效祖国，而是把自己的才智浪费在无聊的事情上。例如刚到巴黎，我就发现他们为一个你想都想不到的微不足道的问题——古希腊一个诗人[1]的名誉问题——争论不休。两千年来，谁也没搞清楚这位诗人生于何地，卒于何时。争论双方都承认这是位杰出的诗人，问题是要弄清楚他究竟有多大贡献。每个人都想提出一个百分比，但在这些分配名誉的人之中，一部分人占了上风，于是他们争吵起来，而且争吵得很凶，双方咬牙切齿恶语相加，满嘴粗话，互相讽刺挖苦，无论是争论方式还是争论内容，都令我大开眼界。我心里想，要是有人冒冒失失，跑到这位古希腊诗人的某一位辩护者面前，诋毁某个正直的公民的名誉，他一定会被批驳得体无完肤！我相信，这种为死人辩护的可贵热情比起为活人辩护肯定会更加高昂！但我又想，愿真主保佑，不管怎样，千万别让我引起这位诗人的这帮评判者的敌视。诗人在坟墓里躺了两千年，还免不了遭到这些人的无情的憎恨！现在他们还是放空炮，一旦面对敌人，可想而知他们会狂怒到何种地步！

前面提到那些人争论时语言粗俗，不过应该说，他们与用不开化的语言[2]争论的另一类人还有所不同。那种语言使争论者更加慷慨激昂，固执己见。在有些街区，经常看得见这种人黑压压地挤在一起争论。他们醉心于争个高低，把稀里糊涂的说理和所得出的错误结论，当成生活的内容。这种本来会饿死人的行当，却也能给人以回报。我们曾看到整个民族从本国被赶出来，渡海来到法国，而他们随身所带的赖以生活的东西，只有令人生畏的争吵才能。

再见。

1713 年都尔黑哲月最后一日于巴黎

---

[1] 应是指荷马。
[2] 粗俗的语言指由拉丁语演变成的法语，不开化的语言指经院拉丁语。

# 第三十七封信

郁斯贝克致士麦那伊本

法国国王[1]好老了。历史上还没有君主在位这样久的先例。据说，这位国王有着让臣民顺从的突出才能，他用同样的天才治理着家庭、王室和国家。人们常听到他说，在全世界所有政府之中，他最感兴趣的是土耳其人的政府和我们的受人尊敬的苏丹政府。可见他多么重视东方政治啊！

我研究过这位国王的性格，发现了一些我摸不透的矛盾之处。例如，他有一位大臣才十八岁，而他的一位情妇已经八十岁；他热爱自己的宗教，但谁要是主张严格遵守教规，他却无法忍受；他远离城市的喧嚣，很少与人交谈，却又千方百计让人们从早到晚谈论他；他喜欢打胜仗，喜欢战利品，但害怕让一位出色的将军来领导他的军队，就像害怕一位出色的将军领导敌军一样。我相信，他是独一无二的既富有又贫穷的人，他拥有的财富之多连王公都不敢希冀，而他又穷得连普通人都无法忍受。

他喜欢赏赐为他效劳的人。无论是兢兢业业的——或者不如说无所事事的——廷臣们，还是坚苦卓绝的将领们，都能得到他慷慨的赏赐。不过，为他宽衣解带或在就餐时给他递餐巾的人，往往比为他攻城略地、为他打胜仗的人更能讨他的欢心。他认为，以君主之伟大，施恩之时不应该斤斤计较。他从来不问受他赏赐的人有无德才，只要他选中了某人，此人就必然德才兼备。因此，国人曾看到他赐予一个败逃两法里的人一笔小小的年金，而把省督的位置赐给一个败逃了四法里的人。

他讲究奢华，他的宫殿更是富丽堂皇，他的御花园的雕像，数量比一座大都市的居民还多。他的卫队强大无比，他的军队兵多将广，他的资源取之不尽，他的国库用之不竭，在他面前，各国君主望风而降。

1713年穆哈兰姆月7日于巴黎

---

[1] 指法国国王路易十四，1643至1715年在位。

# 第三十八封信

黎加致士麦那伊本

对男人来讲，究竟是不让女人自由好，还是让女人自由好，这是个大问题。我觉得，让或不让都有许多理由。欧洲人说，使自己所爱的人不幸，实在有欠宽厚；我们亚洲人则说，男人放弃天赋的对女人的控制权，其实可耻。要是有人对亚洲男人说，把许多妇女关在家里不许出门会生出麻烦，他们会回答说，十个顺从的女人远远不如一个不顺从的女人麻烦。相反，亚洲男人也会议论说，欧洲男人不可能幸福，因为他们的妻子对他们不忠实。欧洲男人回答说，亚洲人如此炫耀的这种忠实，并不能避免情欲满足之后必然产生的厌倦；我们的妻子对我们过分俯首帖耳，如此安稳的占有，既不会给我们带来任何欲望，也不会使我们产生任何担心；女子稍稍卖弄风情，犹如放盐，既可刺激胃口，也可防止变质。比我更明智的人恐怕也难以做出决断，因为亚洲人善于想办法消除不安，欧洲人则善于让自己根本没有什么不安。

欧洲男人说："不管怎么说，我们虽然作为丈夫有些倒霉，但是总有办法以情人的身份得到补偿。除非世间只有三个人，一个男人才有理由抱怨妻子不忠，有四个人，他就总能如愿以偿。"

自然法则是否规定女人必服从于男人，则是另一个问题。有一次，一位十分风雅的哲学家对我说："不。自然从来就没有规定这样一条法则。我们对女人的支配是一种名副其实的专制；女人听任我们支配她们，无非因为她们比我们更温和，因而也比我们更有人情味，更通理性。如果我们通理性，这些长处本来应该为她们造就优越地位，可是由于我们不通理性，这些长处倒使她们失去了优越地位。"

的确，我们对女人只有专制的权威，女人对我们却拥有自然的权威。她们的权威即她们的美貌，那是我们无法抗拒的。我们的权威并非各国皆然，而美貌的权威则天下皆同。那么，为什么我们享有特权呢？因为我们是最强者吗？真正的不公平正在于此。我们千方百计挫伤女人的勇气。如果男女平等地接受教育，那么双方必定势均力敌。考验一下女人未经教育削弱的各种才能吧，我们就能看到我们是否比她们强。

应当承认，尽管这些有悖于我们的风俗，但在文明礼仪之邦，妇女对丈夫一直是有权威的。这种权威体现的方式——在埃及是崇奉爱西丝[1]，在巴比伦是崇奉塞弥拉弥斯[2]——都是法律固定下来的。据说，能够号令天下各国的罗马人，在妻子面前无不俯首帖耳。且不说索洛马特人[3]，他们真正受女性奴役，不过他们太不开化，不足为例。

亲爱的伊本，你看，我都接受这个国家的一些看法了。在这里人们都爱发表奇谈怪论，把什么事情都讲得荒谬绝伦。其实这个问题先知早有定论，规定了男女两性的权利。他说："妻子应该尊重丈夫，丈夫亦应尊重妻子，只是丈夫优于妻子一等。"

1713 年主马达·阿色尼月 26 日于巴黎

# 第三十九封信

哈吉伊毕[4]致士麦那改宗伊斯兰教的犹太人本·约苏亚

本·约苏亚，我觉得非凡人物诞生时总会有明显的预兆，仿佛大自然感受到阵痛，上苍分娩颇费力气。

没有任何事情比穆罕默德的诞生更神奇。真主秉承天意，在创世之初，就已决定把这位伟大的先知派到人间，来擒缚撒旦，并于亚当之前两千年，创造了一种非凡的智慧，让它在穆罕默德祖先的首选人物[5]中代代相传，一直传到穆罕默德他本人，以此证明他是历代族长正宗的后裔。

也是为了这位先知，真主要求，除非女人变得洁净，男人接受割礼，否则他

---

[1] 古埃及神中专司婚姻、农业的女神。
[2] 古代亚述和巴比伦女王，神话传说赋予她东方爱神和丰产女神的特点。相传是她建立了巴比伦和举世闻名的空中花园，即塞弥拉弥斯花园。
[3] 古代北欧民族，3 世纪为哥特人所灭，一部分人并入斯拉夫族。
[4] 一位去麦加的朝圣者。——原注
[5] 指神明选中的宗教和政治领袖。

们不准生育。

穆罕默德降世时，是割除了包皮的。他一呱呱坠地，就一副喜气洋洋的神色。大地震动了三下，仿佛是它分了娩；所有神祇拜倒在地，各国君主王位倾覆；路锡福[1]被抛入海底，泅游四十昼夜，才浮出深渊，逃到卡贝斯山上，以可怕的声音呼唤着众天神。

是夜，真主在男女之间划定任何人不得逾越的界线。法师、巫师们的法力全部失灵，只听见天上一个声音说道："我把我忠实的朋友派到人间。"

据阿拉伯历史学家伊斯本·阿本记载，当时百鸟齐集，风云聚会，各路神仙济济一堂，都想争得抚养这个婴儿的殊荣。鸟儿们叽叽喳喳说，由它们来抚养更方便，因为它们容易从不同的地方采集许多水果。风儿柔声柔气地说："还是由我们抚养更合适，因为我们能为他带来所有地方的芳香。"云儿说："不，不，不行。应交给我们抚养，因为我们能时刻让他享受到水的清凉。"众神祇听了生气地嚷起来："那么，让我们干什么？"这时，天上传来一个声音，制止了大家的争论："对此儿的抚养决不可脱离凡人之手，因为哺育他的乳房、抚摩他的手、供他居住的房屋、让他睡的床，都会拥有无上荣光。"

亲爱的约苏亚，耳闻目睹了这许多明证，除非真正冥顽不灵，谁还能不相信先知神圣的合法性？上苍还要做什么，才算证明先知神圣的使命是受之于天？难道非让大自然倾覆，使他想说服的人统统死去不成？

1713 年赖哲卜月 20 日于巴黎


# 第四十封信

郁斯贝克致士麦那伊本


凡大人物逝世，大家总要聚集于清真寺里，有人致悼词，无非是对他颂扬一番。不过要准确评价死者的功德，那就叫人犯难了。

---

[1] 黎明报知者金星的名字。此处是魔鬼撒旦的别名，见于但丁的《神曲》。

我主张取消葬仪。为人落泪，应在其诞生之日，而不应在其辞世之时。在垂死者快断气之际，搞那样一套仪式，摆弄那样一套令人悲伤的东西，甚或家人垂泪，亲朋致哀，这一切除了夸张地向垂死者表示，他的去世将是一大损失之外，还有什么作用呢？

我们都非常盲目，不知道什么时候该悲伤，什么时候该欢乐。我们的悲伤或欢乐几乎总是假悲伤，假欢乐。

莫卧儿每年蠢头蠢脑地坐到大秤盘上，像牛一样让人称他的体重。老百姓则因为某位国王日益变得蠢笨而丧失统治能力，由衷地感到高兴。看到这一切，伊本，我真为人类的荒唐感到可怜。

1713年赖哲卜月20日于巴黎


# 第四十一封信

黑人阉奴总管致郁斯贝克


高贵的老爷，你的一个黑人阉奴伊斯马厄死了，我不得不找人代替他。现在阉奴极难找到了，我想用你在乡下的一个黑奴。不过，至今我还未能说服他心甘情愿地干这个工作。我觉得归根到底，这对他有好处，所以日前对他用了一点严厉的手段：在你的后花园总管的配合下，我向他传话说不管他愿意不愿意，他都必须就范，办令你最开心的事情，并和我一起生活在这个令人生畏的地方，生活在这个他连看都不敢看一眼的地方。可是，仿佛有人要剥他的皮似的，他大喊大叫，拼命挣扎，从我们手里逃脱了，躲开了那决定命运的一刀。据说他准备给你写信求你宽恕，同时告我的状，说是因为他曾经讽刺挖苦我，我是出于强烈的报复心，才想出这个主意。然而，历代先知在上，我向你起誓，我的所作所为，完全是为了你的利益，这是我唯一考虑的，其他一切，我压根儿没放在心上。特叩首。

1713年穆哈兰姆月7日于法特梅内院

# 第四十二封信

法兰致其主人郁斯贝克老爷

尊贵的老爷，如果你在这里，我会浑身贴满白纸出现在你面前，即使这样，也写不完自你走后，你的黑人阉奴总管这个心肠最坏的人对我的侮辱。

就因为我嘲笑过他不幸的处境，他就没完没了地对我进行报复，唆使你那个心狠手毒的花园总管来整治我。自你走后，此人总强迫我干非人的苦活，好多次我觉得自己连命都要搭上了。不过，我一刻也没失去为你效劳的热情。多少次我心里说："我有一个心肠慈善的主人，可是我却是世间最不幸的奴隶！"

尊贵的老爷，老实说，我并不认为我命该遭受更大的苦难。可是，那个阉人硬要坏事做尽。几天前，他私下决定派我去看管你那些神圣的女人，也就是说要对我施行比死还要残酷千百倍的腐刑。那些生下来就不幸被他们狠心的父母施行了这种手术的人，也许还能感到自慰，因为他们除了现在的身份，根本不知道自己还有别的身份。可是，现在他企图不让我做人，企图夺去我的人性，我即使不死于这种野蛮行为，也会死于痛苦。

高贵的老爷，请允许我万分谦卑地吻你的脚。请让我感受到你受人景仰的功德的萌庇，不要让人说是出于你的命令，世间又多了一个不幸的人。

1713 年穆哈兰姆月 7 日于法特梅花园

# 第四十三封信

郁斯贝克致法特梅花园法兰

你该自心底感到高兴。好好看清这些神圣的字吧。你让阉奴总管和我的花园总管吻这手谕。我不准他们再对你采取任何行动。告诉他们去买一个阉奴来补缺。你要恪尽职守，就像我在你面前时一样。要知道，我越是宽厚仁慈，而你若借此为非作歹，我对你的惩罚也就越重。

1713 年赖哲卜月 25 日于巴黎

# 第四十四封信

郁斯贝克致威尼斯雷迪

　　法国有三种有身份的人：教士、军人和法官。每种人都极端瞧不起另外两种人。例如，某人被人瞧不起，并非因为他蠢，而往往因为他是法官。

　　连最卑贱的手艺人，也争相夸耀自己所选择的手艺。每个人都认为自己从事的职业优越，因而都自以为比隔行的人高一等。

　　世上的人或多或少都像埃里万省那位妇人，她得到过某位君主的一点恩宠，便在为君主祝福时，千百次祈求上天让君主当埃里万省的总督。

　　我在一则报道中读到，一艘法国船在几内亚海岸抛锚，几位船员上岸去买绵羊。他们被带去见该国国王。国王正在一棵树下为臣民审理案子。他坐在宝座也即一块石头上，但威严的神态不亚于宝座上的大莫卧儿皇帝。左右排列着三四个手执木矛的卫兵，一顶阳伞权当华盖为他遮住烈日。他和他的妻子王后娘娘，除了黝黑的肤色和几枚戒指，就没有别的饰物。这位国君一无长物，却渴慕虚荣，问这几个外国人，在法国，人们是否经常谈论他。他以为他的大名必定传遍了全世界的每个角落。他与那位使全世界沉默不语的征服者 [1] 不同，倒是希望全世界都谈论他。

　　每天鞑靼可汗用完晚餐，一位传令官便高声宣布：世界上所有君主如果愿意，都可以去吃晚饭了。这位吃乳品、没有住宅、全靠掳掠为生的野蛮可汗，把全世界的所有国王都视为他的奴隶，每天要辱骂他们两次。

1713 年赖哲卜月 28 日于巴黎

---

[1] 指亚历山大大帝。

# 第四十五封信

黎加致某地郁斯贝克

昨天早晨我还没起床，就听见有人拼命敲门。门突然被人推开或是撞开了。这个破门而入的人与我有些交往，他显得怒气冲冲。

他的衣着连朴素都谈不上，歪戴的假发梳都没梳一下，破了的黑上衣都没来得及缝补。平时他总是小心翼翼地把穷酸相掩盖起来，这天看来什么也顾不上了。

"起来吧，"他对我说，"今天一整天我都需要你。我要买许多东西，很希望你能陪我去。首先我们要去圣奥诺雷街与一位公证人商谈。他受委托替人出售一块价值五千利弗尔[1]的土地，我希望他能优先卖给我。其次我来这儿的时候，途中在圣日耳曼停留了一会儿，花两千法郎买了一所公馆，我也希望今天把合同签了。"

我马马虎虎穿上衣服，那人就迫不及待地催我下楼。"我们先去买辆豪华四轮马车吧，"他对我说，"连车夫和马一块配齐。"果然，不到一个钟头，我们不仅买了豪华四轮马车，还买了价值十万法郎的东西。一切办得飞快，因为那人根本不讨价还价，连钱都不数，在同一个地方把一切都买齐了。我恍如在梦中。仔细观察那人，发现他奇特地集富有与贫穷于一身，真是令人匪夷所思。最后，我把他拉到一边，打破沉默，问他："先生，所有这些东西谁来付钱？""我呀。"他答道，"请到我的卧室里来吧，我让你看看我数不清的财富，令全世界最大的君主都眼红的财富。不过这些财富不至于使你眼红，我要永远与你共享。"我跟随他，爬上他所住的六层楼，又顺着一架梯子爬上第七层。那是一间四壁透风的斗室，里面只有两三打陶盆，里面盛满了不同的溶液。"我每天一大早就起床，"他对我说，"头一件事就是做我二十五年来所做的，即去看我的作品。我看到伟大的日子终于来到了，它使我变得比世界上的任何人都富有。看见这种朱红色的液体了吗？它现在已经具有哲学家们所要求的使一切金属发生蜕变的性能。我从

---

[1] 法国货币单位。

这种液体里提炼出来的这些颗粒，你看，从色泽讲是真正的金子，虽然从重量来说还不完全是。这个奥秘，为尼古拉·弗拉梅尔所发现，但雷蒙·吕勒和其他千百万人至今仍在探索，现在已被我彻底掌握了。如今我成了一个幸运的炼金术士。老天爷在上，他赐给我的这么多财富，我只是为了他的荣誉才享用的。"

我出了房间，下了楼梯，不如说是冲下楼梯，心里十分气愤，把这个如此富有的人留在他的收容所里。再见，亲爱的郁斯贝克，我明天去看你；如果你愿意的话，我们一块回巴黎。

1713年赖哲卜月最后一日于巴黎

## 第四十六封信

郁斯贝克致威尼斯雷迪

我看见这里有些人为宗教问题争论不休，不过我觉得，他们同时也在比谁最不信宗教。

他们并不是比别人更好的基督徒，甚至算不上比别人更好的公民。正是这一点使我感触颇深。因为不管信奉什么宗教，遵纪守法、热爱人类、孝顺父母，总是首要的宗教行为。

事实上，一个信教者的首要目标，难道不是使创立他所信奉的宗教的主满意吗？而实现这个目标最可靠的办法，无疑是遵守社会的法纪，履行人类的义务。不管你皈依什么宗教——假定吧，只要你信一种宗教，你就得假定主是热爱人类的，因为主创立宗教的目的就是要使人类幸福。既然主热爱人类，如果我们也热爱人类，就是说对人类履行一切仁慈和人道的义务，绝不违犯保障人类生活的法律，那么我们就能使主满意。

这比坚持这样或那样的仪式更能使主满意。仪式本身并不体现仁慈的程度。仪式之所以好，是因为人们为了崇敬主，假设这些仪式是出于主的旨意。不过，这方面历来存在很大争论，人们容易搞错，因此必须从许多宗教仪式中选择一种。

有一个人天天这样向主祷告：主啊，人们围绕你进行着不体面的争论，真把我搞糊涂了。我愿意按照你的旨意为你效劳，可是我所请教的每个人，都要我按照他的意志为你效劳。我想向你祈祷，但不知道该用何种语言，不知道该采用何种姿势。有人说应该站着向你祈祷，又有人说该坐着向你祈祷，还有人说该跪着向你祈祷。不仅如此，有人肯定说每天早晨须用冷水沐浴，另一些人坚持说，如果不从身上割下一小块肉，你就会用憎恶的目光看我。日前，我在一家商旅客栈里吃一只兔子，坐在旁边的三个人异口同声地说我严重冒犯了你，吓得我直发抖。他们中的一个人说是因为兔子这畜生不洁净，另一个说是因为这只兔子是闷死的，第三个人说因为我吃的是兔子而不是鱼。一个婆罗门经过那里，我请教他怎么看，他说："他们三个人都错了，因为这畜生显然不是你亲手宰杀的。"我对他说："恰恰是我宰杀的。""啊！你可干了件大逆不道的事，"他声色俱厉地说，"主绝不会宽恕你。再说，谁能肯定令尊大人的灵魂不附在这畜生身上呢？"主啊，诸如此类的事情，无不使人陷入难以想象的困惑之中。我真担心，恐怕只点一下头也会冒犯你。然而，我愿意让你开心，愿意为了让你开心而献出你赐予我的生命。我不知道我的想法是否正确。我觉得，让你开心的最好办法，是在你让我降生的社会上做个好公民，在你所赐予我的家庭里当个好父亲。

1713 年舍尔邦月 8 日于巴黎

## 第四十七封信

贾琪致巴黎郁斯贝克

我有一个重要消息告诉你：我与泽菲丝已言归于好，由于我俩不和而分裂的内院重新团结了。这个和睦如初的地方，现在就缺你一个人了。回来吧，亲爱的郁斯贝克，回来让爱情结出硕果。

我为泽菲丝举行了一次盛大的宴会，邀请了你母亲、你所有的妻子和你主要的侍妾，你姑妈和众表姐妹也应邀出席。她们都是骑马来的，个个被面纱和衣裙遮掩得严严实实，宛如月亮被乌云笼罩着。

第二天我们去了乡下，希望在那里更自在些。我爬上骆驼背，每个隔厢里坐四个人。这次出门是临时决定的，没有来得及去周围宣布沿途禁绝行人。不过，阉奴总管总能随机应变，额外采取了一种防范措施。除了我们所戴的面纱使我们不会被人看见之外，他还在隔厢四周加了一块厚厚的帘子，这样我们就绝对看不见任何人了。

临过河时，按习惯，我们每个人坐进一个筐子，让人背到船上。据说当时河边有许多人，其中一个出于好奇，过分走近了我们隐藏的隔厢，挨了致命的一击，从此双目失明；另一个人脱得精光在河边擦澡，也遭到同样下场。你忠实的阉奴们为保护你和我们的名誉，牺牲了那两个不幸的人。

不过，我们的历险还没完，请让我接着讲下去。刚到河心，狂风骤起，乌云蔽空，水手们张皇失措，我们几乎被吓昏了。我记得听到阉奴们争论的声音。有几个说应该把险情告诉我们，把我们从隔厢里放出来。但是他们的头儿坚持说，他宁愿死，也不能这样做，因为那会损害主人的名誉，谁敢再出这样的主意，他就一刀捅了他。我的一个奴婢一听吓坏了，衣服也没穿好就跑过来救我，一个黑人阉奴粗暴地抓住她，把她赶回原处。这时我已不省人事，直到危险过后才恢复知觉。

女人旅行多么不方便啊！男人遇到的可能仅仅是生命危险，而我们呢，时时提心吊胆，既怕丢掉性命，又怕失去操守。再见，亲爱的郁斯贝克，永远爱你。

1713 年赖买丹月 2 日于法特梅内院

# 第四十八封信

郁斯贝克致威尼斯雷迪

好学的人总不得闲。我虽不肩负任何重任，但总忙忙碌碌。我一生都在观察，夜里把白天所见所闻所注意到的事物记下来。一切都令我感兴趣，一切都令我好奇。我像一个孩子，感官稚嫩，遇到最不起眼的事物，也会感受到强烈的刺激。

你也许不相信，在所有聚会和社交场合，我们都受到亲切的欢迎。我觉得，这在很大程度上是多亏了黎加活跃的思维和快乐的天性。这些优点使他喜欢与大家交往，大家也喜欢与他交往。我们这些外国人的举止，不再令人反感。人们甚至惊奇地发现，我们也彬彬有礼。法国人简直想象不到，我们国家的环境也能产生像他们一样的人。毋庸讳言，就是该让他们清醒清醒了。

我在巴黎附近一座乡间别墅度过了几天。主人是个德高望重的人，十分好客。他太太非常可爱，为人谦和，又活泼快乐。这种特质，我们波斯女人由于过着与世隔绝的生活，都不具有。

身为外国人，我没有什么事情可干，只能观察接二连三的来访者。从他们身上我总能发现某些新东西。我首先注意到一个人，他的纯朴令我喜欢。我乐于和他亲近，他也乐于和我亲近，我们两个常常待在一起。

一天，主人家里高朋满座，但我们两个不理会大家谈些什么，而是单独交谈起来。我对他说："你也许觉得我过分好奇，有失礼貌，不过我还是请你允许我向你提几个问题。我在这里什么情况也不了解，和自己根本不清楚的人待在一起，真感到无聊。两天来我一直在想，这些人没有一个不令我费尽心思去琢磨，可是我就是琢磨一千年，也琢磨不出什么名堂来。了解他们比了解我们伟大君主的宫妃们还难。""有什么尽管问。"对方说，"你想了解什么，我都可以告诉你。我相信你不会乱说，不会辜负我的信任。"

我便问道："这个滔滔不绝对我们讲他如何宴请权贵，跟你们的爵爷亲密无间，与你们的大臣经常攀谈的人是何许人？你们的大臣据说可是很难接近的呀。照他所说，他该出身贵族，可是他形容猥琐，几乎不可能给有身份的人增添光彩。况且我看他毫无教养。我是外国人，不过我想，一般来讲，各民族应具有某种共同的礼貌，而从此人身上却丝毫看不到这些。是不是在你们这里，有身份的人不如其他人有教养呢？"对方笑着回答我："这个人嘛，是个包税商。论钱财，他在其他人之上；论出身，他则等而下之。他如果不想在家里吃饭，则可以享用全巴黎最好的美味佳肴。你已看出来他傲慢无礼，但他却因为有个好厨子而闻名遐迹。他对自己的厨子倒不薄情寡义哩，你没听见他今天一直在夸他的厨子吗？"

"那个穿黑衣服的胖子是何许人？"我又问道，"就是那位女士邀请他坐在她身旁的那一个。怎么回事，他，人显得很愉快，红光满面，却穿着丧色衣服？人家对他说话，他脸上总浮着亲切的微笑。他虽然穿着朴素，但浑身上下比你们的女士还整齐。"对方回答："这是一位布道者，而且还是一位神师——糟就糟在这里。正如你看到的，关于妇女们的事，他比她们的丈夫们知道得还多。他知道妇女们的弱点，妇女们也知道他的弱点。"我说："他怎么总爱谈论他称为恩宠的那回事？"对方说："并非总爱谈论那回事。他附在漂亮女人耳边说悄悄话时，更爱谈他是如何堕落的。别看他在公开场合这么慷慨激昂，私下里却温顺得像只羔羊哩。"我又说："看来大家对他都另眼相看，十分敬重嘛。""怎么！"对方说，"大家似乎对他另眼相看？这是个必不可少的人。他给深居简出的人的生活增添温馨，给他们出些小主意，向他们嘘寒问暖，还专程拜访他们，比社交圈子里的老手更善于解决令人头痛的问题。他是个出色的人。"

"你要是不嫌烦，请告诉我坐在我们对面的那个人是什么人？他衣冠不整，还不时露出一副怪相，言谈方式也与别人不同，说话毫无风趣，却偏偏装得有风趣。""那是一位诗人，"对方答道，"属于最可笑的一类人。这类人自称他们天生就是这样。这倒千真万确。他们一辈子就是这副德行，就是说，几乎是所有人中最可笑的。大家也就不照顾他们的面子，毫不留情地鄙视他们。这一位是因为混不饱肚子，才跑到这家来的。男主人和女主人热情地接待他，他们对任何人都和善而有礼貌。他们结婚时，这位诗人曾为他们赋诗志喜。那是他一生中写得最成功的一首诗，这对夫妇的婚姻恰如他所预祝的那样美满。"

"你抱着东方人的成见，也许不会相信，"对方补充说，"我们这里也有美满的婚姻，也有严守贞操、洁身自好的女子。我们谈到的这对夫妇，就一向和睦互爱，不受干扰，受到大家的热爱和尊重。只有一个问题，就是他们天性慈善，家里接待各种各样的人，有时难免遇上坏人。这并不是说我不赞成他们的做法。人有好坏，我们都得与之相处。貌似有教养的人，其恶习也显得高雅，大概像毒品一样，外表越好看就越危险。"

"那个显得愁眉苦脸的老人呢？"我又低声问道，"起初我还以为他是外国人。他不仅穿着与众不同，而且抨击法国所发生的一切，连你们的政府他也不拥护。""那是一个老军人。"对方答道，"他为了给听众留下难忘的印象，总是没完没了地谈他的战功。别人提到法国获胜的某些战役而他没有参加，或者有人炫耀某次围城战而没提到他飞壕越堑，他就忍受不了。他以为他是法国历史不可缺少的人物，一旦没有了他的参与，法国历史也就结束了。他把自己所负的几处伤，视为君主制解体的标志。他与哲学家们不同，哲学家们说，人只享受现在，过去毫不足道，而他恰恰相反，他只享受过去，只生活在他曾经参加过的战斗之中。英雄活在后人的心中，而他活在已逝的岁月里。""可是，"我问道，"他为什么要退伍呢？""他并没有退伍，"对方答道，"而是队伍退了他，给他安排了一个小小的职位，让他在有生之年讲述他的战斗历程。他再也没有什么前途啦，他的荣誉之路已经堵死了。""为什么？"我问道。对方答道："我们法国有一句格言：'丧失锐气的低级军官决不能提拔。'我们认为这样的军官思想狭隘，目光短浅，适于做小事，不堪肩负重任。我们认为，身为军人，而立之年还不具备当将军的素质，就终生不可能有什么作为。一个军官，对方圆数十里的地形不能一目了然，战场上不能指挥若定，不懂得胜利时充分扩大战果，失利时设法挽救颓势，那他只能是个庸才。正因为这样，我们有显赫的职位提供给那些伟大、杰出的人。这些人，上天不仅赋予了他们胆略，而且赋予了他们英雄的才干。我们也有低级职位提供给那些才能低下的人。在战斗中碌碌无为地度过大半辈子的人，就属于这类人。他们充其量只能完成他们一辈子所做的那一套，决不应该在他们年迈体衰时还委以重任。"

过了一会儿，好奇心又促使我问他："我保证不再向你提问题，如果你能耐心地回答我这个问题：那个头发浓密但缺乏头脑、出言不逊的高个子年轻人是什么人？他怎么说话声音总比其他人高，在上流社会表现得那么怡然自得？""这是一个很走运的人。"他答道。但他的话音未落，就有人进进出出，大家站了起来，有人过来与我身边这位绅士攀谈。我仍像开始时那样茫然不知所措。但过了一会儿，偏巧那个年轻人来到我身边，对我说："天气很好啊，先生你愿意去花坛那边散一下步吗？"我彬彬有礼地表示愿意，我们就一块到了外面。"这次我来到乡下，"他对我说，"是为了讨女主人的欢喜，我与她相处得不错。世界上会有某个女人因此而不高兴，可是有什么办法呢。我与巴黎最漂亮的女人都有往来，但并不定情于任何一个。我要让她们有想头。因为，实话对你讲吧，我是个微不足道的人。""先生，"我说，"你显然负有某种任务或者要做某种工作，不得不对她们殷勤吧？""不，先生，我除了使某位丈夫发疯，或使某位父亲绝望，没有别的工作要做。我喜欢使自以为控制了我的女人惶惶不安，总怕就要失去我。我们几个年轻人在巴黎平分秋色，让整个巴黎注意我们每个细小的举动。"我接过他的话说："按我的理解，你们比最勇猛的战士还更能引起轰动，比最严肃的法官还更受人尊重。在波斯，你们就不可能占这样的便宜，你们会更适合为我们看守女人，而不是讨她们欢喜。"我已经面红耳赤，再说下去，恐怕就要控制不住自己而失礼了。

在一个国家里，人们居然能容忍这种人，让从事这种行当的人活下去；在一个国家里，不忠、私通、诱拐、奸诈、不义居然会获得尊敬；在一个国家里，一个人受到尊重，竟是因为他从人家父亲手里抢走了女儿，从人家丈夫手里夺走了妻子，扰乱了最和睦、最神圣的集体！对这样的国家你做何感想？阿里的子孙后代多么幸福啊，他使他们的家庭免遭侮辱和诱惑。我们的女人心中所燃烧的火焰，比阳光还要纯洁；我们的姑娘一想到有一天可能失去贞操，就止不住发抖，因为贞操使她们个个像天使，像非凡胎肉体的天神。可爱的故乡啊，太阳每天一睁开眼睛，就把目光投向你，因为你丝毫没被上述种种可怕的罪恶玷污，而恰恰因为这些罪恶，太阳不好意思在黑暗的西方露脸。

1713 年赖买丹月 5 日于巴黎

## 第四十九封信

黎加致某地郁斯贝克

一天我待在房间里，看见进来一个穿着古怪的苦行僧。他长须垂腰，而腰带只是一根绳子，赤足，灰色粗布衣服上有些地方突出来一些尖尖儿。整个穿着令我觉得古里古怪，所以我头一个念头就是想打发人去找来一位画家，画一幅荒诞画。

他首先对我大大恭维了一番，然后告诉我，他非等闲之辈，乃嘉布遣会修士。"先生，"他接着说，"据说你不久就要返回波斯宫廷。你在那里身居要职，我是来请求你们的庇护的。请你求国王在加斯班[1]赏赐一座小小的住所，供两三位修士居住。"我问道："神父，打算去波斯吗？""我吗？"他答道，"我哪能有这种打算，先生，我在这里虽算外省人，但世界上任何一个嘉布遣会修士想和我换换位置，我都不会干。""真见鬼，"我说，"那么你为什么要对我提出这个要求呢？"他回答："有了那样一个住所，我们意大利的神父就可以经常往那里派两三个修士。"我又问道："你显然和那些修士挺熟吧？""不，先生，"他答道，"我并不认识他们。""见鬼！"我说，"那么，他们去不去波斯与你有何相干？好一个美妙的计划，让两三个修士去加斯班呼吸呼吸新鲜空气！这对欧洲对亚洲都大有益处啊！很有必要用这种办法来引起君主们的关心嘛！可是，这就叫作地道的殖民地呀。算了吧，你和你的同胞们天生就不适于移民，还是继续趴在你们出生的地方吧。"

1713年赖买丹月15日于巴黎

## 第五十封信

黎加致某某

我见过些人，其美德的流露十分自然，几乎让人感觉不到，他们尽职尽责，毫不勉强，一切表现如出本能。他们绝不夸夸其谈，吹嘘自己宝贵的优点，似乎根本没有意识到自己有优点。我就是喜欢这种人，而不是那种道貌岸然，装腔作势的人。那种人把自己所做的每件事都视为奇迹，讲出来非让人吃惊不可。

如果说，谦虚对于天生具有雄才大略的人是不可或缺的，那么一些微不足道的小人物却偏要表现得不可一世，其狂傲之态就是表现在伟人身上，而那个伟人也会为世人所不齿，对于这种人我们还有什么好说的呢？

---

[1] 波斯古都。

我到处都见到有人在没完没了地谈论自己。他们的言谈就是一面镜子，总是照出他们厚颜无耻的嘴脸。他们经历了一点点小事，也要对你谈论一番，试图通过自己的津津乐道，使小事情变成大事情。他们什么都做过，什么都见过，什么都说过，什么都想过，敢情他们是全世界的楷模，是取之不尽的比喻的对象，是用之不竭的范例的源泉。唉！他们那些自卖自夸的话，多么乏味！

前几天，一个有这样性格的人，对我们大谈他自己，他的长处，他的才能，谈了两个钟头，把我们腻烦得要死。但是，正如世间没有永不停止的运动一样，他终于住了嘴。这样我们才获得交谈的机会，便接着交谈下去。

一个看上去神情抑郁的人，抱怨说一般交谈让人感到无聊："不知怎么回事，总有一班蠢家伙爱为自己涂脂抹粉，无论谈什么都往自己身上扯！""你说得对，"我们那位夸夸其谈者马上接过话说道，"都像我就好了。我从来不自我吹嘘。我广有财产，出身高贵，花钱慷慨，朋友们还说我才智出众，可是这一切我从来绝口不提。要说我有什么优点，那就是我自己最看重的谦虚。"

这位仁兄之厚颜无耻真令我折服。在他高声讲这些话时，我低声说道："一个人懂得顾面子，从不自吹自擂，对听众心存敬畏，不放肆狂言，也不贬低自己，不伤害他人的自尊。这样的人才是幸福的人！"

1713 年赖买丹月 20 日于巴黎


# 第五十一封信

波斯驻莫斯科维亚[1]使臣纳古姆致巴黎郁斯贝克


伊斯法罕有人来信告诉我，你离开了波斯，目前在巴黎。那么有关你的消息，我为什么还要通过别人，而不直接向你了解呢？

我遵照万王之王的谕旨，驻在这个国家已有五载，完成了多项重要谈判。

---

[1] 古代莫斯科地区的名称，亦泛指俄罗斯。

你知道，在各基督教国家的君主之中，唯独沙皇与波斯有着共同利益，因为他和我们一样，与土耳其人势不两立。

他的帝国比我们的大，从莫斯科至与中国接壤的各州的要塞，有一千法里。

以天为台阶的万王之王，历代先知的宰相，也不曾行使过如此令人生畏的权力。

以莫斯科维亚恶劣的气候，人们很难相信从这里流放外地算得上是一种惩罚。然而，该国的重臣失宠，都被流放西伯利亚。

正如先知的法律禁止我们饮酒，沙皇的法律也禁止莫斯科维亚人饮酒。

他们与波斯人接待客人的方式完全不同。客人进到家里，丈夫就向客人介绍自己的妻子，客人亲她一下，以对丈夫表示礼貌。

虽然父亲在女儿的婚约上通常都写明，婚后丈夫不得鞭打妻子，可是令人难以相信的是，莫斯科维亚的女人都非常喜欢挨打。丈夫不按惯例打她们，她们就闹不明白自己是否还占有丈夫的心。丈夫不这样行事，就表明他们对妻子冷漠，那是不可原谅的。下面是一个莫斯科维亚女人写给其母的一封信：


亲爱的母亲：

我是世间最不幸的女人。我千方百计让丈夫爱我，可是始终毫无成效。昨天家里有许多事情要做，但我故意出门，在外头待了一整天。我以为回到家他会狠狠揍我一顿呢，可是他竟一句责备的话也没说。我姐姐的待遇与我大不相同：她丈夫天天揍她，只要她看别的男人一眼，她丈夫就冷不防痛打她一顿。他们非常相爱，夫妻和睦，世所罕见。

我姐姐为此非常骄傲。不过，我不会让她有理由长久瞧不起我的。我下了决心，要不惜任何代价让我丈夫爱我。我要变着法儿地气他，使他不得不对我做出友好表示。绝不能让他不打我，绝不能让我待在家里时他心中没有我。只要他稍稍碰我一下，我就扯破嗓门大喊大叫，让人家相信他狠狠揍了我。这时如果哪位邻居来救我，我一定要把他掐死。亲爱的母亲，请你提醒我丈夫，他现在这样对待我是不光彩的。我父亲为人忠厚老实，他从前可不是这样对待你的。记得我还很小的时候，有时候都觉得他爱你爱得太过分了。吻你，亲爱的母亲。

莫斯科维亚人不能离开他们的帝国，出国旅行也不行。该国的法律使他们与其他民族隔绝。因此，他们恋恋不舍地保持着他们古老的风俗，尤其因为他们根本不相信世间还有别的风俗存在。

但是，目前在位的君主试图改变一切，比如在蓄胡子的问题上，就与臣民发生了严重争执。僧侣和教士同样也为维护他们的无知而进行斗争。

君主致力于繁荣艺术，不遗余力地让本国的荣耀远扬欧亚，因为时至今日，这个国家的荣耀已被人遗忘，只有他自己知道。

这位国君好动又常常很急躁，他喜欢在他辽阔的国家巡游，到处留下他天性严厉的印记。

仿佛他的国家已经容纳不下他，他离开本国到欧洲寻求新的省份和王国。

拥抱你，亲爱的郁斯贝克，请告诉我你的信息，我恳求你。

1713 年闪瓦鲁月 2 日于莫斯科

# 第五十二封信

黎加致某地郁斯贝克

几天前，我在一个交际场所玩得相当痛快。那里有几个不同年龄的女士：一个八十岁，一个六十岁，一个四十岁，四十岁的那位还带了一个二十至二十二岁的外甥女。某种本能驱使我接近那位外甥女。她附在我耳边说："你觉得我姨妈怎么样？她那么一大把年纪了，还想找情人，还爱卖俏哩！"我回答说："她这就错了。这种打算只有你才配有。"过了一会儿，我走到那位姨妈身边，她对我说："那个女人至少六十岁了，今天她花了一个多钟头化妆，你对此做何感想？""那是浪费时间，"我答道，"要有你这样的风韵才值得。"我走近那个不幸的六十岁的女人，心里对她十分同情，而她也附在我耳边说："还有比这更可笑的事吗？瞧那个女人，都八十岁了，还扎火红色的头带，想打扮得年轻些哩。她倒是成功了，差不多像个小姑娘啦。""啊，仁慈的真主！"我心里说，"难道我们永远只感到别人可笑吗？能从别人的弱点中寻求到安慰，这也许算是一种幸福吧。"不过，我觉得挺有趣，便对自己说："从小到大够啦，该从大到小了，从最老的那个老太婆开始吧。"

"夫人，刚才跟我交谈的那位女士和你真是像极了，我觉得你们简直是姐妹俩，相信你俩年龄也不相上下吧。""是呀，先生，"老太太答道，"我们两个一个死了，另一个肯定会惶恐不安。我相信她与我前后差不了两天！"

我掌握了这位风烛残年的老太太的想法，又走到那个六十岁的女人身边，说道："夫人，我和别人打了一个赌，非得请你来判定输赢不可。"说着我指了指那个四十岁的女人："我担保你和那个女人年龄相仿。""说实在的，"她说，"我相信我俩相差不到半岁。"好啊，我又得手啦，接着干吧。我又下降一级，来到那个四十岁的女人身旁："夫人，请行行好告诉我，你叫另一张桌子边那位小姐外甥女是开玩笑吧。你和她一样年轻，甚至她脸上已现出某种老相，而你一点儿也看不出来，你脸色这样红润……""且慢，"她打断我说，"不错，我是她姨妈，但她母亲至少比我大二十五岁，我们不是同母所生。据我那已故的姐姐说，她女儿与我是同一年出生的。""我就说嘛，夫人，我感到吃惊不无道理啊。"

亲爱的郁斯贝克，女人红颜衰老，就事先感到自己完蛋了，所以想重返青春。她们怎能不想方设法欺骗别人呢？她们也努力骗自己，极力回避最伤感的念头。

1713 年闪瓦鲁月 3 日于巴黎


# 第五十三封信

泽丽丝致巴黎郁斯贝克


白人阉奴科斯努对我的婢奴泽丽德的爱情之强烈和热切，实在闻所未闻。他那么狂热地要求与泽丽德结婚，我都不好意思拒绝。我为什么要阻挠呢？既然泽丽德的母亲都不反对，而且泽丽德本人对这桩有名无实的婚姻和这个徒有其表的男人，也似乎挺满意。

泽丽德指望那个倒霉鬼什么呢？他作为丈夫只会妒忌，他摆脱了冷漠，立刻就会陷入徒劳的绝望。他将时时回忆自己过去如何，从而想到现在的他已不是过去的他；他时刻准备献身，可总是无能，只能欺骗自己，也不断欺骗她，让她承受他处境中的全部不幸。

怎么，一辈子生活在想象和幻想之中？活着就为了想象？总是待在快乐的旁边，永远不能沉浸于快乐之中？无精打采地躺在一个不幸的男人怀抱里，不是伴随着他喘息，而是同他一样抱憾终生？

这种男人，怎样蔑视他都不过分。他天生是守护别人的，永远不可能占有。我寻求爱情，但我看不到爱情在何处。

我对你说话毫不掩饰，因为你喜欢我的天真，喜欢我无拘无束的神态和对快乐的敏感，胜于喜欢我的女伴们造作的娇羞。

我听你多次说过，阉奴们在女人身上能体味到我们体验不到的快感，天性能够补偿阉奴们失去的东西，有办法弥补他们的不利条件。他们可以不再是男人，但并未失去对性的感觉。落到他们这种处境，似乎使他们产生了第三感觉，可以说无非是换一种快乐而已。

若是果真如此，我倒觉得泽丽德不算太冤屈了。与并不那么不幸的人生活在一起，还有点意思吧。

此事如何处理，悉听吩咐。请告诉我，你是否愿意让婚礼在内院举行。

再见。

1713 年闪瓦鲁月 5 日于伊斯法罕

# 第五十四封信

黎加致某地郁斯贝克

今早上我待在房里。你知道，这个房间与另一个房间只隔着一层薄薄的板壁，板壁上还有好几个洞，所以隔壁房间里的说话声我全听得清楚。一个大步踱来踱去的人对另一个人说："真莫名其妙，一切都跟我作起对来了。三天来，我没有说过给自己争面子的话，每次交谈我都前言不搭后语，引不起任何人的注意，再也没人愿意和我交谈。我准备了几句俏皮话，好使自己的谈吐生色，可是谁都不给我机会。我有一件很有趣的事情要讲，但每当我要扯到那上头时，人家就避开了，似乎故意不让我讲。我有几句打趣的话，四天来存在心里都不新鲜了，根本没有能够派上用场。再这样下去，我想我最终都会变成傻子了。看来我命该如此，躲不开的。昨天，我本指望在几个老妇人面前逞逞能，她们定然不会使我胆怯的，我可以谈论一些世界上最美好的事物。我花了一刻钟试图把交谈引上正题，可是那几个老妇人总是东拉西扯，而且像司命女神帕尔卡一样，总是打断我说话的连贯性。我对你讲过，才子的名声不是那么容易保持的。不知道你是怎样成功地保持住了？""我产生了一个想法，"另一个说，"我们一块努力让我们风趣起来吧。为此，咱俩要合作，每天要说些什么，先互相约定好。我们相互支持，有人打断我们交谈的话题，就主动把他吸引到谈话中来。如果他不甘就范，我们就强迫他这样做。我们事先商议好，哪些地方该随声附和，哪些地方该微笑，哪些地方该捧腹大笑。你会看到，我们将左右所有交谈，大家都会赞赏我们思维敏捷，应对如流。我们以点头示意互相保护。今天你大出了风头，明天你可能成为我的帮手。我和你一道进入一个人的家里，我指着你大声说：'诸位听我说，我们刚才在街上遇到一个人，那人问话，这位先生回答得可风趣了！'随即我转向你又说：'那人没料到你回答得那样妙，直惊得目瞪口呆。'我接着背诵自己的几行诗。你说：'他作这首诗时我在场。那是在吃夜宵的时候，他只沉吟片刻诗就作出来了。'你我之间甚至经常互相挖苦，人家会说：'瞧他们相互攻击得多厉害，瞧他们为自己辩护得多么激烈，彼此毫不留情。看这一位如何脱身吧。真是妙极了，多么机智！这才是真正的唇枪舌剑哩！'但是，人们不知道，我们先天晚上进行了小小的演习。我们需要买几本书，专为没有才智而想卖弄才智的人编的《妙语集锦》之类。一切全靠范本。我希望不出半年，我们就能妙语连珠地交谈一个钟头。但必须注意一点，就是要让这些妙语时髦起来，光说是不够的，必须使它们传开，到处传，否则，还是白搭。说实话，你说了一句很有意思的话，让一个笨伯听到，无声无息消失在他的耳朵里，那才让人丧气呢！不错，有失往往也有得嘛，那就是我们也说了许多蠢话，而没有引起任何人注意。在这种情况下，这是唯一能够聊以自慰的。亲爱的，这正是我们应该采取的态度。照我的话去做吧。我保证不出半年，你就会在法兰西学院获得一个位置。也就是说，你无须努力很长时间，因为到那时你就放弃此道了，不管你愿意不愿意，你都将成为风雅之士。我们注意到，在法国，一个人要加入一次聚会，首先要树立所谓的'团队精神'。你肯定会这样做的。我担心的是，掌声和喝彩声会使你无所适从。"

1714 年都尔喀尔德月 6 日于巴黎

## 第五十五封信

黎加致士麦那伊本

欧洲各民族的新婚之夜，一切尴尬在开头十五分钟就可全部化解。夫妻恩爱，在新婚当天就往往达到顶点。新娘子的态度，与我们波斯女人完全不同。我们波斯女人总是坚拒不肯，有时达数月之久；对欧洲女人来讲就毫无问题，她们不会失去什么，她们也没有什么可失去的。不过说来难为情，她们破红的时刻无人不知无人不晓，不用占卜算卦，就能准确预计她们的孩子何时呱呱坠地。

法国男人几乎从来不谈论自己的妻子，因为他们怕听众之中有人比他们更了解他们的妻子。

他们之中有些人很不幸，但没有人去安慰他们，这是些爱吃醋的丈夫；有些人大家都厌恶，这也是些爱吃醋的丈夫；还有些人遭到大家的蔑视，这还是些爱吃醋的丈夫。

正因为这样，爱吃醋的丈夫在法国比在任何国家都少。法国男人对妻子的态度很坦然，并非基于对妻子的信任，恰恰相反，是基于对妻子不好的看法。亚洲人一切明智的预防措施，如遮盖女人的面纱，幽禁女人的深院，小心看守女人的阉奴，在法国人看来，只能把女人训练得诡计多端，而不会使她们放弃偷人养汉。这里的丈夫们决计宠爱妻子，而对于她们的不忠，则视为自己命运不好，无法避免。一个试图独占妻子的男人，被视为公共快乐的破坏者，一个企图排斥其他人而独享阳光的疯子。

在这里，一个钟爱妻子的丈夫，是一个没有什么长处能吸引其他女人爱上自己的男人；他只能滥用法律，来弥补自己吸引力的不足；他利用自己的一切有利条件，不惜损害整个社会的利益；凡是婚约上提到的东西，他统统据为己有；他千方百计推翻男女双方幸福的默契。丈夫拥有一位娇妻，在亚洲人们对这种消息总是讳莫如深，在这里却唯恐别人不知道。这里的人觉得，反正到处可以眠花宿柳。一位王爷丢掉一处要塞，可以另夺一处聊以自慰。过去土耳其从我们手里夺走了巴格达，我们不是从莫卧儿帝国手里夺取了坎大哈要塞吗？

在这里，一般情况下，一个男人容忍妻子的不忠，不会被人家戳脊梁骨，相反人家会称赞他为人谨慎。只有在特殊情况下，才有失体面。

这里并非没有守贞操的女人，可以说这都是些品行端正的妇女。我的车夫经常指给我看，不过她们都长得很丑。除非你是圣徒，否则她们的贞德定令你反感。

你听我讲了这个国家的风俗，不难想象法国男人并不以坚贞不渝自炫。他们认为，发誓永远爱一个女人，就像坚持说自己会永远健康或永远幸福一样可笑。当他们许诺永远爱一个女人时，他们是假定那女人会保证她永远可爱，一旦她背离了自己的保证，他们也就没有义务信守自己的诺言了。

1714 年都尔喀尔德月 7 日于巴黎

## 第五十六封信

郁斯贝克致士麦那伊本

欧洲赌风很盛，赌博算一种职业。仅凭赌家这种身份，就可以不问门第、财产和为人怎样，而跻身正派人的行列，根本不必经过任何考察。尽管谁都知道，这种判断标准多半靠不住，但大家已养成了习惯，改不了啦。

女人尤其热衷于赌博。诚然，她们年轻的时候赌博，多半是为了促成一种更珍贵的感情。可是，随着年龄渐老，她们对赌博的热情似乎重新焕发了她们的青春，填补了其他方面的空白。

她们都想使丈夫破产。为达此目的，她们在不同年龄有不同的手段，从如花似玉的青年到人老珠黄的暮年，起初是衣饰车马使丈夫难于应付，继而是风流放荡使丈夫捉襟见肘，最后是赌博把丈夫的财产输得精光。

我常常看到九个或十个女人，或者毋宁说九个或十个世纪以来，她们围坐在牌桌边。我透过她们的希望、担心和快乐，尤其透过她们的疯狂，观察过她们。你简直可以说，她们永远不会平静下来，她们还来不及陷入绝望，就会离开人世。你根本弄不明白，那些接受她们付款的人，究竟是她们的债主，还是受她们遗赠的人。

我们神圣的先知所考虑的，看来主要是使我们不沾染可能扰乱我们的理智的恶习。他禁止我们饮酒，因为酒会葬送理智；他专门规定了一条戒律，禁止我们赌博；再者，他虽然无法从根本上消除我们的情欲，但尽量使之缓和。在我们国家，爱情不会引起纷乱，也不会引起疯狂。它是一种不那么旺盛的热情，不会扰乱我们心灵的平静，因为多妻制使我们免受女人支配，使我们强烈的情欲得到缓和。

1714 年都尔黑哲月 10 日于巴黎


# 第五十七封信

郁斯贝克致威尼斯雷迪


在巴黎，浪荡公子供养着无数妓女，虔诚的信徒供养着无数清教徒。清教徒们立下三愿：顺从、清贫、贞洁。据说，头一愿大家遵守得最好；第二愿吗，可以说肯定根本没有遵守；至于第三愿，请你们自己去估量吧。

这些清教徒不管如何富有，绝不会放弃清贫的名分。我们光荣的苏丹倒宁可放弃其显赫、崇高的头衔。清教徒们是有道理的，因为清贫的名分可以使他们不清贫。

医生和被称为忏悔师的某些清教徒，在这里不是过分受到尊重，就是过分受到轻视。然而，据说财产继承者们与医生比与忏悔师更合得来。

有一天，我走进清教徒们的一座修道院。一位白发苍苍、受人尊敬的教士得体地接待了我，带我参观了整座修道院。我们进到花园里，交谈起来。我问道："神父，你在这个大家庭里是干什么的？"我这样问他，神父看上去很高兴，他答道："先生，我是决疑者。""决疑者？"我反问道，"我来到法国至今没听说过有这种职务。""怎么！你不知道何为决疑者？唔，听我大致给你解释一下，包你满意。罪孽分两类：一类为死罪，绝对进不了天堂的；另一类是可恕罪，虽然冒犯了上帝，但还没有使上帝震怒，以至于剥夺犯罪者进天堂享受真福的权利。我们的全部本领，就在于区分这两类罪孽。因为，除了某些不信教者外，凡是基督徒，无人不想进天堂，但几乎人人都想以最小的代价进入天堂。大家了解了什么叫死罪，就尽量不犯这类罪，其他事情则爱干什么干什么。有些人并不追求达到那么完美的境界，他们胸无大志，不想谋求前面的位置，只求勉强进入天堂，在里面好歹有个位置就足够了。他们的目标是一分不多一分不少，刚好合格。这类人与其说是升入天堂，不如说是混进天堂。他们对上帝说：'主啊，我完完全全达到了条件，你可不能不信守你的诺言。我所做的没有超过你的要求，我也不请求你给予我超过你所许诺的东西。'

"因此，先生，我们就成了必不可少的人。不过还不止这些，你还得听我讲下去。行为并不构成罪孽，关键在于从事行为的人的认识。做了坏事的人，如果能够相信他所做的不是坏事，他就问心无愧。由于存在无数善恶难以界定的行为，决疑者可能宣布这些行为都是善行，从而赋予根本谈不上善的行为一定程度的善行的色彩；只要他能说服人们相信这些行为没有恶意，他就使它们变得完全不是恶行了。"

"我在这里把一种行当的奥秘告诉了你，我干这一行一直干到了老。我让你看到了其中的精微。对任何事情都可以耍点花招，甚至包括看上去最不能耍花招的事情。""这一切太妙了，神父。"我说道，"不过，你打算怎样凑合着进入天堂呢？如果索非朝廷[1]里有一个人，像你违逆上帝一样违逆索非，把他的命令区别对待，告诉臣民什么情况下该执行命令，什么情况下可违反命令，那么这个人准会立即被绑在木桩上处死。"我向教士行了个礼，不等他答话就离开了他。

1714年穆哈兰姆月23日于巴黎

## 第五十八封信

黎加致威尼斯雷迪

亲爱的雷迪，巴黎的职业真是五花八门。会有一个人殷勤地走到你身边，把点石成金的秘密告诉你，只要你给他几个铜板。

另一个人会许诺让你与仙女同席共枕，只要你三十年不近凡间的女色。

还有灵得不能再灵的占卜者，能说出你一生的经历，只要你让他与你的仆人交谈一刻钟。

有机灵无比的女人，能使处女之珍变成一朵花，每天谢了又开，第一百次让人采摘时比头一次让人采摘时还疼痛。

还有一些人，靠高超的手艺弥补岁月造成的容颜损毁，善于使一张张脸恢复消失的美貌，甚至叫年迈的老太太返老还童。

所有这些人生活在或设法生活在这座可称为"发明之母"的城市里。

这座城市里的公民并没有什么固定收入，靠的就是脑袋和技艺。每个人都有一技之长，都千方百计发挥自己的长处。

若想弄清楚教会中有多少人试图谋求某个修道院的收入，那无异于数清大海里有多少沙粒，我们的王国里有多少奴隶。

无数语言教师、艺术教师和科学教师，教授着他们自己都一窍不通的东西。这还真是一种了不起的本事哩，因为教授自己所知道的东西，并不需要多少才智，

[1] 伊朗的一个王朝（1502—1736），创建者为伊斯梅尔一世伊本·海达尔。

而教授自己都茫然无知的东西，就非有极高的才智不可。

这里的人都是暴卒身亡。死神无法以别的方式施加淫威，因为每个角落都有人掌握着疗效可靠的药物，能治好一切可以想象的疾病。

每间店铺都张着无形的罗网，让顾客自投其中。不过有时也能以不高的代价从中脱身。一个女商贩花言巧语地纠缠一个男顾客一个钟头，目的是让他买一盒牙签。

不管什么人，离开这座城市时，总比来到这座城市时多了几分提防之心。因为自己的钱财被别人分享了，所以学会了如何保管自己的钱财。这是外乡人在这座迷人的城市里所能获得的唯一教益。

1714年赛法尔月10日于巴黎

## 第五十九封信

黎加致某地郁斯贝克

日前我参加一个家庭的聚会，来的人各式各样。我发现交谈整个被两个老太婆所垄断。她们显然花了整整一个早上试图把自己打扮得年轻，但白费了工夫。"应该承认，"她们之中的一个说，"如今的男人，跟我们年轻时的男人大不相同了。那时候的男人礼貌、亲切、殷勤。可是如今，我觉得他们个个粗鲁得不堪忍受。""一切都变啦。"这时一个看上去受风湿病折磨的男人说道，"今非昔比，四十年前人人身体健康，个个安步当车，全都快快乐乐，只想笑，只想跳舞。现在呢，大家都忧心忡忡，都烦透啦。"过了一会儿，谈话转到了政治。"真见鬼。"一位年老的爵爷说道，"国家无人治理。现在你能给我找出一位像柯尔贝[1]先生那样的廷臣吗？柯尔贝先生那人我可是了解的。他是我的朋友。他总是安排先发我的退休金，比其他所有人的都早。他把财政整顿得有条不紊，大家都挺宽裕。可是如今，我变成穷光蛋啦。""先生，"这时一位教士插嘴道，"你所谈的是我们那

---

[1] 生卒年为1619—1683年，路易十四时期最重要的廷臣。

位战无不胜的君主治理下的奇迹般的年代。他摧毁异端的伟大事业不是无与伦比吗？""那么，你觉得禁止决斗就算不了什么？"一个还没开过口的人盛气凌人地质问道。"这个问题问得倒合乎情理，"另一个人附在我耳边说道，"此公简直为这项禁令所倾倒，一直严格遵守，以致半年前为了不违犯禁令，而挨过一百棍哩！"

我觉得，郁斯贝克，我们对事情的评判总是暗暗从自身出发的。黑人把魔鬼画得雪白耀眼，而把他们的神祇画得乌黑如炭。有些民族的爱神乳房垂至大腿。还有，所有偶像崇拜者都赋予他们的神祇一张人的面孔，并把自己的种种追求寄托在神祇身上。这一切并不奇怪。有人说得好，如果让三角形的生物来塑造神，它一定会把神造得有三条边。

亲爱的郁斯贝克，目睹一些人趴在一个原子上——也就是地球上，因为地球只不过是宇宙中的一个点——自称为上帝创造的典范，我真不知道，这种极度的夸张和极度的渺小，如何能够协调起来。

1714 年赛法尔月 14 日于巴黎

# 第六十封信

郁斯贝克致士麦那伊本

你问我法国是否有犹太人。要知道，什么地方有钱可赚，什么地方就有犹太人。你问我犹太人在法国都干些什么工作。他们在波斯干什么，在这里也干什么。亚洲的犹太人与欧洲的犹太人没有任何区别。

他们身处基督教徒之中，像身处我们之中一样，对自己的宗教显示出顽固不化、近乎疯狂的态度。

犹太教恰如一棵古老的树，生出覆盖全世界的两根枝丫，即伊斯兰教和基督教。或者不如说，它恰如一位母亲，生了两个女儿，而这两个女儿却把母亲弄得遍体鳞伤。因为宗教上最亲近的派别，都是最不共戴天的仇敌。不过，不管受了多少虐待，这位母亲还是始终以生了这两个女儿为荣，并借助这两个女儿拥抱全世界；另一方面，她以令人肃然起敬的高龄，拥抱了各个时代。

因此，犹太人把自己视为一切神圣之物的源泉，一切宗教的本源。反过来，他们把我们视为篡改教规的异端，或者不如说，离经叛道的犹太人。

这种变化如果是不知不觉地发生，他们也许会觉得自己容易受迷惑。可是，这变化发生得太突然，且又来势迅猛，连两个宗教诞生的年代和日期，他们都一清二楚。他们发觉，我们的宗教竟然已经存在了好多个世纪，心里愤愤不平，便死抱住一个甚至比世界更古老的宗教不放了。

在欧洲，犹太人如今享有前所未有的安宁。基督徒已开始摆脱过去一直支配着他们的不宽容的精神，对于过去西班牙驱逐犹太教徒，法国迫害与国王的信仰略有不同的基督教徒，他们感觉都是不妥当的做法。他们意识到，热衷于对本教的拓展，与对宗教充满热爱是两码事，爱教和信教没有必要仇视和迫害不皈依本教的人。

但愿在这个问题上，我们穆斯林能与基督徒抱有同样明智的想法，但愿阿里和艾卜伯克尔[1]最终和解，而让真主去判定两位神圣先知功德的高低。我希望大家用充满崇拜和景仰的行动来纪念他们，而不要毫无意义地表示更崇敬谁；我希望，不管真主给这两位先知指定什么位置，是在他右边，抑或在他宝座的踏板下边，我们都应该尽量不辜负这两位先知对我们的大恩大德。

1714 年赛法尔月 18 日于巴黎

## 第六十一封信

郁斯贝克致威尼斯雷迪

日前，我走进一座称为圣母院的著名教堂。在欣赏这座美轮美奂的建筑之

---

[1] 穆罕默德的挚友和顾问，穆罕默德去世时，他被麦地那穆斯林承认为第二任哈里发，但波斯人认为阿里是穆罕默德的女婿，只有他才配成为第二任哈里发，即穆罕默德的合法继承人。

时，得便与一位教士攀谈起来。那位教士像我一样，也是被好奇心驱使来的。话题转到教士职业的清静上，他对我说："大部分人都羡慕我们这一行的幸福。这不无道理。不过，干我们这一行也有烦恼。我们并没有与尘世彻底隔绝，而是有许多机会被召回尘世。一到了尘世，要继续扮演我们的角色就困难重重了。

"尘世间的人才怪呢，我们许可或禁止某件事，他们都无法忍受。我们想指点他们，他们觉得可笑；我们表示赞同他们，他们又认为我们缺乏教士的骨气。想到那些目无宗教的人对我们愤愤不平，我们心里真是委屈极了。故此，我们不得不采取模棱两可的行为方式。我们让不信教的人对我们产生敬畏，靠的不是果敢的性格，而是对他们的议论不置可否，让他们觉得我们高深莫测。要做到这一点，必须十分机敏。始终保持不偏不倚的态度是很难的。尘世中的人毫无顾忌，什么尖酸刻薄的话都说得出口，顺则口若悬河，不顺则守口如瓶，其自我的把握远胜于我等。

"还不止于此呢。我们这种如此幸福、如此清静、人人交口称誉的职业，到了尘世就保不住了。我们只要在尘世出现，就会立刻被卷进争论。例如，人家让我们证明：对于不信上帝的人，祈祷是有益的，而一辈子不承认灵魂不灭的人，有必要斋戒。这种工作费力不讨好，那些哄笑的人显然不相信我们。更有甚者，我们有一种愿望，一种可以说与我们的职业密不可分的愿望，就是吸引更多的人赞同我们的看法。这种愿望弄得我们时时不得安宁。这是很可笑的，简直像欧洲人出于维护人类本性的目的，想使非洲人变白一样可笑。为了让大家接受一些并无根本意义的宗教观点，我们既扰乱了社会，又自寻烦恼，恰似那个统治中国的征服者[1]，他迫使百姓削发、剪指甲，引起了普遍的反抗。

"我们抱着满腔热情，要使我们负责引导的人履行神圣的宗教义务，这也往往充满危险，必须非常谨慎才行。从前有一位名叫狄奥多西的皇帝[2]，杀光了一座城市的居民，连妇女儿童也无一幸免。随后他通报姓名，想进入一座教堂。

---

[1] 即此处应是指清朝统治者。

[2] 即狄奥多西一世，约346至395年在位，是罗马帝国狄奥多西王朝的第一位皇帝。

一位名叫安布罗斯[1]的主教，像对待杀人犯和亵渎宗教者一样，命令关上大门不准他进入。主教的这一行动充满了英雄气概。后来，这个皇帝为所犯的罪过做了必要的赎罪苦修，才被允许进入教堂，走到教士们之中。可是，那位主教还是把他赶出了教堂。主教的这个行动就很狂热了。所以说，我们应该谨防自己的宗教热情过度。那位君主在教士们之中占有或不占有一个位置，对宗教和国家又有什么要紧呢？"

1714年赖比尔·敖外鲁月1日于巴黎

## 第六十二封信

泽丽丝致巴黎郁斯贝克

你女儿已满七岁，我认为该让她进内院了，切勿等她长到十岁，才交给黑人阉奴看管。女孩子从小就不应让她放任自由，而要让她在充满贞洁气氛的墙垣之间接受圣洁的教育，这无论如何都不嫌早。

我不同意一些母亲的做法，她们只在女儿即将出嫁时，才把她们幽禁起来。这与其说是想让她们长久地生活在内院，不如说是一种处罚。这些父母本来应该通过启发，让女儿们接受一种生活方式，相反却采取了粗暴手段。难道一切只能依靠理智的力量，而不能靠习惯潜移默化吗？

谈论造化为我们安排的依附地位，根本是于事无补。这种依附地位仅仅感受到是不够的，必须身体力行，使我们在情窦初开、渴望独立的关键时刻，能够把握自己。

如果我们仅仅出于义务而依附你，这种义务有时会被忘记的；如果我们仅仅出于喜爱而依附你，这种喜爱可能会被更强烈的喜爱削弱。而一旦法律规定把我们给予一个男人，那么它就使我们不能再接近其他男人，而把他们拒于千里之外。

---

[1] 生卒年为约339—397年，基督教米兰主教。

造化巧妙地照顾了男人的利益，不仅赋予男人情欲，也使我们具有情欲，使我们成为男人寻欢作乐的活工具。造化让我们受欲火的煎熬，目的是让男人平静地生活。如果男人摆脱了麻木不仁的状态，造化就让我们使他们回到那种状态。我们让男人处于那种幸福的状态，而我们自己永远也领略不到。

不过，郁斯贝克，不要以为你的处境比我幸福。我在这里品尝了千百种你体验不到的乐趣。依靠不停地想象，我明白了这些乐趣的价值。我享受了生活，而你总是那样闷闷不乐。

身处你禁闭我的牢笼之中，我却比你还自由。你加倍小心，叫人看守我，结果却只能让我欣赏到你的不安。你的怀疑、妒忌、忧虑，都表明你并不自主。

亲爱的郁斯贝克，继续叫人日夜看守我吧，甚至不要满足于普通的防范措施。确保了你的幸福，也就增加了我的幸福。要知道，我怕的只是你对我漠不关心。

1714年赖比尔·敖外鲁月2日于伊斯法罕内院

## 第六十三封信

黎加致某地郁斯贝克

我想你打算在乡下过一辈子了吧。起初只是两三天见不到你，这回都半个月没看见你了。诚然你在一个很殷勤的人家里做客，那些人和你合得来，你可以无拘无束地高谈阔论，难怪你把整个世界忘到了脑后。

我呢，日子过得和你以前见到的差不多，经常出入社交界，千方百计去了解上流社会。亚洲的一切不知不觉在我的思想里淡薄了，我毫不费力地接受了欧洲的风俗习惯。现在见到一个房间里同时有五六个男人和五六个女人，我再也不会大惊小怪，而且觉得这样并不坏。

可以说，我仅仅是来到这里以后，才对女人有所了解。在这里一个月了解的有关女人的方方面面，比在内院三十年了解得还多。

在我们波斯，人的性格千篇一律，因为都是做作出来的，而且是被迫做作，看不到人的真面目。在心灵和思想受奴役的状态下，人们普遍感到恐惧，由于恐惧，所有人都说一样的话，而不是凭天性讲话。天性千差万别，表达的方式也多种多样。

矫揉造作这种艺术，在我们国家十分风行，不可缺少，在这里却不为人知。在这里想说什么就说什么，想看什么就看什么，想听什么就听什么，心里怎样想脸上就怎样表现。风俗民情，道德习惯，甚至陋习恶癖之中，都可以觉察出某种纯真的成分。

要想取悦于女人，需要有某种本领，某种有别于让女人倾心的本领，那就是幽默风趣，善于让女人开心，时时刻刻使女人觉得你许诺了什么，但所许诺的东西要等很长时间才能兑现。

这种幽默风趣本来仅用于梳妆台前，但是似乎最终成了这个民族的通性。人们在枢密院的会议上，在统领千军万马之时，在会见外国使节的场合，都要幽默风趣一番。不管干什么职业，越是摆出一副严肃的面孔，越让人觉得可笑。一位医生的穿着如果轻薄一些 [1]，如果他在谈笑中把病人医死，那么他就不再显得可笑了。

1714 年赖比尔·敖外鲁月 10 日于巴黎

## 第六十四封信

黑人阉奴总管致巴黎郁斯贝克

尊贵的老爷，我感到为难，不知该怎样向你禀报。内院毫无秩序，一片混乱。你的妻妾们争斗不止，你的阉奴们分成几派。到处是一片牢骚、埋怨、指责的声音，我的告诫根本没人听。在这种自由放任的气氛下，似乎人人可以为所欲为。我呢，只剩下一个空头衔了。

---

[1] 当时的医生都穿黑服。

你的妻妾们，没有一个不在出身、美貌、财富、才智和你的宠爱方面，自恃胜过别人，没有一个不利用自己的某些有利条件，以图获得一切优待。我长期忍耐，还是惹得她们一个个都不高兴，现在我再也忍耐不住啦。任我怎样小心谨慎，甚至曲意逢迎——对我的职位而言，这可是一种难能可贵、非同寻常的品质——都不管用啦。

尊贵的老爷，你想要我告诉你这些混乱的原因吗？原因全在于你心肠太软，对她们过于温情脉脉。如果你放手让我管束她们，如果你允许我采取惩罚的方法而不是规劝的方法，如果你不被她们的抱怨和眼泪所打动，而叫她们到我面前来哭，我绝不会心软，很快就会让她们服服帖帖听从管束，再也不会专横跋扈、我行我素了。

我十五岁被人抓走，离开了非洲内地我的祖国，起初被卖给一个拥有二十多位妻妾的主人。他见我形容严肃，沉默寡言，认定我适于干内院的差使，便命令将我彻底变成那种人，给我做了手术。动过这种手术，起初我非常痛苦，后来我感到幸运，因为这使我成了主人的耳目和心腹。我进了内院，那不啻进入了一个崭新的天地。以绝对权威管理内院的人，就是阉奴总管。他是我平生见过的最严厉的人。从没听说内院有什么分歧和争吵，里里外外清静极了。一年到头，所有女人天天同时就寝，同时起床，轮流沐浴。但只要我一示意，她们就会从浴室里出来。其余时间，她们几乎总待在自己房间里闭门不出。阉奴总管有规定，要这些女人始终保持高度的清洁，为此还规定了种种无法言传的注意事项，稍不遵守就会受到无情的惩罚。他常常说："我是奴才，不过我只是一个人的奴才，他是你们的主子，也是我的主子。我对你们行使主子给予我的权力，惩罚你们的是主子而不是我，是主子借我的手惩罚你们。"那些女人从来只有听到召唤，才能进到主子房里。她们个个欢天喜地接受这种恩宠，得不到也不抱怨。我嘛，在那家清静的内院里，是地位最低的黑人阉奴，但在那里比在你的内院里受到了千百倍的尊重，虽然在你的内院里所有人都归我指挥。

那位总管发现我有才干，就对我格外重视，向主子建议提拔我，说我是能按他的意志办事，并接替他的职位的人。他对我还很年轻这一点不以为然，认为我工作认真，可以弥补经验的不足。怎么对你说呢？我很快获得了他的信任，他把自己保管了那么多年的那串可怕的钥匙，毫不犹豫地交到我手里。正是在这个师傅的言传身教之下，我学会了不易掌握的管人的艺术，努力按照管人要毫不手软这样一条准则培养自己。在这位师傅的指导下，我研究女人的心理，学会利用她们的弱点，而对她们的高傲习以为常。他见我常常把那些女人管得俯首帖耳，十分高兴，随后他又使她们不知不觉地恢复本来的地位，而让我暂时现出卑躬屈膝的样子。不过，只有在他使这些女人处于绝望，一边接受责备，一边苦苦哀求的时候，你才真正知道这个人的厉害。不管她们怎样哭天抹泪，他就是无动于衷，而且以这类胜利而扬扬自得。他常常踌躇满志地对我说："看看该如何管束这些女人吧，她们人数再多也难不倒我。即使把我们伟大君主的所有女人都交给我，我也照样管束。如果忠实的阉奴们不从一开始就使这些女人在思想上服服帖帖，主人怎能征服她们的心呢？"

他不但坚定不移，而且洞察入微，能够看透女人们的思想和伪装。她们矫揉造作的动作和虚假的表情，都逃不过他的眼睛。她们最隐秘的行为和最机密的言谈，他都了解得一清二楚。他利用她们之中的一部分人探听另一部分人的情况。任何小小的告密他都乐于奖赏。为了让主人授予自己更大的权力，他让主人相信，由他决定奖赏谁，是顺理成章的事。尊贵的老爷，在我看来波斯曾经最有章程的内院，就是这样管理的。

请让我放手做吧，允许我让大家都服从我。只需一个礼拜，我就能在一片混乱中重建秩序。你的荣誉要求这样做，你的安全也要求这样做。

1714年赖比尔·敖外鲁月9日于伊斯法罕内院


## 第六十五封信

郁斯贝克致伊斯法罕内院他的妻妾们


据说内院一片混乱，互相争吵，四分五裂。我出发时如何嘱咐你们的？不是要你们和睦相处、融洽无间吗？你们向我做出的保证，难道是在愚弄我吗？

如果我采纳阉奴总管的意见，利用我的权威，让你们按照我所要求的那样生活，那么受愚弄的其实是你们自己。

这种强制性的手段，我只有在试用了其他手段之后才会采用。因此，你们的所作所为，即使不愿为我着想，也该为你们自己着想吧。

阉奴总管有充分的理由抱怨，他说你们对他毫不尊重。以你们卑贱的身份，怎么能够这样行事呢？我不在家期间，不是委托他来监督你们的品行吗？我托他保管的是一批神圣不可侵犯的财宝。你们如此蔑视他，恰恰说明，你们把教你们体面生活的人当成了负担。

你们务必改弦易辙，好让我下一次能拒绝那些不利于你们自由和安宁的建议。

因为我想让你们忘记我是你们的主人，而只记住我是你们的丈夫。

1714年舍尔邦月5日于巴黎

# 第六十六封信

黎加致某某

这里的人很喜欢科学，但我不知道他们是否很博学。一个人当了哲学家就怀疑一切，当了神学家却什么也不敢否定。这种矛盾的人对自己总是满意的，只要大家承认他有某些优点。

大部分法国人狂热追求的是有思想的人，而有思想的人狂热追求的是著书立说。

然而，这种追求再糟糕不过了。造化似乎巧妙地使人们的愚蠢言行过后即忘，而书籍则使人们的愚蠢言行永远被人记住。一个蠢材让和他一块生活过的人感到厌烦，他本该知足了。可是，他还想使后世人厌烦，想让他的愚蠢言行不被遗忘，似乎他进到坟墓里还可以获得乐趣，希望后世知道曾经有过他这么一个人，并永远记住他是个蠢材。

在所有作者之中，我最鄙视的莫过于编书的人。他们四处寻找，从别人的著作里抽出一些零碎片段，拼凑成自己的作品，就像把一块块草皮镶成一个花坛。

他们丝毫不比印刷工人高明。印刷工人排字，拼版，印制出一本书，在整个过程中他们只是动了手。我希望人们尊重原著。从神圣的原著里抽出一些片段，使之受到本来不该受到的蔑视，我觉得这是一种亵渎行为。

一个人没有什么新东西可说，为什么不干脆闭上嘴巴呢？人家要这些抄来的东西干什么？"我是想理出一个新的头绪来。""你真是一个精明人！请来我的书房里吧，把下面的书搬到上面，把上面的书搬到下面，这可是一件美好、杰出的工作啊！"

某某，我对你写了这些话，是因为我刚才气得把一本书扔掉了。这本书很厚，似乎容纳了天下的全部科学，可是它读得我头痛欲裂，却没有让我得到任何东西。

再见。

1714 年舍尔邦月 8 日于巴黎

## 第六十七封信

伊本致巴黎郁斯贝克

这里来了三艘船，都没有带来你的消息。你病了吗，还是存心让我挂念？

如果你身处举目无亲的异国他乡都不爱我，那么一旦回到波斯国内，回到你家里之后，情况又会如何呢？不过也许是我多心。你挺令人爱慕，到处找得到朋友。人心无国界，随处都相通。一颗高尚的心，怎会自设藩篱，不广结友情呢？实话对你讲，我尊重旧交，似也好结新交。

不管到了什么国家，我生活在那里，总像打算在那里过一辈子似的。凡道德高尚之士，我一律热忱相待；对不幸者，我一律怀有同情，更确切地说一律怀着爱心；对于飞黄腾达而不忘乎所以的人，我一律怀着爱心。我这个人就是这种天性，郁斯贝克，不管在什么地方，只要遇到人，就要物色朋友。

这里有一个盖布尔族人 [1]。除了你，我想此人在我心里占头等重要的地位。

---

[1] 即琐罗亚斯德教（又名拜火教）教徒。琐罗亚斯德教是波斯受迫害的少数民族的宗教。

他堪称正直的化身。由于某些特殊的原因，他被迫隐居在这座城里，诚实地做点小生意，与他心爱的妻子过着平静的生活。他一生慷慨仗义，虽力求默默无闻地过日子，但心灵中比历来最伟大的君主更具英雄品质。

我许多次对他谈到你，让他看过你的全部来信。我注意到他很高兴，因此我敢肯定，你有了一位尚不认识的朋友。

下面是他的主要经历。他很不情愿写出来，只是出于友谊，才没有拒绝。现在我出于对你的友谊，把他所写的东西寄给你。

## 阿费里东与阿丝达黛的故事

我出生于信奉拜火教的盖布尔族。拜火教也许是世界上最古老的宗教。非常不幸的是，我还没到懂事的年龄，就坠入了爱河。刚刚六岁，我就与姐姐难舍难分，眼睛总是盯住她不放。她每次离开一会儿，回来时总发现我哭得像个泪人儿。我的爱情随着年龄与日俱增。家父见我对姐姐如此钟情，惊异不已，本来想按照冈比斯创立的拜火教古俗，让我们姐弟俩结为夫妻。但我族人民处于受穆斯林奴役的地位，我们害怕他们，不敢去想这种神圣的婚姻，虽然我们的宗教不仅允许，而且明令鼓励这样的婚姻，这正是顺应造化的天真无邪的结合。

家父认识到，听凭我和我姐姐的倾向发展是危险的，便决心扑灭这爱情的火焰。他以为这火焰才刚刚点燃，其实它已经燃烧到最猛烈的程度。他借口旅行，带我离开了家，而把我姐姐托付给一位亲戚，因为家母已经辞世两年。这次分别造成的绝望，在此就不讲了。我拥抱了眼泪汪汪的姐姐。但我自己没流一滴眼泪，痛苦使我变得麻木了。我们到了特佛里。家父把我托付给一位亲戚管教，撂下我就回家去了。

后来，我听说我父亲靠一个朋友推荐，把我姐姐送进了王上的后宫，侍候一位王妃。即使人家告诉我她死了，我也不会受到如此沉重的打击。她进了后宫，不仅我从此无望再见到她，而且她从此成了穆斯林，按照该教的成见，她只能以憎恶的目光看待我了。我再也不能在特佛里生活下去了，对自己和别人都厌倦了，便回到了伊斯法罕。我对父亲说的头几句话就十分尖刻，责备他把女儿送到一个只有改变宗教信仰才能进入的地方。我对他说："你惹恼了主和赐予你恩泽的太阳，他们一定会把愤怒发泄在你的家人头上。你的行为比亵渎了四行[1]还严重，因为你亵渎了你女儿的灵魂。她的灵魂比四行还纯洁。我将死于痛苦和爱情。但愿我的死是主让你感受到的唯一惩罚！"我说完这些话就离开了家。两年之中，我天天望着后宫的围墙，猜想我姐姐可能在什么地方，天天都冒着被太监们掐死的危险，因为他们经常在这些阴森可怕的地方巡逻。

后来家父过世了。我姐姐侍候的那位王妃见我姐姐出落得一天比一天漂亮，便心生妒忌，把我姐姐嫁给了一位热烈追求她的太监。这样我姐姐离开了后宫，和那位太监在伊斯法罕买了一所房子住下。

我花了三个月时间想和姐姐见面谈谈，都没有成功。那个太监妒忌心比任何男人都重，每次都找借口让我改日再来。我好不容易进入了他的内院，他却让我隔着百叶窗与姐姐交谈。山猫子的眼睛也没法看清她，因为她浑身上下被衣服和头巾裹得严严实实，只能从说话的声音认出她。我的心情多么激动啊，姐姐与我相隔咫尺，却似远在天涯！我竭力克制自己，因为旁边有人监视。姐姐呢，好像流了几滴眼泪。她丈夫假惺惺向我表示歉意，在我眼里他只不过是最低贱的奴才。他见我用他听不懂的语言与姐姐交谈，显得十分尴尬。我用的是古波斯语，这是我们神圣的语言。"怎么，姐姐，你真的放弃了我们祖先的宗教？我知道，你进入后宫时，不得不公开表示皈依伊斯兰教。可是，请你告诉我，你真的心口一致，同意放弃允许我爱你的宗教了吗？这个如此值得我们珍惜的宗教，你究竟是为谁抛弃了它？为了这个至今还带着腐刑创伤的可怜虫，为了这最低贱的男人，如果他也算男人的话！"姐姐对我说："弟弟，你说的这个男人是我的丈夫啊，我得顾全他的名声，尽管在你看来他非常可鄙。照这样说，我也是最下贱的女人，如果……""啊！姐姐，"我说道，"你是拜火教徒，他不是也不可能是你的丈夫！你要是像祖先们一样虔诚，就应该把他视为妖魔！""唉！"姐姐叹息道，"这个宗

---

[1] 即水、土、风、火。波斯哲学认为水、土、风、火四行为构成宇宙一切物体的本原。

教对我而言显得多么遥远！我刚开始懂得它的教义，就不得不把它们忘到脑后。现在与你交谈所用的这种语言，我也生疏了，要费九牛二虎之力，才能勉强表达自己的意思。不过请你相信，我们童年的往事，一直令我迷恋。自那之后，我的欢乐都是装出来的，我没有一天不思念你。我结婚的动机，就包含你的因素，其程度超过你的想象。我正是希望再见到你，才做出这个决定的。为了这一天，我付出了如此惨重的代价，以后还要继续付出代价。我看你都控制不住自己了，而我丈夫恼妒交加，浑身发抖，今后我再也见不到你啦，此生此世也许这是最后一次和你交谈了。如果真是这样，弟弟，我也活不长啦。"姐姐说完这些话，心都碎了，感到无力再坚持下去，道别一声，便留下我这个世界上最懊悔的男人回房里去了。

三四天之后，我又要求见我姐姐，那个野蛮的太监本来想拒绝。这类丈夫对自己的妻子虽然没有一般丈夫那样的权威，但他对我姐姐倒也痴心疼爱，不忍心拒绝她的任何要求。这样，我在老地方，还是隔着那道帘子，又见到了姐姐。她身边伴随着两个奴才。我和姐姐仍用我们特有的语言交谈。"姐姐，"我对她说，"我只能在这种可憎的环境中和你相见，这是为什么？这些禁锢你的墙壁，这些门闩和铁栏杆，这些监视你的混蛋看守，都让我怒不可遏。为什么你失去了祖先们享受的美好的自由？你那么端庄的母亲，也仅仅是以自己的纯洁，向丈夫担保自己的贞操。他们夫妻相互信任，生活幸福。他们习以为常的简朴生活，较之你在这座豪华住宅里享受的虚假荣耀，可以说是珍贵千百倍的财富。你失去了自己的宗教，也就失去了自由，失去了幸福，同时失去了你们女性引以为豪的平等。更糟糕的是，你现在不是人妻，这根本不可能，你只是一名丧失人格的奴隶的奴隶。""哎，弟弟，"她对我说，"请尊重我的丈夫，尊重我选择的宗教。按照这个宗教的教规，我听你讲话和对你讲话都是犯罪。""什么？姐姐，"我十分恼火地对她说，"你认为这个宗教是真正的宗教吗？""它不是真正的宗教倒好了。我为它做出的牺牲太大啦，不能不信奉；如果我怀疑……"她说到这里停住了。"对，姐姐，你的怀疑是有道理的，不管你怎样怀疑。这样一个宗教，它使你今生今世不幸，也不会给你的来生来世留下任何希望，你还指望它什么呢？想一想吧，我们的宗教是世界上最古老的宗教，在波斯一直很昌盛，而且它的发祥地肯定是波斯帝国，绝不是其他地方。至于它究竟创建于何时，已无法考证。伊斯兰教只是偶然传进波斯的。这个教派在这里站稳了脚跟，并非靠说服，而是靠征服。如果我们的历代天子不软弱无能，你准会看到现在像过去一样，到处仍盛行着对拜火教僧侣的顶礼膜拜。如果你置身于远古年代，你所听到的到处都是拜火教的声音，根本听不到伊斯兰教的声音。伊斯兰教的兴起晚了几千年，当年它连童年都谈不上呢！"姐姐说："我信奉的宗教虽然比你们的宗教创立得晚一些，但它至少更单纯，因为它只崇奉真主，而不像你们的宗教还崇奉太阳、星辰、火，甚至四行。""姐姐，我看你在穆斯林那里学会诽谤我们神圣的宗教了。我们并不崇奉星辰，也不崇奉四行。我们的祖先从来没有崇奉过它们，从来没有为它们建过寺庙，也从来没有祭祀过它们，只对它们进行虔诚但更低等的礼拜，就像礼拜神的造物和神的启示一样。姐姐，请看在启示我们的真主的分上，接受我给你带来的这本神圣的书吧。这是我们的教规制定者左洛亚斯特写的书。请不带偏见地去阅读吧。读的过程中光明会照亮你的心灵，你要接受这光明。请回想一下吧，你的祖先曾经长期在圣城巴尔赫礼拜太阳。最后，请你想象一下吧，我并不企求安宁、财富和生命，只希望你改变信仰。"我十分激动地离开了姐姐，让她独自去决定我平生最重要的事情。

两天后我再去，不同她说话，只是默默地等待着生死的判决。"弟弟，"她说，"有人爱上你啦，一个拜火族女子爱上了你。我斗争了好长时间。但是，神灵啊，在爱情面前，多少困难迎刃而解！我真如释重负，再也不担心爱你爱过了头。我可以对自己的爱情不加任何限制，就是爱过了火也是正当的。啊，这一点多么符合我的心情。你懂得砸断我自己的思想铸造的锁链，可是你什么时候才能砸断这束缚我双手的锁链呢？一旦你砸断了束缚我双手的锁链，我就会献身于你。你要毫不迟疑地接受我，让世人看到我这个礼物对你有多么珍贵。弟弟啊，我相信我头一回拥抱你，就会晕倒在你怀里。"我听了这些话之后的高兴心情，根本无法表达。我觉得自己的确霎时间变成了世界上最幸福的男人，我发现自己活在世上二十五年所抱的愿望，几乎就要实现了，而使我活得如此艰难的一切忧患，已彻底烟消云散。然而，当这些甜蜜的想法从我脑中掠过，我稍稍冷静下来时，才发现自己距离幸福并不像乍想的那么近，虽然最大的障碍已经克服。必须趁姐姐的看守们尚未警觉之前采取行动。我不敢把与自己性命攸关的秘密告诉任何人。我只有姐姐，姐姐只有我。万一事败，我有被钉在木桩上处死的危险。在我看来，事败本身就是对我最残酷的惩罚。我们商定：她派人来取父亲给她留下的一座钟。我在钟里面藏一把锉刀和一条绳子。锉刀供她锉断临街窗户上的铁栏杆，绳子供她从楼上把自己坠下来。我从此不再去看她，但每夜都守在那窗户底下，等待她实现计划。整整等了十五个夜晚，根本不见人下来，因为她没有遇到适合的时机。第十六天夜里，我终于听到了锉刀的响声，但锉一会儿停一会儿，每当停下的时候，我都担心得要命。锉了一个钟头之后，我看见她开始系绳子，接着她抓住绳子滑溜下来，落在我的怀抱里。我已把危险置之度外，久久地一动不动地拥抱着她。我带她出了城，找到我事先预备的一匹马，让她骑坐在我身后，快马加鞭，迅速离开了那个该死的地方。天亮之前，我们到了一个拜火教徒家里。这是一个荒僻的地方，这位教徒隐居在这里，靠自己双手劳动所得，过着清贫的生活。我们觉得他的家绝非久留之地，便按他的建议，进入一片浓密的树林，躲在一棵老树的空洞里，等待我们逃跑的风声平息下去。我们双双生活在这个人迹罕至的地方，避开世人的眼睛，彼此不停地倾诉爱慕之情，表示要永远相爱，等时机一到，就请一位拜火教教士，按照我们神圣经书的规矩，为我们举行婚礼。"姐姐，"我对她说，"我们的结合何等神圣！造化本来把我们结合在一起，我们神圣的教规让我们继续结合在一起。"终于来了一位教士，我们迫不及待的欲望终于平静下来。他在那个农人家里从头至尾为我们举行结婚仪式，为我们祝福，千百次祝我们像古斯塔普[1]一样强壮，像奥霍拉普[2]一样圣洁。不久，我们离开了对我们来说不安全的波斯，避难于格鲁吉亚。我们在那里生活了一年，两相迷恋，日甚一日。然而，我们的钱快花完了，我自己倒无所谓，只怕姐姐受饥寒之苦。于是我离开了她，去向亲戚求助。相别时依依不舍之情，实属罕见。可是，此行不

---

[1] 古波斯巴克特里亚，即大夏王国的国王。
[2] 相传为古斯塔普之父。

仅毫无收获，而且使我大祸临头。我家的财产已被全部没收，亲戚们也都无力资助我，我弄到的钱，仅够返回的盘缠。而更令我绝望的是，我姐姐不见了。原来，在我赶回来的前几天，鞑靼人入侵了她羁留的城市。他们见她容貌美丽，便将她掳去，卖给了正前往土耳其的一帮犹太人，只留下她几个月前生下的一个小女孩。我去追赶那些犹太人，追了三古里才追上。我痛哭流涕，苦苦恳求，都无济于事。犹太人非要我给他们三十托曼[1]不可，一个子儿也不能少。我向所有人求告，央告土耳其教的阿訇和基督教的神父保护。最后找到一个亚美尼亚商人，我把女儿连同我自己卖给他，得到三十五托曼。我找到那些犹太人，付给他们三十托曼，余下五托曼准备交给姐姐，直到此时我才见到她。"姐姐，"我对她说，"你自由了，我可以拥抱你了。这是我给你留下的五托曼。遗憾的是他们不肯出更多的钱买下我。""怎么？"姐姐叫了起来，"你把自己卖了？""是的。"我答道。"啊！不幸的人！看你干的什么事，难道我还不够命苦，你还要给我活罪受？你有自由身，我还可以自慰。现在你卖身为奴，等于把我送进了坟墓。唉！弟弟，你为爱情付出的代价太惨重啦！我女儿呢？怎么没见到她？""我把她也卖了。"我答道。我们抱头痛哭，再也没有力气说什么。最后，我去找我的主人。姐姐几乎同时赶到，她往地上一跪，说道："别人都要求自由，而我来请求受奴役，请收下我吧。你把我卖掉，会比卖我丈夫的价钱高。"我们姐弟俩争着要卖自己，主人听了也不禁落泪。"不幸的人！"姐姐说，"你以为我能以丧失你的自由为代价去享受自己的自由吗？老爷，你看到了，我们两个苦命人，如果你把我们分开，我们就只有死路一条，所以我也把自己卖给你，请付钱吧。这钱以及我们的效劳，也许有一天能使我们从你那里得到我现在不敢要的东西。不把我们拆散，可关系到你的利益呀。请权衡吧，他的生死取决于我。"那位亚美尼亚商人是个善良的人，我们的不幸打动了他。他说："你们俩忠实、卖力地为我效劳吧。我向你们许诺，一年以后给你们自由，我看你们两个人，谁都不该遭受奴隶之苦。恢复自由之后，如果你们能获得应有的幸福，如果你们走运，

---

[1] 古波斯的货币单位。

我相信你们会补偿我的损失的。"我们俩吻了他的膝盖，便跟随他踏上了旅程。在做奴隶的工作中，我们相互扶助，我总是以分担姐姐的分内活儿为乐事。

一年期满，主人果然信守诺言，给了我们自由。我们返回特佛里。我在那里找到家父的一位故友。他在城里行医，生意颇兴隆。他借了一些钱给我经商。因生意上的需要，我们一家迁到了士麦那，定居下来。我们在这里已生活六年，所交往的尽是上流社会最可亲可爱的人。我的家庭非常和睦。这样的境况，就是全世界所有的国王拿王位来和我交换，我也不愿的。我运气相当不错，居然和那位亚美尼亚商人重逢了。他对我恩重如山，我实实在在地报答了他。

1714 年主马达·阿色尼月 27 日于士麦那

## 第六十八封信

黎加致某地郁斯贝克

我应一位法官多次邀请，几天前上他家吃晚饭。 山南海北交谈一阵之后，我对他说："先生，你从事的职业似乎很辛苦啊。"他答道："并不像你想象的那样辛苦，先生。 这一行按我们的干法，像玩一样。""什么？你满脑子里装的不净是别人的事情吗？你一向忙碌的事情，不是一点意思也没有吗？""你说得不错，这些事情的确没一点意思，因为我们对之丝毫不感兴趣。 正因为如此，干这一行才不像你说的那样辛苦。"我见他对自己的职业如此超脱，便换了个话题："先生，我还没见过你的书房。""我相信你没见过，我根本就没有嘛。 我谋求到这个职务花了不少钱，变卖了我的书房。 在我的大量藏书之中，买主只给我留下一本账簿。我并不惋惜那些书。 我们这些法官，决不拿无用的知识来装点门面。 所有那些法律书籍对我们有什么用？里面的案例几乎全是假的，而且背离了一般的准则。"我说："可是，先生，难道不正是你们使之背离的吗？说到底，如果有法不依，世界各国何必要法律呢？而如果不懂法，又怎么执行法律呢？"法官回答："如果你

089

了解司法界的情况，你就不会这样说了。我们有活的法律书，那就是律师。他们为我们工作，负责向我们提供咨询。""有时他是不是也会存心欺骗你们？"我回道，"你们最好能保证自己不上他们的圈套。他们拥有攻击你们的公正态度的武器，你们最好也要有武器，用以维护你们的公正态度。你们最好不要仓促上阵，与武装到牙齿的敌人混战一团……"

1714年舍尔邦月13日于巴黎


# 第六十九封信

郁斯贝克致威尼斯雷迪


我比过去更像玄学家了。这你是绝对想象不到的，然而事实确实如此。等我把自己的哲学思想表露无余之后，你想必就会相信了。

最明达的哲人，在思考了真主的本质之后说，真主是至善至美的。但是他们极度滥用了这一观点。他们列出人可能具有和可能想象得出的各种完美品质，统统集中在真主身上，而没有想到这些品质会互相排斥，不可能存在于一个人身上而不相互抵消。

西方的诗人们说，有一位画家[1]，想画美女神的肖像，便把希腊所有美女都召集来，取每个美女最好看的优点，画成一幅女神像，认为这就是所有女神之中最美丽的了。如果有人根据这幅画像得出结论，说美女神的头发既是黄色又是棕色，眼睛又蓝又黑，他一定会被大家视为荒唐可笑的人。

真主所缺少的，往往正是能使他显得很不完美的完美品质。但真主始终只被他自己所局限，真主的必然性就在于他本身。因此尽管真主是万能的，他也不可以背信弃义，欺骗世人。甚至真主之所以无能为力，往往不是由于他本身，而是由于与之相关的事物。正因为如此，真主无法改变事物的性质。

---

[1] 指的是古希腊最著名的画家宙克西斯。

因此，我们有些学者敢于否定真主的无限预见性，这就不足为怪了。他们据此认为，真主的预见性与其公正性是互不相容的。

不管这种看法多么大胆，玄学倒是与之奇妙地吻合了。根据玄学的原理，一些由不确定的因由决定的事物，真主不可能预见到；尚未发生的事情根本不存在，也就无法被认识；"无"没有任何特性，根本不可觉察，所以真主不可能看透根本不存在的意愿，不可能在心灵里看到并不存在的东西。事物存在于决定之前，决定事物的行动并不存在于事物之中。

做决定的是心灵，但在有些情况下，心灵也十分犹豫不决，甚至不知道从哪一方面做决定。心灵做出决定，往往只是为了实现它的自由。所以，真主不可能事先看到这种决定，既不可能从心灵的作用看到这种决定，也不可能从事物对心灵的影响看到这种决定。

真主怎样才能预见由不确定缘由决定的事物呢？他只能通过两种方式预见：其一是推测，这与无限的预见性是自相矛盾的；其二是把事物作为某种原因所导致的不可避免的结果来预见，这就更加矛盾了。按照假设，心灵是自由的，而实际上，心灵像台球一样，只有受到另一个台球的碰撞，才会自由滚动。

不过，请不要以为我试图证明真主所知道的东西是有限的。真主能够随心所欲地支配所有造物，所以他想知道什么就能知道什么。不过，真主虽然能洞察一切，但并不经常运用这种能力。他往往让造物自行决定是采取行动还是不采取行动，从而让造物自行决定是建功德，还是犯罪孽。这是在真主放弃对造物施加影响，放弃为造物做决定的权利的时候。但是，真主想知道什么，他总是能够知道的。他只需要让所有事情按照他所看到的那样发生，只需要按他的意志决定万事万物就够了。他从纯粹是可能发生的事物中，挑出必然发生的事物，以教谕的方式规定人的思想应该做出什么决定，同时使人不再具备他所赋予他们采取行动或不采取行动的能力。

对这样一件无可比拟的事物，姑且让我打个比方来说明吧：一位君主不知道他的使节会如何处理某件重大事务，如果他想知道，他只需命令他的使节如此这般行动，那么他就可以确信事情会按照他的旨意进行。

《古兰经》和犹太人的经书，都始终表示反对绝对预见性的教条；在这些经典里，神对于人将要做出的决定，似乎总是一无所知，而这，似乎是摩西教给人类的第一条真理。

上帝将亚当安置在人间乐园里，条件是有一种果子亚当绝不能吃——对于知道灵魂将会做出什么决定的上帝来讲，提出这个告诫是荒唐的。说穿了，上帝在给予恩赐时还要附加条件，岂不使他的恩赐一文不值了吗？这好比一个人知道巴格达已陷落，却对另一个人说："如果巴格达陷落，我给你一百托曼。"这不等于开玩笑捉弄人吗？

亲爱的雷迪，何必这样唠叨哲学呢？真主高高在上，连他所驾的祥云我们都看不见。我们仅仅是从真主的训诫中了解真主的。真主博大宽宏，智慧无穷，无所不在。但愿真主的伟大令我们想到自己的渺小。永远谦恭驯顺，就是永远崇奉真主。

1714 年舍尔邦月最后一日于巴黎

## 第七十封信

泽丽丝致巴黎郁斯贝克

你喜欢的索立曼，他刚受到别人侮辱，十分难过。一个名叫苏菲斯的冒失的年轻人，三个月来一直在追索立曼的女儿，想和她结婚。几个看着这姑娘从小长到大的妇女，向他绘声绘色地介绍她的容貌，他听了似乎很满意。嫁妆已经议定，一切进展顺利。昨天，在女方家举行了仪式之后，姑娘带了她的阉奴骑马离开娘家，从头到脚按习俗遮盖得严严实实。可是，她到达新郎家大门口时，新郎却将大门关上，发誓说如果不增加妆奁，他绝不接纳新娘。两方的父母都赶来调解。索立曼一再拒绝对方的要求，但最终不得不同意再给女婿一份薄礼，婚礼才得以举行，大家好歹把姑娘送进了洞房。不料一个钟头后，那个冒失鬼新郎怒气冲冲跳下床，给姑娘脸上砍了一刀，硬说她不是处女，要把她退回其父母家。最大的打击莫过于这种侮辱。许多人认为姑娘是无辜的。当父亲的蒙受如此奇耻大辱，实在太不幸了！如果我的闺女受到这般对待，我想我准会痛不欲生。

再见。

1714 年主马达·阿色尼月 9 日于法特梅内院

## 第七十一封信

郁斯贝克致泽丽丝

我同情索立曼，尤其因为他的不幸无法弥补，而他的女婿纯粹是钻了法律的空子。我觉得法律太不公平，竟然容忍一个疯子恣意毁掉一个家庭的名誉。即使有确凿的迹象可以说明事实真相，那也枉然。这是一个古老的错误，如今我们之中有些人已经认识到了。我们的医生可以提供无可辩驳的理由，说明那些证据不可靠。连基督徒也认为那些证据荒诞无稽，尽管他们的经书里有明文规定，而且他们古代的立法者一直是据此判定所有姑娘是清白的还是该受惩罚。

得悉你认真教育你的女儿，我很高兴。愿真主让她的丈夫觉得她和法蒂玛[1]一样美丽纯洁，让十个阉奴去守护她。但愿她拥有金碧辉煌的居所，脚下铺着华丽的地毯！而我最大的祝愿，是希望看到她拥有无上荣华。

1714 年闪瓦鲁月 5 日于巴黎

## 第七十二封信

黎加致某地伊本

有一天在一次聚会中，我见到一个很自满的人。他在一刻钟之内裁定解决了三个道德问题、四个历史学上的问题和五个物理学上的问题。我从未见过如此博

---

[1] 相传为穆罕默德之女，阿里之妻。

学多才的评判者。他的思维决不会因为丝毫的怀疑而中断。大家撇下科学而谈论时事新闻，他就裁度时事新闻方面的问题。我有意为难他，暗自想："我应该谈自己最擅长的方面，始终不离开与我的国家有关的问题。"我就对他谈论波斯。可是我刚说了三四句话，他就挑出我两个错误，并且搬出塔维尼埃和夏尔丹 [1] 的话做依据。"啊！至善的真主！"我暗自感叹，"这是什么人？再过一会儿，连伊斯法罕的街道他都会比我还熟悉！"我立刻拿定主意，保持沉默，让他说去。他继续裁断着。

1715 年都尔喀尔德月 8 日于巴黎

# 第七十三封信

黎加致某某

我听说有一个裁判机构，人称为法兰西学院 [2]。世界上没有任何一个裁判机构比它更不受人尊敬。据说，它所做出的决定，公众会立刻推翻，并且把种种规则强加于它，而它不得不遵守。

为了确立其权威，不久前它颁布了一部裁判规则 [3]。这个由许多父亲生下的孩子，几乎一坠地就变得老朽了。尽管它是合法的，但一个先于它诞生的私生子 [4]，几乎把它窒息在襁褓中。

这个机构的成员，除了喋喋不休地高谈阔论，便无所事事。在他们没完没了的废话中，免不了有些赞颂之辞，而一旦明白了其中的玄机，他们便一味热衷于赞颂，而且乐此不疲。

---

[1] 塔维尼埃是法国商人、旅行家，1676 年发表《土耳其、波斯、印度游记六则》；夏尔丹，著有《巴黎—伊斯法罕游记》。

[2] 枢机主教黎塞留 1634 年建立的文学院，但它所制定的规则往往不为大众所接受。

[3] 即《法兰西学院词典》，1694 年出版。

[4] 即《弗瑞蒂埃词典》，比《法兰西学院词典》早出版四年，它更切合语言实际，使后者逊色。

这个机构拥有四十副头脑，每副头脑都装满了词法、隐喻、反衬；所有这些人嘴里吐出来的全是感叹句；所有这些人的耳朵都喜欢听节奏整齐、优美和谐的句子；至于这些人的眼睛就不用提了，仿佛他们生来只说话，不观察。这个机构脚跟不稳，因为时间与它为敌，随时动摇着它的根基，破坏它所做的一切。过去有人说这个机构的手伸得太长，这一点我不想说什么，让比我更了解情况的人去下结论吧。

以上种种离奇的事，我们在波斯是见不到的。我们根本没有建立这类稀奇古怪的机构。我们一向是按我们古朴的风俗、天真的方式寻求自然。

1715 年都尔黑哲月 27 日于巴黎


## 第七十四封信

郁斯贝克致某地黎加


几天前一个熟人对我说："我答应过带你去拜访巴黎的名门望族的，今天我就领你去一位大爵爷家，他是我们王国最具代表性的人物之一。"

"先生，何谓最具代表性的人物？是说他比别人更讲究礼节，更和蔼可亲吗？""不。"对方回答。"哦！我明白了。他一定是时刻显得比所有接近他的人都优越。果若如此，我何必去拜访他呢？让他越优他的吧，我嗤之以鼻。"

可是我还得去。我见到的是个目空一切的矮子。他吸鼻烟时神情那样傲慢，擤鼻子时那样旁若无人，吐痰时那样肆无忌惮，抚摩他的爱犬时简直像故意侮辱旁人，使得我想敬佩他也敬佩不起来。"啊！仁慈的真主！"我暗自说道，"我要是在波斯宫廷里也摆出这副派头，不显得像个傻瓜才怪哩！"黎加，对每天怀着好感前来看望我们的人，我们居然百般蔑视，我们的天性也太恶劣了！来访的人都十分清楚我们比他们高一等，即使他们不明白，我们每次都善待他们，也会使他们明白过来的。我们没有别的办法使自己获得尊敬，唯有尽心尽力使自己表现得和蔼可亲。我们应该与地位卑微者交谈，这样，我们虽然是总不免让人感到冷酷无情的地位显赫者，但他们也会觉得我们富于同情心，会真诚地认为我们的心灵比他们高尚，因为我们迁就他们的需要。然而，需要在公开的仪式中显示君主的威严，在外国人面前维护国家的尊严，在危机时刻激励士气时，我们就应一改平时的屈尊俯就，而表现出百倍的高傲，并且把这种高傲摆在脸上。这样或许才会有人觉得我们的表现十分出色。

1715 年赛法尔月 10 日于巴黎

## 第七十五封信

郁斯贝克致威尼斯雷迪

说实话，在基督徒之中，我没有看到像我们穆斯林对自己的宗教那样笃诚坚信的情况。对基督徒而言，从说教到信教，从信教到笃信，从笃信到力行，存在很大距离。宗教与其说是圣化的对象，不如说是大家争论的对象。宫廷中人，行伍中人，甚至妇女，都会起来反对教士，要求教士向他们证明他们决计不相信的事物。他们决计不相信这些事物并非出于理智，他们决定摒弃这个宗教也并非因为认真地考察了它的真伪。这是一些叛逆者。他们觉得宗教是枷锁，根本不想了解它，一心想挣脱它。因此，他们的怀疑和信仰都不坚定。他们处于摇摆之中，不停地在信仰与怀疑之间摇摆。一天，他们中的一个人对我说："我相信灵魂不灭，但要看季节。我的看法绝对取决于我的体质：根据我的动物精神的多和少，根据我的肠胃消化能力的强和弱，根据我所呼吸的空气的纯和杂，根据我所吃的菜肴的清淡或油腻，我会是斯宾诺莎的信徒，索齐尼的信徒，天主教的信徒，不信教者或者笃信宗教者。有医生在我床头时，听忏悔的神父就觉得我容易摆布。我身体好时，总有办法不让宗教来折磨我，但我生病时，便允许宗教来安慰我。当我处在绝望一边时，宗教便跑出来，用种种许诺赢得我的好感，我呢，情愿把自己交给宗教，死在希望这一边。"

基督教国家的君主，早就解放了所有奴隶。他们声称之所以要这样做，是因为基督教赋予所有人平等。这一宗教行动的确使他们受益匪浅。他们借此削弱了封建领主的势力，把庶民从封建领主一边拉到了自己一边。然后他们征服了一些仍有奴隶的国家。他们认为那些奴隶有利可图，便允许买卖奴隶，而把那条曾经深深打动他们的宗教原则抛到了九霄云外。让我怎么对你说呢？此一时是真理，彼一时为谬误。我们为何不能像基督徒一样行事呢？我们非常天真纯朴，不想进行征服，不肯在气候宜人的地方建立殖民地，因为按照神圣的《古兰经》的教义，那里的水不够洁净，不能供我们沐浴净身。

感谢全能的真主，他给我们派来了伟大的先知哈里；感谢全能的真主，因为我所宣扬的宗教比人类的一切利益都更宝贵，它来自天上，像天空一样纯洁无比。

1715 年赛法尔月 13 日于巴黎


# 第七十六封信

郁斯贝克寄士麦那友人伊本


在欧洲，法律对自杀者十分残暴，可以说是将他们再处死一次。尸体被无情地拖着游街，遭受众人唾骂，死者的财产被没收充公。伊本，我觉得这种法律很不公正。当我被痛苦、贫困和屈辱压得心力交瘁时，人们为什么要阻止我结束自己的苦难，残忍地剥夺我自我解脱的手段呢？

为什么还要我为我情愿离开的社会工作呢？为什么要迫使我履行我并未参与制定的社会契约呢？社会是建立在互利的基础上的，当社会成为我的负担时，谁能阻止我离开这个社会呢？生命乃上天所赐之恩惠，当它不再为恩惠时，我应当有权把它还给上天。根既不存，果无所附嘛。

做臣民再也得不到任何好处，君主还要我继续做其臣民？我的同胞能接受令他们受益而令我绝望的待遇吗？与一般慈善家不可同日而语的真主，难道会硬要我接受对我已成为沉重负担的恩惠？

097

我生活在法治之下，不得不遵守法律，但当我不生活在法治之下时，我还要受法律约束吗？

有人说，你扰乱了上天规定的秩序：上天将你的灵与肉结合在一起，你却要将二者分开，你违逆了上天的旨意，违忤了上天。

这是什么话？我只不过改变了物质变化的方式，使按运动的基本规律，即创造和守恒的规律呈圆形的球变成方形，这就是扰乱上天建立的秩序吗？不能这样说，根本不能这样说。我只不过行使了赋予我的权利。从这个意义上说，我可以随心所欲地扰乱万事万物，谁也不能说我违忤上天。

我的灵魂和肉体分开时，难道就削弱了宇宙的秩序和排列吗？难道你认为那之后产生的新的组合，就不再那么完美，不再那么受普遍规律的支配，宇宙就因此失去了什么东西吗？上天的创造就不再那么伟大，或者说不再那么浩荡乾坤了吗？

难道你认为我的肉体变成一个麦穗、一条小虫、一棵小草之后，就不配作为造化的作品了，我的灵魂摆脱一切尘世的成分，就不再那么高洁了吗？

亲爱的伊本，所有这些观念，其根源不在别的，只在于我们自视甚高。我们根本感觉不到自己的渺小；我们微不足道，却希望自己在宇宙中备受注目，占据显赫位置，扮演重要角色。我们以为，像我们这样完美的一个生灵的消失，必然会使整个宇宙遭受贬损。我们也不想想，宇宙中多一个人少一个人——我说什么？——就算整个人类，数万万个像我们这样的人加在一起，也只不过是一个小之又小的原子，真主之所以看得见它，全凭他广博无边的智慧。

1715 年赛法尔月 15 日于巴黎

## 第七十七封信

伊本致巴黎郁斯贝克

亲爱的郁斯贝克，对于真正的穆斯林来说，逆境与其说是惩罚，不如说是警示。备受侮辱的日子特别值得珍惜，春风得意的日子倒是应该缩短。对一切事物那么急躁有什么用，无非是要显示我们不想依靠赐福的真主获得幸福，而真主本身即是幸福。

如果一个生命是由两个生命构成的，而保持这种结合的必要性显示必须更好地顺从造物的旨意，由此便可制定出一部宗教法规；如果保持这种结合的必要性是使人类行为更可靠的保证，那么由此便可制定出一部民事法。

1715 年赛法尔月最后一日于士麦那

# 第七十八封信

黎加致某地郁斯贝克

寄上一个在西班牙的法国人的来信抄件，我想你一定有兴致一阅。

半年来，我游遍了西班牙和葡萄牙，生活在各地的百姓之中。他们都不把其他民族的人放在眼里，唯独给法国人"面子"，对我们抱着憎恨情绪。

庄重是这两个民族的突出特点，其表现主要在两方面：一是戴眼镜，二是留小胡子。

眼镜明白无误地表示佩戴者钻研科学，博览群书，以至于视力衰弱：凡是装饰着或架着眼镜的鼻子，毫无疑问都是学者的鼻子。

至于小胡子，它本身就令人肃然起敬，而不必管它会带来什么后果。不管怎样，有时人们可以拿它派上大用场，以之报效君主或为国争光。例如在印度的一名著名的葡萄牙将军[1]，急需钱用的时候，就剪下一撮胡子，拿给果阿居民做抵押，索要两万皮斯托尔[2]，那两万皮斯托尔当初言明是借给他的，因此后来他大模大样地收回了他那撮胡子。

---

[1] 即让·卡斯特罗。
[2] 西班牙、葡萄牙、意大利古金币单位。

不难设想，这样持重而冷漠的民族，一定会夜郎自大。西班牙人和葡萄牙人果然夜郎自大。他们自大的根据，通常是两件很了不起的事情。生活在西班牙和葡萄牙这块土地上的人，都觉得自己的心灵特别高贵，因为他们自称老基督徒，就是说，他们不是最近几个世纪经过宗教裁判所规劝才皈依基督教的那些人的后代。在西印度的这两国人，同样自命不凡，因为照他们的说法，他们是白种人，自然高贵优越。在伟大苏丹[1]的后宫里，嫔妃们无不为自己的美貌感到骄傲，但没有一个像墨西哥城市里闲坐门口的又丑又老的无赖[2]那样对自己白中透黄的肤色自命不凡。一个如此高贵的人，一个如此完美无缺的造物，即使把世间所有的财宝都给他，也决不肯去劳动，决不肯去干低贱简单的营生，以免损害他们肤色的荣誉和尊严。

　　须知，在西班牙，一个人具有某种优越之处，例如除上述种种之外，他还拥有一柄长剑，或者从父辈那里学会了弹奏五音不全的吉他，他就不劳动了，而以四体不勤为荣。每天闲坐十小时的人比每天闲坐五小时的，会整整多获得一倍的尊敬。贵族的身份，正是坐在太师椅里得到的。

　　这些不可救药、轻视劳动的人，显得极为旷达安逸，然而他们的心灵并不安宁，因为他们都是多情的人。他们最闻名于世的是待在情人窗下，忧郁欲绝。任何西班牙男人，不因此而伤风感冒，算不得风流情种。

　　他们首先是笃信宗教的人，其次是心怀嫉妒的人。他们严密提防，不让自己的妻子受伤痕累累的士兵或年老体衰的官员引诱，而情愿让她们与虔诚热情、低眉垂目的初学修士或身体强壮、目光放肆的方济各会修士待在一起。

　　他们允许自己的妻子袒胸露乳出现于人前，却不愿让别人看见她们的脚后跟，窥见她们的脚尖。

　　人们普遍说，爱情之苛求可谓残酷，对西班牙男人而言更是如此。女人消除他们相思的痛苦，但也只是暂时改变一下，一旦情火熄灭，给他们留下的则是长久、苦涩的回忆。

---

[1] 指土耳其苏丹，即土耳其皇帝。
[2] 指西班牙殖民者。

西班牙人讲究一些琐碎的、在法国人看来很不适当的礼节。例如，连长不得到士兵的允许，绝不拷打士兵；宗教裁判所要用火刑处死一个犹太人，必先向这个犹太人表示歉意。

未受过火刑的西班牙人，似乎都很拥护宗教裁判所，取消宗教裁判所会引起他们不满。我呢，只希望能建立另一种宗教裁判所，不是用以对付一般的异端分子，而是对付异端分子的头头。异端分子的头头们把修道的琐碎功课，与七种圣事[1]等量齐观；他们崇拜自己尊重的一切事物，而且装得极为虔诚，使你几乎以为他们是基督徒。

从西班牙人身上，你会发现他们有才智，懂常识，但这些从他们的书本里可找不到。在他们任何一家图书馆里，你总会看到一边是小说，另一边是经院哲学著作。你会说，这两种书籍就构成了所有门类，这种把一切塞在一起的做法，显然是出于对人类理性的敌视。

他们唯一的一本好书，是那本使其他书都显得荒唐可笑的书[2]。

他们对新大陆有大量发现，对自己的大陆却还不甚了解。他们的河流上还有他们没有发现的桥梁，他们的山岭里还有他们不认识的民族。

他们说，太阳在他们的国境之内升起，也在他们的国境之内西沉。不过还应该加上一句：太阳在经过他们的国土时所看到的，是荒芜的田园和遍地的废墟。


郁斯贝克，如果能看到一个在法国游历的西班牙人寄回马德里的信，那才有趣哩。我相信他一定会为他的国家报仇雪恨。对于一个冷眼旁观而又爱思考的人来说，法国是多么广阔，爱怎么挑剔就怎么挑剔。我想他会在开头这样描写巴黎：

"这里有一所专门收容疯子的房子。起初我以为它是全城最大的疯人院，不然，小小的疯人院怎能收容所有疯子？法国人大概受到邻国的攻击，便把一些疯

---

[1] 包括洗礼、按手礼、敷油礼、忏悔、领圣体、终傅和授职礼。
[2] 指塞万提斯的小说《堂吉诃德》

子关进疯人院，让人相信疯人院外面的人都不是疯子。"

关于西班牙人就说这么多吧。

再见，郁斯贝克。

1715 年赛法尔月 17 日于巴黎


## 第七十九封信

黑人阉奴总管致巴黎郁斯贝克


昨天，几个亚美尼亚人带来一名切尔克斯 [1] 的年轻女奴，打算出卖。我把她带进内院密室，让她脱去衣服，用鉴赏的目光仔细打量她。我越打量越觉得她富有魅力。她出于处女的羞怯，似乎想在我面前掩饰她的妩媚动人。我看到，她是非常难为情地顺从我的。她看到自己赤身裸体，即使在我面前，也羞得满面通红。我吗，已经没有让人害羞的情欲，对于女性的诱惑无动于衷，就是在最无拘无束的行动中，也恪尽谦卑的职责，目光凝重，给人毫无邪念的印象。

我断定她配得上你，便立刻低眉垂目，给她披上一件猩红色大衣，又给她戴上一枚金戒指。我往她面前一跪，把她当作你心目中的王后来尊崇。我向那几个亚美尼亚人付了钱，把这个女子藏在任何人都看不见的地方。幸福的郁斯贝克，你所拥有的美女，比东方所有王宫里所娇养的还多。你归来时，会发现波斯的一切比往昔更加迷人，会看到在你的内院，昔日的红颜虽因岁月和管束而衰老了，却又有新的佳人出现在你面前，你该多么愉快啊！

1715 年赖比尔·敖外鲁月 1 日于法特梅内院

---

[1] 高加索北部地区名。

# 第八十封信

郁斯贝克致威尼斯雷迪

亲爱的雷迪，我来到欧洲之后，见到各式各样的统治方式，不像在亚洲，统治方式到处都一样。

我经常研究哪种统治方式最合理。我觉得，最理想的统治方式应是以最小的代价达到目的，也就是最符合民众天性和倾向的统治方式。

如果老百姓在温和的统治下像在严酷的统治下一样驯服，那么温和的统治更可取，因为它更符合理性，酷政只不过是老百姓驯服的外在原因。

请相信，雷迪，一个刑罚多少偏于严酷的国家，并不能使人们更加遵守法律；在刑罚较轻的国家，人们对法律的敬畏，并不亚于在法律残暴严酷的国家。

统治温和也好，残暴也好，刑罚总该有程度之分：量刑的轻重，视罪行的大小而定。刑罚之设立，自然按所在国的习俗而定。监禁八日或轻微的处罚，对于生活在温和国家的欧洲人来讲，其警戒作用不亚于对一个亚洲人的断臂之刑。某种程度的刑罚，产生某种程度的畏惧，只不过感受方式因人而异。一个法国人受到某种惩罚，会因为感到身败名裂而陷于绝望；一个土耳其人受到同样的惩罚，连一刻钟的睡眠也不会失去。

况且，依我所看到的情形，在土耳其、波斯和莫卧儿帝国，治安、司法与公正，并不比在荷兰、威尼斯等共和国，甚至是英国得到更好的遵守与服从。在土耳其等国，犯罪并不见得少一些，这些国家重刑的威吓也没有使人更加守法。

相反，在这些国家，我倒是看到了不公正和恃强凌弱的根源。

在这些国家酿成重大事件，并不需要重大的原因，相反，小小的不测，就能引发一场大革命，无论革命者还是被革命者，往往都始料不及。

土耳其皇帝奥斯曼被废黜时，发难者之中谁也没想到要废黜他，他们只是请求他对某一冤案加以明断。这时，群众中一个陌生的声音突然高呼穆斯塔法的名字，穆斯塔法就突然当上了皇帝。

1715 年赖比尔·敖外鲁月 2 日于巴黎

# 第八十一封信

波斯驻莫斯科维亚使臣纳古姆致巴黎郁斯贝克

　　亲爱的郁斯贝克，世界上所有民族，论攻城略地，成就霸业者，无一可与鞑靼族匹敌。 这个民族是世界真正的统治者，其他所有民族似乎天生是受它奴役的。他既是一个个帝国的缔造者，也是一个个帝国的摧毁者。 每个时代，它都在世界上留下了它强大无比的标记；每个时代，它都给各民族带来了灾难。

　　鞑靼族两度征服中国，至今还使中国臣服于它 [1]。

　　它统治着构成莫卧儿帝国的辽阔疆土。

　　它主宰着波斯，高踞于居鲁士和古斯塔普 [2] 的王位之上。 它征服过莫斯科维亚。 它在土耳其的名义下，征服过欧洲、亚洲和非洲的广阔领土，统治着世界上的这三大部分。

　　至于在更古老的年代推翻罗马帝国的各民族之中，有些也出自鞑靼族。

　　与成吉思汗从事征服的霸业相比，亚历山大从事征服的业绩算得了什么呢？

　　这个无往不胜的民族，只缺少历史学家来赞颂它往昔辉煌的伟业。

　　多少不朽的奇勋湮没于人们遗忘之中！多少由它建立的帝国，我们连其起源都搞不清楚！这个黩武的民族，相信自己会永远所向披靡，所以只关心眼前的荣耀，根本没有想到应该撰写回忆录，记载它昔日的征服业绩，使它自己彪炳千古。

1715 年赖比尔·敎外鲁月 4 日于莫斯科

---

[1] 这里的鞑靼泛指蒙谷、突厥、女真等民族。"两度征服中国"指元朝和清朝时期。《波斯人信札》写于 1709 至 1720 年，此时的中国正处于清朝康熙年间，因此作者说"至今还使中国臣服于它"。

[2] 居鲁士和古斯塔普均为波斯国王。

# 第八十二封信

黎加致士麦那伊本

　　法国人爱饶舌，但有一类教士却沉默寡言，他们是夏特勒修道院修士。据说，他们都在入修道院时被割掉了舌头。人们倒真的希望，其他教士也能去掉一切对他们的职业无用的东西。

　　提到沉默寡言的人，倒使我联想起另外一些人，他们比这些修士还古怪但又很有才能。就是那些爱高谈阔论而又言之无物的人。他们谈笑风生两个钟头，你却无法抓住他们谈话的要领，无法复述他们的话，也无法记住他们的只言片语。

　　这种人都受到女士们的青睐，但他们受青睐的程度还不如另外一些人。那些人有着可爱的天赋，能够适时地，也就是说随时露出微笑，对女士们所说的一切，都能愉快地表示赞同，显得极有风度。他们极具才智，能辨析一切事物的微旨奥义，把握最普通事物的细微特征。

　　我还认识一些人，他们善于把无生命的东西引入交谈之中，让人家谈论他的锦绣衣裳、金黄假发、鼻烟壶、手杖和手套。他们人还在街上，就有意让人家听到他们的马车声，听见他们用敲门锤重重敲门的声音——这好比开场白，预告着整篇演说词呢。开场白说得好，后面说什么蠢话，人家也就不怎么在意了。所幸的是，蠢话总是说在后头。

　　我敢肯定，这些雕虫小技，在我们国家谁也不会放在眼里。可是在这里，谁掌握了这一套，谁就会成为幸运儿，受益无穷，具备常识的人在他们面前都黯然失色。

1715 年赖比尔·敎外鲁月 6 日于巴黎

# 第八十三封信

郁斯贝克致威尼斯雷迪

亲爱的雷迪，如果存在真主，他就必定是公正的；他如果不公正，就比什么东西都更坏、更差劲。

公正，乃是两种事物之间实际存在的恰当关系。这种关系，无论在真主眼里、天神眼里，甚或人类的眼里，应该都是一样的。

的确，人并非总是看得清这种关系，就是看得清，也往往回避。人看得最清楚的，永远是利益。公正发出呼声，但在七情六欲的喧嚣之中很难听到。

人多行不义，皆因利益攸关，都求满足自己，而不肯满足他人，所作所为，都为自己打算。任何人都不会无缘无故干坏事，总是受某种动机支配，而这种动机，无外乎利益。

不过，要求真主绝对避免不公之举也不可能。设若他洞察公正，就必须主持公道。真主一无所需，应有尽有，他如果不公正，那就比什么都恶劣，因为他之所以不公正，甚至不是为了谋求利益。

因此，即使真主不存在，我们也应该时刻心向公正，就是说，努力像我们理想中那个完美的神一样行事，因为这个神如果存在，一定是公正的。我们可以摆脱宗教的约束，但不应该摆脱公正的约束。

雷迪，这就是为什么我认为公正是永恒的，它丝毫不取决于人们的习俗。公正如果取决于人们的习俗，它就会是人人争相躲避的可怕的东西了。

我们周围强者如林，他们可以用千百种手段来侵害我们，而且十之八九不会受到惩罚。所幸者，所有这些人心中，都有着内省的原则，阻止他们伤天害理，使我们免受侵害。想到这一点，我们该多么安心啊！

不然，我们就会时时提心吊胆，从别人面前经过，就如同从猛兽面前经过一样，我们的财产、名誉和性命，都得不到片刻的保障。

以上种种想法，使我对经师们产生了反感。他们把真主描绘成专制的行施权威的神，其行为方式我们都不愿意效仿，因为我们怕触犯他，而且他们使真主的身上充满我们所有的缺点，而我们正是由于这些缺点受到真主的惩罚。经师们的思想自相矛盾，他们时而把真主描绘成一个坏人，时而又把他描绘成疾恶如仇，见恶必惩的人。

一个人自我反省的时候，发现自己有一颗正义的心，他该多么满足！这种满足，虽然淡泊，但必然使他快慰。他看到自己的为人高于那些没有正义感的人，恰如他看到自己高于虎豹熊罴一样。是的，雷迪，如果我确信自己能永远坚定不移地遵守自己心目中的正义原则，那么我就会觉得自己是天下第一人。

1715 年主马达 · 阿色尼月 1 日于巴黎

# 第八十四封信

黎加致某某

昨天我去了残老军人院 [1]。我如果是国君，也会乐于建设这样一座建筑物，那等于打三次胜仗。这里到处可见一位伟大君主的手泽。我相信这是世间最令人肃然起敬的地方。

看到这些为祖国做出过牺牲的人济济一堂，这场面实在令人激动。只要他们一息尚存，就要保卫祖国。他们人人都有这种心愿，虽然各人能力不同。所憾者，只是现在都无力继续为祖国血洒疆场了。

这些残老战士退休于此，依然像往昔大敌当前之时一样严格遵守纪律，从昔日战斗的气氛中寻求最后的满足，将心智同时奉献给宗教义务和军事义务。此情此景多么令人景仰啊！

但愿一切为国捐躯的烈士之英名，都会载入史册，保存于庙堂之中，作为光辉、崇高精神的源泉。

1715 年主马达 · 阿色尼月 15 日于巴黎

---

[1] 路易十四 1674 年在巴黎所建，以供养残废和老年军人。

# 第八十五封信

郁斯贝克致伊斯法罕米尔扎

你知道，米尔扎，索立曼沙赫[1]的某些大臣曾制订出计划，迫使境内所有的亚美尼亚人离开波斯王国，不然就得改宗伊斯兰教。他们认为让这些不信奉伊斯兰教的人留在境内，我们的王国就会永远受到亵渎。

当时如果听信了这些人的话，波斯的荣誉定会断送了。

这个计划不知为何没有实现。它会带来怎样的后果，无论提出它的人还是反对它的人都不甚明了。是偶然因素使理智与政策占了上风，使王国避免了一场危机，一场比打输一场战役、丧失两座城池还要严重的危机。

人们原以为，驱逐亚美尼亚人，就可以在一天之内消灭全国所有的商人和几乎所有的手工匠人。我确信，伟大的阿巴斯沙赫[2]宁愿让人砍断双手，也决不会签署这样的谕旨。他认为，把自己治下最能干的子民送给莫卧儿帝国和印度等国的君主，无异于割让半壁河山。

穆斯林狂热分子对拜火教徒的迫害，已经迫使大批大批拜火教徒逃往印度，使波斯丧失了一个勤于农耕的民族，唯一懂得通过耕种改造我国贫瘠土壤的民族。

剩下的就是以虔诚为名，再进行一次打击，摧毁我们的工业了。那样帝国就会不摧自垮，而人们希望使之繁荣昌盛的这个宗教，也必然会随着帝国一道覆灭。

考虑问题如果不带偏见的话，米扎尔，一个国家里存在几个宗教，不知是否更适宜一些？

我们注意到，被允许存在的宗教的信徒，往往比占统治地位的宗教的信徒对祖国更有用，因为他们与显赫的地位无缘，又不能靠金钱和财富扬名，这一切他们只有通过自己的努力，干社会上最艰苦的工作才能获得。

---

[1] 沙赫在波斯语中意为国王。索立曼即萨非二世国王，1666—1694年在位。
[2] 即波斯国王阿巴斯一世，1587—1628年在位。

况且，每个宗教都有着对社会有用的教规箴言，这些教规箴言都应该得到热情的遵奉。可是，除了允许多教并存，还有什么办法能更好地激发这种热情呢？

这些宗教彼此对立，互不宽容。甚至每个信教者都怀有妒忌心，个个谨言慎行，生怕有损于本教派，被对立教派看不起，受到无情的攻击。

因此我们早就注意到，给一个国家引进一个新教派，是纠正旧教派各种流弊的最可靠的办法。

有人说，一个国家里容忍几个宗教存在，不符合君主的利益。这纯属无稽之谈。即使全世界所有教派都集中到一个国家，也不会损害君主的利益，因为所有教派无不规定要听话，要驯服。

我承认，各国历史上宗教战争频仍。但请注意：这些战争的发生，并非因为多教并存，而是因为自以为居于统治地位的教派的不宽容精神，是因为传播信仰的狂热——这种传播信仰的狂热，是犹太人从埃及人那里学来的，然后它像民间的传染病，由犹太教徒传给了穆斯林和基督教徒。总之，这种蛊惑人心的思想之泛滥，只能看成是人类理智的彻底泯灭。

就算给别人的心灵造成痛苦不算非人道，就算这样做根本不会产生千百种恶果吧，但说到底，除非是疯子，一般人是不会不顾一切让别人改宗的。想让我改宗的人，正是因为他自己不愿意改宗，就是有人强迫他，甚至把整个世界给他，他都不愿意改。他自己不肯为的事情，看到我不肯为，他却觉得奇怪。

1715 年主马达·阿色尼月 26 日于巴黎


# 第八十六封信

黎加致某某


这里的家庭内部，似乎都是各行其是。丈夫对妻子，父亲对儿子，主人对奴婢，都没有什么权威。他们的一切纠纷都诉诸法庭。而法庭呢，请相信，总是不利于嫉妒的丈夫、暴躁的父亲和苛刻的主人。

一天，我去那进行审判的地方。要到达那里，先得从许多年轻女商贩的刀枪下经过，她们用娇滴滴的声音向你打招呼。那情景一开始还挺有趣，可是一进入大厅，立刻变得阴森可怖。大厅里的人，一个个都是服饰比面孔还严肃。最后，我才到达那个神圣的地方。在那里，形形色色的家庭隐私都暴露无遗，最隐秘的行为全都抖落在光天化日之下。

一位纯朴的姑娘来到这里，坦白她由于长年保持贞操而忍受的煎熬，她所进行的斗争和痛苦的挣扎。她对自己没有败下阵来并不怎么感到自豪，而是声称她很快就坚持不住了。为了使她的父亲对她的需要不再一无所知，她逢人便诉说这一切。

还来了一位不顾廉耻的妇女，讲述她怎样侮辱了她的丈夫，并以此为理由要求离婚。

另一个妇女同样一本正经地宣称，她虚有人妻之名，而不曾享受到做妻子的快乐，再也忍受不下去了。她披露了她新婚之夜的隐情，要求让最有经验的专家对她进行检验，然后宣布恢复她的全部处女权。甚至有些妇女，居然挑衅地要求丈夫与她比试。众目睽睽之下进行这种比试，无疑十分困难，无论是经受得起考验的妻子，还是败下阵来的丈夫，都会声誉扫地。

许多少女遭到拐骗或引诱，揭露出男人实际上比表面上丑恶得多。响彻整个法庭的，尽是与男女恋情有关的申诉。在这里所听到的全是愤怒的父亲、受骗的姑娘、负心的情郎、忧伤的丈夫的声音。

根据这里所实行的法律，凡是婚姻期间所生的孩子，一律被认为是丈夫所生，丈夫即使有充分的理由说孩子不是他的，那也枉然。既然法律认定是他所生，他就没有必要去寻根究底，也没有必要疑神疑鬼。

在这法庭上，判决以多数票为准。可是也有人说，根据经验，不如以少数票为准。这是相当自然的，因为大家认为，真正公正的人极少，而不公正的人不计其数。

1715 年主马达·阿色尼月 1 日于巴黎

# 第八十七封信

黎加致某某

有人说，人是善交际的动物。照这种说法，我觉得法国人比其他人更具人的特征，堪称优秀的人，因为他们似乎天生是专门交际的。

我甚至注意到，法国人之中有些人不仅善于交际，而且本身就是一个无处不在的社交体。他们这些社交体的人数到处不断增加。顷刻之间，他们就遍布于一座城市的各个角落。一百个这样的人，比两千个公民的能量还大。在外国人心目中，他们简直可以弥补瘟疫和饥荒造成的损失。学校的课堂上常常提出的一个问题是：一个物体能否同时存在于许多地方？这些人的存在，就证明哲学家们视为问题的事是可能的。

他们都是大忙人，都有要务在身，无论遇到谁，都要打听人家从何处来，到何处去。

他们有一种谁也打消不掉的想法：每天除了在聚会的场合相互见面之外，还得对许多人进行个别拜访，认为这样才符合礼节。在聚会的场合相互见面不要走什么路，按照他们的礼节规矩，根本算不了什么。

他们挨家挨户去叩门，对敲门锤的损耗，比风甚至狂风的吹刮还厉害。你如果去各家的门房查查来客登记簿，就会发现在看门人写得歪歪扭扭的名单中，每天都有他们的姓名。他们在送葬行列、丧仪吊唁或婚礼贺仪中打发时光。每当某位臣民受到国王嘉奖，他们必得花钱雇车，前去祝贺一番。最后筋疲力尽地回到家里，歇息一晚，准备第二天再开始这辛劳的奔波。

前不久，他们之中有一位因劳累而辞世了。他的墓碑上刻有这样一段铭文："安息于此者，终生未曾安歇。他参加过五百三十次葬礼，庆贺过两千六百八十个婴儿出生，常常以不同措辞祝贺朋友们获得年金，其总额高达二百六十万利弗尔。他奔波中踏过的街石长达九千六百斯达德[1]，走过的乡间道路达三十六

---

[1] 古希腊长度单位，一斯达德约合一百八十米。

斯达德。他言谈风趣，脑子里总装着三百六十五个现成的故事，而且从年轻时起就掌握了摘自古籍的一百八十个警句，每遇机会，少不得炫耀一番。他终于与世长辞，享年六十岁。来往过客，恕我辍笔。斯人一生所为所见，书之不尽矣！"

1715 年主马达·阿色尼月 3 日于巴黎

## 第八十八封信

郁斯贝克致威尼斯雷迪

巴黎洋溢着自由平等的气氛。门第出身，道德品行，甚至戎马战功，无论这些多么显赫辉煌，也不能使一个人高人一等。不同地位身份的人，全然不相互嫉妒。在大家眼里，巴黎人之中最优秀者，乃是用最好的马驾车出行的人。

所谓显贵，就是能晋见国王，能与廷臣们交谈，有债务和年俸的人。他们如能为了这一切，装出忙忙碌碌或耽于声色宴乐的样子，来掩饰自己的无所事事，就相信自己是世上最幸福的人了。

在波斯，只有靠国王恩赐在朝廷里获得一席之地的人，才称得上显贵。这里有些人出身显贵，但并没有什么声望。国王们有如能工巧匠，总是用最简单的机器来加工自己的作品。

法国人所崇奉的是至圣上帝。使者是大祭司，他向上帝供奉许多牺牲。上帝周围的人都不穿白袍，他们时而是供奉牺牲的人，时而自己充当牺牲，与所有黎民百姓一样，尽忠于自己的偶像。

1715 年主马达·阿色尼月 9 日于巴黎

# 第八十九封信

郁斯贝克致士麦那伊本

人对于荣誉的企求，与一切生物所具有的保持生命的本能一样强烈，我们如果能使自己保留在他人的记忆中，我们的生命就仿佛得到了延长。这等于我们获得了新的生命，它与上天赋予我们的生命一样可贵。

但是，各人对于生命的依恋程度不同，对于荣誉的敏感程度也不同。追求荣誉的高尚热情永远铭刻在每个人心中，但会因各人的想象力和所受教育的不同而千差万别。

人与人之间的这种差别，在民族与民族之间更加明显。

可以立这样一条箴言：对荣誉的追求，随自由的增减而增减；奴役之下，无荣誉可言。

日前一位有识之士对我说："法国在许多方面比波斯自由。因此，法国人更爱荣誉。这种可喜的爱好促使法国人兴致勃勃地欣然去做任何事情，而你们的苏丹要让臣民做同样的事情，就非得用惩罚和奖赏不断威逼利诱不可。

"所以在我们法国，君主珍惜最普通的臣民的荣誉，为了维护荣誉，设立了受人拥戴的法庭。荣誉乃民族的神圣财富，而且是君主无法主宰的唯一财富，君主若试图主宰，必然损及自身的利益。一个大臣的荣誉，如果因君主的某种偏宠或些许的轻蔑而受到损害，他就会马上挂冠辞职，离开宫廷，退隐家中。

"法国军队和贵国军队之间也存在差别：贵国军队由天生怯懦的奴隶组成，他们只是惧怕刑罚才肯去冒死亡的危险，其实这又使他们产生新的恐惧，结果个个变得愚笨不堪；法国军队则个个乐于战斗，以高尚的满足感去克服恐惧心理。

"在各共和国，在人们可以高呼'祖国'的国家，似乎已经树立起荣誉、名声及道德的神圣感。在罗马，在雅典，在拉塞德摩[1]，最显赫的战功，仅以荣誉给予报偿便足够了。

---

[1] 古希腊斯巴达共和国首都，今拉科尼亚州首府。

"在这些国家，一个人做了高尚的事情，会觉得这事情本身便是对自己足够的报偿。每个人都乐于扶助他所见到的每个同胞，他有多少同胞，就会助人多少次。人人都能为别人做好事。实际上人人都像天使，因为人人都能为整个社会的福祉尽一分力量。这种竞相行善的精神，在你们波斯人心灵里，该彻底泯灭了吧？因为在你们国家，人们的职位和禄位的升降，完全取决于国王的好恶。如果得不到国王的恩宠，荣誉和品德会统统被视为非分之想，它们是随得宠而得，随失宠而失的。一个深孚众望的人，说不定明天就会身败名裂，今朝为统帅，明天就会被贬为伙夫，再也没有机会得到半句褒奖，除非他烧出一盘美味的羊腿。"

1715 年主马达·阿色尼月 15 日于巴黎

## 第九十封信

郁斯贝克致士麦那同一人

法兰西民族对荣耀的普遍追求，形成了一个难以表达的东西，即所谓的荣誉感。确切地讲，就是从事每种职业的志向。这在军人之中尤为突出，军人特别富有荣誉感。这一点我很难让你体会到，因为我们对此毫无概念。

过去的法国人，尤其是贵族，为人处世除了讲究荣誉感，几乎不遵循任何法律。荣誉感乃他们终生的行为准则。他们把荣誉看得极重，不用说背弃，就是小小的偏离，都会受到比死刑还严酷的刑罚。

在解决争端的时候，荣誉感所确定的唯一了结方式就是决斗。通过决斗，一切难题迎刃而解，但也有麻烦，就是胜负不由决斗双方自己判定，而由他人裁判。

一个人即使与另一个人几乎不相识，但一旦卷入争端，他也可能会付出生命的代价，就像他自己动了怒一样。他总是为自己被选为决斗对手，受到如此的抬举和优待而感到光彩。就有这样一种人，他不肯掏四个子儿去搭救一个被判处绞刑的人及其全家，却会毫不犹豫地为他去冒九死一生的危险。

这种解决争端的方式，真是令人匪夷所思，因为一个人比另一个人身手敏捷，

114

力气更大，并不能证明他更有理。

所以历代国王以严厉的刑罚禁止决斗，但都无济于事。荣誉感总想处于支配地位，起而反抗，不承认任何法律。

因此，法国人显得十分刚烈。一个血性男儿受到侮辱，就必然要进行报复，而他一旦进行报复，就会受到法律严厉的惩罚。维护荣誉，就会上断头台；遵守法律，则会被永远逐出社交界。只有两种残酷的选择：要么抛掉头颅，要么苟且偷生。

1715年主马达·阿色尼月18日于巴黎


## 第九十一封信

郁斯贝克致伊斯法罕吕斯当


这里来了一个人，乔装成波斯使臣，愚弄了世界上两个最伟大的国王[1]。他送给法国国王的礼物，即使用来送给伊利梅特或格鲁吉亚那类小邦的国王，我们的王上也绝对拿不出手。他这种不体面的小家子气，辱没了我们两大帝国的尊严。

在自喻为欧洲首屈一指的礼仪之邦面前，此人大丢其丑，让西方人说万王之王治下的臣民，原来不过是一些野蛮人。

他受到他自己似乎原本不想要的礼遇。法国朝廷所尊重的是泱泱大国波斯，而绝非此人。此人虽然为法国所不齿，但法国朝廷还是让他体面地出现于法国人面前。

此事不要在伊斯法罕议论，保全这个可怜虫的脑袋吧。我们不希望我们的大臣们因为他们自己办事轻率、任人不当而去惩罚此人。

1715年主马达·阿色尼月最后一日于巴黎

---

[1] 1715年波斯国王的确派了一位使臣出访巴黎，受到法国国王路易十四的隆重接待，但未能圆满完成使命。

# 第九十二封信

郁斯贝克致威尼斯雷迪

在位如此长久的君主溘然离世。他在世时，万民赞颂，如今辞世，却人人默然。他坚定而勇敢，直至生命的最后一息，他仿佛只在命运面前屈服了。名扬天下的伟大的阿巴斯沙赫，也是这样与世长辞了。

不要以为，这件大事在这里仅仅引起道德方面的思考。各人都盘算着自己的事情，都想从这一变故中得益。继任的国王是先王之曾孙，年仅五岁，一位亲王即王叔，宣布为当朝摄政。

先王立有遗嘱，限制摄政王之权力。精明的亲王亲临最高法院，陈述其门第应赋予他的各项权力，遂使法院取消了先王的遗旨。先王本来的愿望，意在永垂不朽，令臣民感到，他虽辞世，但依然治理着国家。

现今的法院，形同任人践踏的废墟。然而它仍然让人想起往昔民众所信奉的古老宗教的非凡圣殿。除了审理讼事，最高法院几乎不再过问别的事情，其权威不断削弱，除非出现非同寻常的情势，才能使它重获生命和力量。这个重要机构难逃世事的安排，无法抗拒毁灭一切的时间、腐蚀一切的世风和打倒一切的最高权威。

但摄政王想取悦于民众，一开始就刻意制造一种印象：他是尊重这个象征公众自由的机构的。他似乎想重建庙宇，再塑偶像，希望人们把最高法院视为君主制的支柱，视为一切合法权利的基础。

1715 年赖哲卜月 4 日于巴黎

116

# 第九十三封信

郁斯贝克致其兄——加斯邦清真寺苦行僧


圣洁的苦行僧，我自卑地俯伏在你面前。我珍惜你的足迹，如同珍惜我自己的眼睛。你圣洁无比，有着我们神圣的先知一样的心灵。你苦修苦行，连上天也惊诧不已。天使们端坐在光环顶端审视着你说："此人的思想伴随着我们，昂飞于云霞托起的宝座四周，他为何还在凡间呢？"

我怎能不仰慕你呢？我从经师们那里了解到，苦行僧即使有点不诚不信，也永远具有圣洁的品性，在真正的信徒眼里都是值得尊敬的。真主从世界各个角落选择了纯洁出众的灵魂，让他们脱离红尘，以他们的苦修和虔诚的祈祷，使上天不把怒火发在大逆不道的黎民头上。

基督徒们也传说着他们早期的苦行僧神奇的事迹。数以千计的人隐遁泰巴伊德[1]可怕的荒漠里，选出了他们自己的首领保罗、安东尼和帕科米乌斯[2]。如果基督徒的传说属实，那么他们的隐修士的生活也充满了奇迹，就像我们最神圣的伊玛目一样。他们有时足足十年没见过一个人，白天黑夜都与魔鬼住在一起，不断受到恶魔的折磨，连床上和餐桌边也尽是恶魔，令他们无处藏身。可敬的苦行僧，如果这一切属实，那么应该承认，从来没有人与比这更坏的伙伴在一起生活过。

理智的基督徒把这些故事视为十分合乎情理的寓言，从中我们可以感受到人类境况的不幸。去荒原深处寻找一方净土是徒劳的，诱惑——以魔鬼表现出来的七情六欲，始终伴随着我们，尚未能摆脱。这些心灵的妖魔，这些思想的幻觉，这些错误与谎言的虚无的幽灵，时时出现在我们面前来引诱我们，即使在我们禁欲苦修之时，也会向我们进攻，损伤我们的元气。

---

[1] 古代埃及南部地区。大批基督徒为逃避罗马帝国皇帝德西乌斯的迫害，逃到这里隐修。

[2] 保罗，埃及人，在德西乌斯迫害基督徒时逃进荒漠隐居，并每天祈祷；安东尼亦为埃及隐修士，早期隐修制度的创始人；帕科米乌斯，埃及人，古代集体隐修制度的创始人。

我嘛，可敬的苦行僧，我知道真主的使者缚住了恶魔，将它投入了深渊，使受恶魔统治的人世间得到净化，变得宜于天使和先知们居住。

1715 年舍尔邦月 9 日于巴黎

## 第九十四封信

郁斯贝克致威尼斯雷迪

人们每次谈论公法，总要首先认真探讨社会的起源。我觉得这未免可笑。如果人类不结成社会，而是相互离散，彼此逃避，那倒是应该问一问是何道理，研究一下人们为什么相互隔绝。可是，人一生下来就是相互联结在一起的，儿子坐在父亲身边，而且依赖父亲。这就是社会，也是形成社会的原因。

公法在欧洲比在亚洲更为人所熟知。然而王公们的贪欲，百姓的隐忍，作家们的谀辞，腐蚀着公法的全部原则。

像今天这个样子的公法，乃是一门学问。它教王公们可以在什么限度内践踏正义，而不致损害其自身的利益。雷迪，企图把不公正用制度固定下来，并为之制定出规章，确定原则，引出结论，使王公们变得铁石心肠，这是何居心！

我们历代至高无上的苏丹，拥有无限的权力，这权力除了其本身，没有任何准则，但也不比上述可鄙的伎俩产生更多的恶果。因为上述可鄙伎俩是要使公理屈服，而公理是不可屈服的。

雷迪，据说有两种完全不同的公理：一种公理处理私人事务，它在民法中处于支配地位；一种公理处理民族之间产生的纠纷，它在公法中处于压倒一切的地位。公法本身似乎不是民法。公法虽不是某一国的民法，但它是全世界的民法。

关于我对这个问题的想法，容另函再述。

1716 年都尔黑哲月 1 日于巴黎

# 第九十五封信

郁斯贝克致同一人

法官应该在公民与公民之间主持公道，而每个民族需靠自己向另一个民族讨回公道。在第二种情形下维持公道，可行的准则与第一种情况下只能是一样的。

民族与民族之间，很少需要第三者进行裁决，因为争执的问题几乎总是一清二楚，而且容易解决。两个民族的利益，通常泾渭分明，只要热爱公理，就能找到公平合理的解决办法；凡事关本民族利益，各民族不大可能互相关照。

个人之间发生纠纷，情形则不同。大家生活在一起，各自的利益相互盘根错节，纠纷也就五花八门，争端的双方出于贪婪，往往极力混淆是非，所以必须有第三者加以澄清。

只有两类战争是正义的：一类是为了打退来犯之敌，一类是为了援救遭到侵犯的盟友。

为君主个人的争端发动战争，毫无正义可言，除非争端异常严重，引起争端的君主或民族理当灭亡。一国之君，不能因为别人不给予他所应得的荣誉，或者别国对其使臣礼遇不周，抑或类似的情况而发动战争，正如一般人不能因为别人没有礼让自己而将其杀死一样。其理由在于：宣战是一种惩罚行为，而惩罚的轻重，从来都应该按过失的大小来定的。这就得看你所宣战的对象是否该当处死，因为对谁宣战，就等于以死刑惩罚谁。

公法之中，最严厉的惩罚行为就是战争，因为战争可能会产生摧毁整个社会的后果。

报复是次一等的惩罚行为。这就是按罪行的轻重量刑，也是法庭必须遵守的一条法律。

第三等惩罚行为，是褫夺君主从民众手里获取的特权，当然还是要按其触犯民众的程度量刑。

第四等惩罚行为，即最常见的，就是与自己所指控的民族废除盟约。这种惩罚，相当于法庭判决的流刑，将罪犯驱逐出社会。对一位君主亦然，废除与之订立的盟约，就是将他驱逐出社会，使之不再是社会之一员。

对一位君主而言最大的侮辱莫过于与他废除盟约，最大的荣誉莫过于与他订立盟约。在人与人之间，看到别人始终注意坚持与自己订立盟约，堪称最大的荣幸，甚至是最大的利益所在。

但是，盟约要有约束力，就必须是公正的。因此，两个国家之间订立的旨在压迫第三国的盟约，是不合法的盟约，违背它不算犯罪。

一位君主与一位暴君结盟，绝不符合他的荣誉和尊严。相传有一位君主曾对萨摩斯[1]国王的残忍和专制提出告诫，敦促其改弦更张，但萨摩斯国王依然故我。埃及国王便遣使知会，与其断绝交谊，废除盟约。

征服不会自行带来任何权力。如果被征服的民族继续存在，征服者不仅要确保和平，而且要弥补征服所造成的损害；如果被征服的民族灭亡或被驱散了，征服则成了暴政的耻辱柱。

和平条约对人类来说是非常神圣的，它犹如对天理的呼唤，要求恢复上天的权力。一切合约，如果其条款使两国人民都得以继续生存，那么它们都是合法的。否则，由于签订了合约，两个民族之一被剥夺了自卫权而灭亡，那么它可以通过战争来寻求自卫。

造化在人间造就了强者与弱者，也使弱者通过殊死的战斗，往往可与强者平起平坐。

亲爱的雷迪，以上就是我所说的公法，也是我所说的人权，或者毋宁说理性的权力。

1716 年都尔黑哲月 4 日于巴黎

---

[1] 爱琴海上距小亚细亚最近的一个希腊岛屿。

# 第九十六封信

阉奴总管寄巴黎郁斯贝克

从维萨普王国来了许多黄种妇女。我为令兄马赞德兰省省长买了一个，因为他在一个月前派人送过来一道明确的口头命令和一百托曼。

我特别善于识别女人，因为女人不会使我大惊小怪，怦然心动，眼花缭乱。

我从没见过如此相貌端正，如此完美无缺的美女，一双亮晶晶的眼睛，衬托出一张活泼的脸，姿色光彩照人，西加西亚的万千粉黛，相形之下全无颜色了。

伊斯法罕一位商贾的阉奴总管，与我争购她。可是，她不屑一顾地避开那位阉奴总管的目光，而似乎在寻找我的目光，仿佛想对我说，一个卑贱的商人配不上她，她命定要嫁给一个地位更显赫的丈夫。

说实话，想到这个美人儿的娇艳妖娆，我禁不住心头暗喜，仿佛已经看见她进入了令兄的内院。我喜不自胜地想，内院的女人准会个个目瞪口呆。一部分人掩饰不住痛苦，另一部分人黯然神伤，实际上更痛苦不堪，原已无望邀宠的女人幸灾乐祸，还抱着希望的女人愤愤然准备争风吃醋。

我将使举国上下对令兄的内院刮目相看。我将激起多少情欲，引起多少不安和气恼！

不过，那些女人虽然惶惶不安，但都会装得若无其事。剧烈的骚动隐藏在心底，苦水咽在肚里，幸灾乐祸也不会形之于色，依然百般顺从，循规蹈矩，向来比较含蓄的温存体贴，绝望之下倒会尽情展示哩！

我们会发现，女人嘛，我们身边越多，就越不会给我们找麻烦。她们更需要讨我们的欢心，更不容易串通一气，更会竞相做顺从的表率。这一切会成为束缚她们的锁链。她们之中一部分人会随时随地留意另一部分人的所作所为，仿佛是有意与我们配合，使她们自己越来越依附于我们。她们替我们做部分工作，当我们闭上眼睛的时候，她们替我们睁着眼睛哩！何止这些，她们不断挑动主人惩罚她们的对手，而看不到自己与受罚的对手其实处境差不多。

不过，尊贵的老爷，如果主人不在，这一切全谈不上。我们能干什么呢？我们的权威有名无实。况且权威这东西，永远无法不折不扣地被代替。我们只勉强代替你的一半权威，只能对她们展现令人反感的严厉。而你使她们抱着希望，使她们不那么感到惧怕。你的爱抚比威胁更能树立你的绝对权威。

回来吧，尊贵的老爷，回到这里来吧。这里处处保留着你权威的印记。回来缓和处于绝望的情欲吧，回来消除一切失足的借口吧，回来平息怨艾的相思，使恪守妇道成为她们心甘情愿的事吧，这样也会减轻你忠实的阉奴们日益沉重的负担。

1716年都尔黑哲月8日于伊斯法罕内院

## 第九十七封信

郁斯贝克致雅龙山苦行僧哈差

啊，贤明的苦行僧！你渴求知识的精神，闪烁着博学多闻的光辉。请你听我讲述。

这里有些哲人，其实并没有达到东方智慧的顶峰，根本没有升到光辉璀璨的宝座，既听不见天使们响彻天宇有着妙不可言歌词的合唱，也感受不到上天可怕的震怒。他们没有上天垂顾，与圣迹无缘，却默默地沿着人类理智的足迹前进。

你大概想象不到人类的理智会把他们引向何处吧。他们澄清了混沌，以简单的机械原理解释上天结构的秩序。造物主令物质运动，仅此一端，就足以产生我们在宇宙中所见到的变化无穷的效应。

一般立法者为我制定治理人类社会的法律。这些法律，都是随法律制定者和遵守法律的民族的思想而变化的。上述哲人对我们谈论的，却是浩瀚无边的宇宙空间普遍的、不变的、永恒的法则。这些法则都是按一定之序，循一定之规，无比迅速、毫无例外地得到遵守。

圣人啊，对这些法则你做何感想？也许你认为，一旦接受永恒的概念，你便惊惧于神奇奥秘的最高境界，不去事先理解，而只准备赞美了。

但是，你会马上改变想法，这些法则并不因为虚假膜拜而令人迷惑。其实它们正是因为简单而长期不为人们所认识，人们只是经过反复思考，才看到其无比地丰富和广阔。

头一条法则是：一切物体，除非遇到障碍不得不绕行，均按直线运动。第二条法则是第一条法则的延续，即凡是绕着一个中心旋转的物体，都具有离心倾向，因为物体离中心愈远，其运行的轨迹愈接近直线。

非凡的苦行僧，以上乃是大自然的钥匙，是内涵丰富的原理，从中可以引出无穷的结论。

哲人们认识了四五条真理，他们的哲学便充满令人惊异之处，他们完成的一桩桩奇迹，几乎与神圣的先知们向我们讲述的一样多。

说到底，我们这些学者，如果叫他们在天平上称一称地球周围的空气有多重，或者量一量每年落到地球表面的雨水有多少，我深信，他们一定都会一筹莫展。他们都要绞尽脑汁，才能说出声音的时速是多少，阳光要经过多长时间才从太阳射到地球，从地球到土星距离有多远，一艘船要按怎样的弧度制造才能成为最好的帆船。

如果有某个非凡的人，用高明精彩的语言点缀这些哲学家的著作，并且配上大胆的插图和神秘的寓意画，那么也许会产生一部仅逊色于《古兰经》的杰作。

然而，如果要我谈谈自己的想法，我可不愿采用形象化的文笔。我们的《古兰经》中讲述的大量琐事，虽然用生动有力的文笔大肆渲染，可是我读来读去总觉得不过如此。首先，得到神启的典籍，似乎只不过是以人的语言译出神的想法；相反，在《古兰经》里，我们常常见到的倒是真主的语言和人的想法。整部《古兰经》，仿佛都是真主非常随意地口授自己的语言，而思想则是由人提供的。

你也许会说，对于我们之中最神圣的事物，我谈起来太过随便。你可能认为，这是因为我受到自己现在所生活的这个国家的独立不羁精神的影响。不，感谢上天，这种思想并未腐蚀我的心灵，只要我一息尚存，阿里就永远是我的先知。

1716 年舍尔邦月 10 日于巴黎

# 第九十八封信

郁斯贝克致士麦那伊本

世界上任何一个国度，都不像这个国家一样福祸无常。这里每隔十年就发生一场革命，使富人沦为穷人，而使穷人飞黄腾达，达到富有的顶峰。前者诧异于自己的贫穷，后者惊愕自己的富有。新富人赞美上天的圣明，新穷人浩叹命运的盲目。

税务官们畅游在财富的海洋里，他们之中罕有坦塔罗斯[1]。可是，他们刚开始从事这一职业时都穷得叮当响，被人视为粪土不如；一朝发迹，他们都相当受人尊重，也千方百计博得别人的尊重。

现在他们陷入了十分可怕的处境。最近成立了一间法庭，人称廉政庭，因为这间法庭将没收税务官们的全部财产。他们的财物不得转移和隐匿，必须如实申报，否则将处以死刑。这样就把他们逼上了隘路，就是说他们必须在性命和财产之间做出选择。他们也真是倒霉透了：一位以风趣著称的大臣，常常以取笑的方式恭维他们，并且冷嘲热讽枢密院的每次议事。能够逗黎民百姓笑的大臣实在不多见，对这样的大臣该表示感谢才对。

在法国，仆役阶层比在其他国家受尊重。仆役阶层是贵族阶层的预备班，是其他职业空缺的候补队。仆役阶层的成员可以接替倒运的显贵、破产的法官和死于战争的贵族们的位置。他们本人不能接替时，就通过他们的女儿去名门望族接班。这些女孩子犹如肥料，能使贫瘠的山地变成沃土。

伊本，我觉得上天分配财富的方式真值得赞美。倘若上天把财富只赐给善良的人，那财富与道德之间的界线就很难划清，人们就再也不会视财产为粪土。而现在，你只要仔细看一看什么样的人占有财富最多，你就会对这些富人充满蔑视，从而最终也蔑视财富。

*1717 年穆哈兰姆月 26 日于巴黎*

---

[1] 希腊神话中主神宙斯之子，因泄露天机，被罚永远站在有果树的水中。水深及下巴，口渴欲饮时水即减退；果子垂及头顶，腹饥欲食时树枝即升高。

# 第九十九封信

黎加致威尼斯雷迪

　　法国人之追求时髦令我惊讶不已。 眼下他们忘记了夏天穿的什么衣服，更不知道他们冬天将穿什么衣服。 尤其一位丈夫为把妻子打扮得时髦，花钱之多简直令人难以相信。

　　确切地对你描述他们的衣着服饰有什么用呢？ 新的款式一出来，马上就会否定我的描写，同时否定裁缝们的作品。 我的信还没送到你手里，一切都已花样翻新。

　　一位妇女离开巴黎去乡间居住半年，归来时准是一副古朴模样，仿佛在乡间隐居了三十年。 儿子认不出母亲的肖像，因为肖像衣着的款式他见所未见，还以为那是某个美洲女人的肖像，不然就是画家凭空想象出来的某个女人。

　　有时，不知不觉间发型越做越高，突然一场革命，它又低了下来。 有一个时期，发型高得离奇，致使女人们的脸处于全身的中部；另一个时期，是双足处于女人身体的中部，因为鞋跟高得像柱子的底座，把整个人托在空中。 建筑师们不得不根据女人打扮的变化，把她们家里的门加高、降低或拓宽。 真是不可想象，建筑艺术的规则，居然受变化无常的时尚支配。 有时，你看到一张脸上布满假痣，第二天消失得无影无踪。 从前妇女束腰、镶花边，如今不讲究这个了。 在这个变化多端的国家，恶意讥讽者怎么说且不必去管他，但女儿与母亲的穿着的确不可同日而语。

　　生活习惯和方式也像时式一样多变。法国人的风俗随国王年龄的变化而变化。国王甚至可以使举国上下的人变得不苟言笑，如果他愿意这样做的话，因为国王的思想气质影响宫廷，宫廷的思想气质影响京城，京城的思想气质影响外省。 国王的心灵像一个模子，全国所有人的心灵都是按这个模子铸就的。

*1717 年赛法尔月 8 日于巴黎*

# 第一〇〇封信

黎加致同一人

前次信中，我对你谈到法国人在时尚方面不可思议的变化无常。然而同样不可思议的是，在这方面他们又异乎寻常地固执。他们把一切都与时尚相联系。时尚乃他们评判其他国家所发生的一切事情的尺度。凡是外国的东西，他们都觉得可笑。他们一方面对自己的时尚如此狂热地执着，另一方面又每日每时都追求改变时尚，不瞒你说，我真不知道如何使二者协调起来。

我对你说他们轻视一切外国的东西，仅仅是指一些微不足道的方面。在重大问题上，他们似乎连自己也不相信，甚至到了妄自菲薄的程度。他们会老老实实承认别国人民更聪明，只要人家承认他们的穿着更讲究。他们甘愿服从敌对国家的法律，只要法国的理发师能像立法者那样审定外国人的发式。他们的厨师的烹调手艺从南到北都处于主宰地位，他们的理发师所理的发式为全欧洲的闺秀所效仿，在他们看来，世间没有比这更美好的事情了。

既然他们具有这么些高贵的优点，那么良知引自他邦，国政和民事的治理效法于邻国，又有什么要紧呢？

谁能想到，欧洲最古老、最强大的王国，十多个世纪以来，居然不是由它自己制定的法律治理的？如果法兰西民族曾经被征服过，那还不难理解，可是法兰西民族向来是征服者。

他们放弃了由最早几个法兰西国王通过国民大会制定的古老法律，而以罗马法取而代之。然而罗马法部分是现成的，部分是由与他们的立法者同时代的皇帝制定的。

为了全盘照搬，为了使全部良知来自他邦，他们采用整个教皇法，使之成为本国法律新的组成部分。这无异于接受新的奴役。

诚然，近年来制定了各城市和各省的书面法规，但这些法规几乎全是出自罗马法。

照搬的也可以说吸收的法律如此之多，使司法机关和法官们不堪重负。这些法律典籍浩繁，但与其诠释者、评论者、辑录者组成的庞大队伍相比，真还算不了什么。 这些人缺乏正确的见解，不被人看重，但因人数众多而颇有力量。

不仅如此，随着外国法律的引入，也引进了种种繁文缛节。 这些繁文缛节实为人类理性之耻辱。 很难断定它们侵入法学造成的危害大，还是侵入医学造成的危害大。 同样很难断定：它们究竟是在法官的长袍下带来的祸害大，还是在医生的宽檐帽下带来的祸害大；是被法律弄得倾家荡产的人多，还是被医学弄得倾家荡产的人多。

1717 年赛法尔月 17 日于巴黎

# 第一〇一封信

郁斯贝克致某某

此间经常谈论宪章。 日前，我去某人家拜访，一进门就见一个满面红光的胖子高声说："我发布了主教训谕。 我不打算一一回答诸公的议论，还是请读一读训谕吧。 诸位会看到，你们的一切疑问我都解答啦。 起草这篇东西，搞得我满头大汗呢。"他说着，抬起手抹一把额头："我把自己的全部学问都用上啦，还不得不读了许多拉丁文著作。"在场的一个人说："这个我相信，这篇训谕的确是篇杰作。 那位经常来看你的耶稣会士，未必能写出一篇更好的东西。""请读一读这篇训谕吧。"胖子又说，"你们读一刻钟会比听我讲一整天收获还大。"唔，他原来是在回避交谈，以免流露出自鸣得意的情绪。 但大家都要他讲，他推托不得，便讲了一些从神学观点看愚蠢十足的话。 只有一个苦行僧在一旁毕恭毕敬地附和他。 有两个在场的人反对他提出的某项原则，他答道："这个嘛，毋庸置疑，我们就是这样判决的。 我们是无懈可击的法官。"这时我插嘴问道："你们是怎样成为无懈可击的法官的？"他答道："你没有看到圣灵在上头启迪我们吗？""谢天谢地。"我答道，"从你今天的谈话方式看，我承认你的确需要启迪。"

1717 年赖比尔·教外鲁月 18 日于巴黎

# 第一○二封信

郁斯贝克致士麦那伊本

欧洲最强大的国家，当数神圣罗马帝国以及法兰西、西班牙和英吉利等王国。意大利和德意志的大部分被分割成无数的邦。这些小邦之主，确切地讲，无非是君主刀俎上的鱼肉。他们之中有些邦主统治下的子民，还不如我们光荣的苏丹的妻妾多哩。意大利各邦主之间不甚团结，就更加可怜了。这些邦像沙漠旅行客店一样开放，什么人来了都必须接待，所以它们不得不依附于各大君主国，这与其说是出于对各大君主国的友谊，倒不如说是出于对它们的恐惧。

欧洲大部分国家实行君主制，或者不如说号称君主制，因为我不知道是否存在过真正的君主制政体，因为纯粹的君主制政体难以长期存在。这是一种横暴的政体，它必然转化为专制或共和制。权力绝不可能在民众与君主之间平分，想保持平衡实在太困难了，一方的权力削弱，另一方的权力必然加强，而优势总是在君主一方，因为君主统帅军队。

欧洲各国君主权力很大，可以说他们想要多大权力就有多大权力。但是，他们行使权力的范围不如我们的苏丹大，这是因为：首先他们不想触犯民众的习俗和宗教信仰，其次把行使权力的范围扩大得那么大，不符合他们的利益。

最能使君主们沦为其子民处境的，正是他们对其子民行使的无限权力。使他们陷入绝境、福祸难料的，也是这无限的权力。

谁使君主龙颜不悦，君主略一示意，便可将他处死。这种做法破坏了根据过错量刑的准则，而这一准则是一切国家的灵魂，维系着一切帝国的和谐。基督教各国的君主一丝不苟地遵循这一准则，这使他们远远胜过我们的苏丹。

一个波斯人，由于不慎或不幸，失宠于君主，准会丧命。些许过失或稍许任性行事，都必定使一个波斯人丢掉性命，而谋图弑君或把要塞交给敌人，也只不过是死罪。因此后一种情况所冒的危险并不比前一种情况严重。

波斯人略一失宠，就明白自己必死无疑。既然大不了一死，何不干脆起来扰乱国家，谋反叛君？这是他们剩下的唯一出路。

欧洲权贵们的情形则不同。他们失宠于国君，只不过失去国君的关照和恩典而已。他们从宫廷隐退，一心一意过平静的生活，享受出身门第所带来的种种特权。除了谋害君主罪，他们一般都不会被处死，所以他们权衡得失轻重，都害怕卷入弑君的阴谋之中。因此在欧洲，反叛少见，死于暴力的国君也少见。

我们的君主拥有无限权力，但他们如若不小心谨慎地保证自己性命的安全，连一天也活不了；他们如若不豢养无数军队，对其臣民实行专制统治，他们的江山连一个月也坐不稳。

直到四五年前，法国一个国王才打破惯例，设置了卫队，那是为了防备一个小国的国王派来的刺客。在此之前，历代国王都悠然自得地生活在臣民之中，就像父亲生活在儿女之中。

法国历代国王，不像我们的苏丹可以随心所欲处死一个臣民，相反他们随时准备赦免罪犯。一个人只要有幸见到国王的庄严威仪，便可免于一死。这样的国王真像太阳，给每个角落带来温暖和生机。

1717 年赖比尔·阿色尼月 8 日于巴黎

# 第一○三封信

郁斯贝克致同一人

这里顺着我上封信的思路，将一个相当明智的欧洲人目前对我说的话，大致向你转述如下：

"亚洲各国君主最愚蠢的做法，就是将自己深藏宫中。他们都这么做。他们希望让人崇敬，可是他们让人崇敬的是王权，而不是国王；他们让人尽忠的是王位，而不是某个人。

"对黎民百姓来说，这种看不见的统治力量万世不易。哪怕十个国王先后相残而死，但百姓只知道他们的名字，至于谁是国王，他们感觉不到有任何区别，仿佛一些幽灵在相继统治他们。

"刺杀我们伟大的亨利四世国王的那个可憎的弑君者，其所刺杀的如果是一位印度国王，即御玺和无数财富的主人，那么他就可以从容不迫地把国家大权夺到手，国王的无数财富似乎是专门为他积累的，而不会有人去追寻国王、王室及王子王孙的下落。

"令人奇怪的是，东方各国君主的统治方式几乎从来就没有变化过。原因何在？难道不正是因为这种统治是专制暴虐的吗？

"变革要么来自君主，要么来自民众。但在东方，君主们绝不思变，因为权力高度集中在君主手里，他们拥有想要的一切，任何变革只能给他们带来损害。

"至于臣民，他们个人有什么决定，都不能施之于国家，因为他们一下子就会被一种可畏的、永远独揽于一身的权力所消灭。他们没有时间也没有手段去进行变革，唯一的办法是直捣权力之源——只要手臂一抬，顷刻之间便可能大功告成。

"弑君者登上王座，君主从王座上倒下来，死在凶手的脚下。

"在欧洲，心怀不满者考虑的是与敌人暗中勾结，投身敌营，抢占某个要塞，或在老百姓之中煽风点火，说些无济于事的牢骚话。在亚洲，心怀不满者直奔国王，出其不意地行刺，把他推翻，甚至将国王从人们的头脑里抹掉。顷刻之间奴隶成了主人，篡位者成了合法君主。

"可怜的国王只长了一个脑袋，而他似乎把一切权力都集中在脑袋里，告诉一切想篡位的野心家，可以从这里动手得到全部权力。"

1717 年赖比尔·阿色尼月 17 日于巴黎

## 第一○四封信

郁斯贝克致同一人

欧洲各国人民对君主并不都一样顺从。例如英国人性情急躁，不让英国国王有充分的时间加强权力，他们根本不认为恭顺服从是可引以为荣的品德。在这方面，他们有一些非同寻常的看法。他们认为，能把人们联系在一起的，只有一条纽带，这便是感激之情。丈夫、妻子、父亲、儿子，完全是靠相互的恩爱联系在一起的。感激之情的动机各有不同，但它们正是一切国家和社会赖以存在的根本。

一位国君如果不能使其臣民生活幸福，只是一味地压榨、摧残他们，那么就会丧失臣民服从的基础。臣民与君主之间便不会有任何联系和凝聚的力量。臣民会回复到天赋的自由状态。他们认为，任何没有限制的权力都不可能是合法的，因为没有限制的权力绝无合法的根据。他们说："我们不能把自己没有的权力给予别人，让别人利用这种权力来管束我们。我们对自己也没有无限的权力，例如我们不能了结自己的生命。"他们总结说："世间任何人都没有这种权力。"

在他们看来，所谓大逆不道罪，无非是最弱者不服从最强者，而无须问不服从的方式是什么。英国人民起来反对他们的某位国王时，认为自己是最强者，所以宣称是国王向人民宣战，犯了大逆不道罪。他们的《古兰经》所规定的要服从强权的这条戒律，对他们来说并不难遵守，他们也不能不遵守，因为这条戒律所要求的，不是服从最有道德者，而是服从最强者。

英国人传说，他们的一个国王，打败并俘虏了一个与他争夺王位的亲王之后，谴责这位亲王不忠不信，而那位倒运的亲王则说："咱们两个究竟谁是王谁是寇，只不过是刚刚才决定哩！"

窃国大盗把所有不像他那样任意宰割祖国的人宣布为叛逆者，并且认为，凡是没有法官的地方就无法律可言，而让人们把偶然的机遇和无常的命运奉为上天的旨意。

1717年赖比尔·阿色尼月20日于巴黎


# 第一〇五封信

雷迪致巴黎郁斯贝克


你在一封来信中对我大谈西方所致力的科学和艺术，你大概把我看成野蛮人了吧。不过我不知道，科学艺术带来的好处，究竟能否弥补每天用科学艺术干坏事所造成的损害。

据说，单单是炸弹的发明就让欧洲各国人民丧失了自由。国王不能再把要塞交给市民去守卫，因为市民一听到炸弹爆炸就会投降。国王以此为借口维持庞大的正规军，并用这些正规军来压迫臣民。

你知道，自从发明了火药，就不存在不可攻克的要塞了。这就是说，郁斯贝克，在这个世界上，再也没有躲避不义和强暴的庇护所了。

我经常担心，有人最终会发现某种秘密，提供一种更简便的手段，消灭人类，彻底摧毁所有民族和国家。

你读过历史，请注意：几乎所有君主政体，都是建立在对艺术无知的基础上的，而且又是由于过分培植艺术，它们才一一覆灭。古波斯帝国就给我们提供了一个身边的例子。

我到欧洲时间不长，就已经听到一些明智人士谈起化学的危害。它似乎是第四大祸害。它伤害人，零星但持续不断地毁灭人类，而战争、瘟疫、饥荒虽然使人类大批死亡，却是间歇性的。

指南针发明之后使我们发现了许多民族，可是这给我们带来了什么好处呢？除了把他们的疾病传染给我们，并没有给我们带来他们的财富。金、银这两种东西，已由我们通行的惯例定为代表一切商品的价格及一切商品价值的保证，因为这两种金属稀有，又不能用作别的用途。现在金银成为普通的东西了，而且一种商品的价值不仅可以用一种东西来代表，也可以用两三种东西来代表。这除了增加不方便之外，又有什么别的好处呢？

可是另一方面，指南针的发明对被发现的国家危害甚大。一个个民族被整个儿消灭了，幸免于死的人则成了奴隶，其境况之悲惨，我们这些穆斯林听了会不寒而栗。

穆罕默德的子孙们不知道这些，多么幸福啊！可爱的纯朴，我们神圣的先知如此珍视的纯朴，总使我们想起古代的天真无邪和我们祖先心中的安宁。

1717 年赖买丹月 5 日于威尼斯

# 第一〇六封信

郁斯贝克致威尼斯雷迪

也许你说话未加思考，也许你的实际行动比你所想的更好吧。你为了求知而远离祖国，可是你却轻视一切知识；你为了培养自己，来到了一个重视美的艺术的国家，可是你却认为美的艺术是有害的东西。雷迪，让我告诉你好吗？你的看法我不敢苟同。

你考虑过吗，我们如果丧失了艺术，会沦落到何等野蛮、不幸的境地？这一点无须想象就会明白。世界上还有一些民族，一只稍事训练的猴子就可以体面地生活在他们之中，与其他居民不会有太大的差别。人们不会觉得它思想怪诞，性情乖张，一切它都能像其他人一样应付，甚至比其他人更亲切可爱。

你说几乎所有帝国的缔造者都对艺术一窍不通。我不否认，一些野蛮民族曾经像凶猛的洪水淹没大地，用残暴的军队侵占最文明的王国。但是请注意，这些野蛮民族也学习艺术，或者让被征服的民众从事各种艺术，否则，他们的威势会像雷霆风暴，瞬息即逝。

你说，你担心会有人发明这种毁灭的手段，比现在掌握的手段还要残酷。其实不用担心，如果有人发明了这种毁灭手段，国际公法会加以禁止的，世界各国会协同一致埋葬这项发明。用这种手段进行征服，也不符合君主们的利益，他们寻求的是臣民百姓，而不是千里赤地。

你抱怨发明了火药和炸弹，觉得不存在不可攻克的要塞是不正常的，那么，现在战争比过去结束得快了，对你来说也是不正常的。

你在读史书时应该注意到了，自从发明了火药，战斗已经不像过去那样血腥，因为几乎没有肉搏战了。

就算存在特殊情况，即某种技艺对人类有害，难道就应该抛弃它吗？我们神圣的先知从天上带来的宗教，总有一天会制服不讲信义的基督徒，雷迪，难道你认为这种宗教是有害的吗？

你认为艺术会使人民萎靡不振，导致各帝国覆灭。你说古波斯帝国的垮台，正是波斯人软弱无力的结果。但是，这个例子远不能说明问题，因为曾多次打败并征服波斯人的希腊人，远远比波斯人更注重培植艺术。

有人说艺术使男人变得像女人一样娇弱，但这至少不是指专心致志从事艺术的人，因为专心致志搞艺术的人绝不会游手好闲，而在所有恶习中，游手好闲最削弱人的勇气。

这只能是指享受艺术的人。但是在文明的国度里，享受某种艺术所带来的便利的人，必然要培植另一种艺术，否则就会使自己陷入不光彩的贫困，所以游手好闲和萎靡不振，与艺术扯不到一块。

巴黎也许是世界上最金迷纸醉的一座城市，这里的人最讲究声色宴乐，但这里可能也是世界上生活最艰难的一座城市。一个人要生活得安逸舒适，就得有一百个人日夜劳作。一位女士想戴一副首饰参加某次交谊活动，马上就得有五十名工匠废寝忘食去制作，她一开口就有人照办，那些人比侍候我们的君主还殷勤。其实世界上最大的君主就是利益。

每个阶层的人，从工匠到达官贵人，都有这种工作热情，这种发财欲望。谁都不愿意比眼前仅次于自己的人更穷。你看吧，在巴黎，所拥有的财产足足可以活到最后的审判 [1] 那一天的人，也还是不停地工作，甚至甘愿缩短生命，去赚所谓糊口的钱。

同样的精神见之于全国，到处崇尚勤劳和技艺。你一再谈到的像女子般柔弱的民族，在什么地方呢？

雷迪，假设一个国家尽管土地广阔，却只容许对农耕绝对必需的技艺存在，而禁止一切有助于娱乐和享受的艺术，那么我肯定这个国家准是世界上最贫穷的国家。

即使民众十分坚忍，能够舍弃许多对生活必不可少的东西，但整个民族也会日渐衰微，国家会虚弱不堪，任何小国都可以征服它。

不难向你详细讲述，在这种情况下，个人收入几乎会彻底断绝，君主的财源也会彻底枯竭。国民之间几乎不再有经济上的往来，各行各艺相互依存而形成的

---

[1] 按基督教教理的说法，现在的世界将会终结，所有人都将受到上帝的审判。

财富流通和收入增长，都将终止。每个人只靠自己的土地生活，而土地的出产，仅能保证他不会饿死。但是，有时土地的产出不到一个国家收入的二十分之一，故必须按比例减少人口，使之只剩下二十分之一。

请注意工业收入可达到多少。一笔本钱每年只能给主人带来二十分之一的利润。可是，一位画家买一皮斯托尔颜料，画一幅画，可以卖得五十皮斯托尔。金银匠、丝毛纺织工等各行各业的手艺人，情况也是这样。

雷迪，综上所述，应该得出下述结论：一个国君要想强大，就必须让臣民生活幸福，不仅要注意保证他们生活必需品的供应，而且要满足他们的各种乐趣。

1717 年闪瓦鲁月 14 日于巴黎

# 第一〇七封信

黎加致士麦那伊本

我见过幼主[1]。他的生命对于其臣民十分珍贵，对于整个欧洲也一样珍贵，他要是驾崩，就会引起大规模动乱。但是君主如同神明，他在生之时，人人都相信他万寿无疆。他相貌威严又和蔼可亲，良好的教养与聪慧的品性相得益彰，已经显示出一位伟大君主的气质。

据说，西方的君主，在经受情妇和忏悔师两大考验之前，其性格根本摸不透。不久，情妇和忏悔师都会千方百计摸透他的思想，君主会因此而进行激烈的斗争。在一位年轻君主面前，情妇和忏悔师总是互相对立的，但在一位年老君主面前，这两种力量就会互相调和，联合起来。在年轻君主面前，教士的角色很难当，年轻君主精力充沛，造成他的弱点，而情妇既能战胜他的弱点，又能消耗他的精力。

我刚到法国，就发现已故国王完全受女人操纵。然而按他的年纪，我相信这

---

[1] 即法国国王路易十五，即位时仅五岁。

135

是世界上最不需要女色的一位君主。 一天，我听见一个女人说："应该提携这位年轻少校，我知道他能征善战，我要对宰相谈谈他。"另一个女人说："这位年轻神父居然被遗忘了，应该擢升他为主教才是，他出身名门，他的品行我敢担保。"然而，不要以为说这些话的女人一定是国王的宠妃。 她们一辈子可能没有与国王说过两次话，虽然在欧洲，与国王说话并不是难以做到的事情。 不过任何官员，不论职位如何，也不管是在宫廷，在巴黎还是在外省，无不拥有一个女人，通过她可以获得种种恩宠，有时还可以把贪赃枉法的事遮掩过去。 这些女人彼此明交暗往，形成一个集团，其成员总是那么活跃，相互帮助，相互利用，简直如同一个国中之国。 你在宫廷，在巴黎，在外省看到大臣们、官员们、主教们在活动，如果不明白是女人们在操纵他们，那就好比你看见机器在运转，却不知道机器的发条是什么样子。

伊本，你以为一个女人甘愿做某大臣的情妇，就是为了和他睡觉？多么天真的想法！她的目的，是每天早晨向他提出五六份请求书。 她们殷勤地为无数不幸的人做好事，显示出她们乐善好施的天性，同时获得十万法郎的好处。

在波斯，人们抱怨国家掌握在两三个女人手里。 法国的情况要糟得多，女人操纵国事的情况很普遍，她们不仅将整个权力抓在手里，而且相互瓜分。

1717 年闪瓦鲁月最后一日于巴黎

# 第一〇八封信

郁斯贝克致某某

这里有一类书是我们在波斯见不到的，而在这里我觉得非常流行。 这就是报纸[1]。 懒惰的人乐于阅读，花一刻钟就可以浏览三十卷书，岂非快事！

---

[1] 当时的报纸与现在的报纸大不相同。这里所说的报纸，实际上是文学期刊，不是时事杂志。

在大部分书籍里，作者还没有开始例行的歌功颂德，读者已不知所云，及至进入本题，更会把读者烦得半死，因为本题淹没在连篇空话之中。为了名垂千古，甲君想出版一本十二开本的书，乙君想出一本四开本的，丙君情趣高雅，则非要出一本对开本的不可。这样，按开本的大小，作者势必将主题大肆扩充。作者横下心要这么干，丝毫不考虑可怜的读者要费多少心力，拼命地从他洋洋洒洒的巨著之中，去捕捉那么一点点要旨。

某君，这样的作品，我真不知道写出来有何价值，我如果不怕搞垮身体又忍心让书商破产，也写得出来。

报人最大的错误，是只推介新书，似乎从来只有新的东西才是真理。我倒是觉得，一个人在没有读遍旧书之前，没有任何理由偏爱新书。

报人们硬要自定规矩，只评介油墨还热乎乎的作品，那么他们必定逃脱不了一条法则，就是讨人嫌。凡是他们做过简介的书，他们无论如何都是不会批评的。这倒也是，谁有这样的胆量，每个月树敌十个或一打呢？

大部分作者都像诗人，挨了一顿闷棍不会鸣冤叫屈。可是，他们虽不甚珍惜自己的肩头，却非常珍惜自己的作品，略加批评，他们就忍受不了。所以千万小心不要触及如此敏感的地方，这一点报人们十分清楚。他们的做法相反：总是先吹捧一番作品的题材——庸俗乏味的吹捧；进而恭维一番作者——言不由衷的恭维，因为他们所面对的，都是处于战斗状态的对手。这些对手随时准备讨回公道，用他们的笔，给胆大妄为的报人，以雷霆万钧的打击。

1718 年都尔喀尔德月 5 日于巴黎

# 第一〇九封信

黎加致某某

巴黎大学是法兰西历代国王的长女，而且年龄很大，已经九百余岁，所以有时难免说胡话。

有人告诉我，前不久，巴黎大学为了字母 Q，与几位学者发生了一场激烈的争论，巴黎大学要大家把这个字母按 K 发音。争论如此激烈，有几个人被没收了财产。最后还是由最高法院出面，纠纷才得以解决。最高法院颁布了一项庄严法令，允许法兰西国王的所有臣民，按自己喜好的方式念这个字母。欧洲两个最受人尊重的机构，为了一个字母的命运忙得不亦乐乎，真叫人开眼界！

亲爱的某某，大人物聚到一起，他们的思想似乎变得更狭隘。哪个地方贤哲多，哪个地方就智慧少。大机构总是非常注重小事情和毫无意义的礼俗。据说，阿拉贡国王召开阿拉贡和加泰罗尼亚三级会议，开头几次会议专门辩论用何种语言进行讨论。辩论十分激烈，最后采纳了一个人想出的一个办法：提问用加泰罗尼亚语，回答用阿拉贡语。如果不想出这个办法，会议早就解散了。

1718 年都尔黑哲月 25 日于巴黎

# 第一一〇封信

黎加致某某

漂亮女人的角色，比我们想象的要庄严得多。晨起梳妆，用人环侍，那是多么郑重其事。三军统帅部署其右翼或预备队，也不如漂亮女人贴美人痣用心。美人痣可能贴不准地方，但她希望非取得预期效果不可。

要不断调和两个情敌的利害冲突，同时委身于两个人，又要显得不偏不倚。对她所引起的争风吃醋，还要居间调停，所有这些，需要漂亮女人费多少脑筋，花多少心思！

要使欢场不断，常聚常新，同时防止发生令人扫兴的意外事件，需要多少精心安排！

除此之外，最难的事不是涉足欢场，而是强作欢颜。你不妨尽量使她们厌倦无聊，只要别人以为她们心里快乐，她们就不会与你计较。

几天前，我与几个女人结伴，去参加一次野外晚餐。途中，那几个女人不停地说："不管怎样，我们得尽情乐一乐。"

我们大家配合得不怎么好，气氛一点也不活跃。一个女人说："应当承认，我们玩得还是挺痛快的。巴黎今天没有任何聚会比我们的聚会更欢乐。"我渐渐提不起精神了，一个女人推了我一把，说："喂！我们不是很愉快吗？""对，"我一边答话，一边打呵欠，"我笑得太厉害啦，恐怕连肚皮都要笑破了。"然而，不管大家怎样想，愁绪还是占了上风。我呢，一个呵欠连着一个呵欠，渐渐迷迷糊糊睡着了，让欢乐消失得无影无踪。

1718 年穆哈兰姆月 11 日于巴黎

# 第一一一封信

郁斯贝克致某某

先王在位时间那样长久，到他在位末期，人们已忘记他登基初期的情况。不过，如今风气所趋，大家都关心先王未成年时发生的事情，争相阅读有关那个时期的回忆录。

下面是巴黎市一位将军在一次军事会议上的演说，不过我承认，我没怎么听懂：

先生们，我们的部队被击退，蒙受了损失，但我相信，我们要补救这场失败，并非难事。我有六段歌词，随时准备发表。我肯定，这些歌词必能稳定大局。我挑选了几副嘹亮的嗓子。发自几个体魄强健者胸腔的歌声，必将奇迹般打动民众。为这些歌词所配的，是一首至今仍有特殊效果的曲子。

如果这还不够，我们将发表一幅版画，让人们看到马扎然[1]受绞刑的情形。

对我们而言，幸好他法语说得不好。他说法语结结巴巴，所以他的事情不可避免地每况愈下。我们一定要向民众指出他发音的可笑。前几天，我们

---

[1] 意大利人，1602—1661，1642 年继黎塞留后任法国宰相，直至去世。他因贪腐而为法国民众痛恨。

挑出了他一个非常明显的语法错误，街头巷尾引为笑谈。

我希望不出八天，民众就会把马扎然这个名字作为一切负重拉车的牲口的通称。

自从我们在战场上失利以来，我们的音乐在原罪问题上愤怒地奚落了马扎然，他为了不让自己的支持者减少一半，辞退了他所有的侍从。

振奋起来吧，重新鼓起勇气，请相信，我一定会用嘘声把他赶回阿尔卑斯山那边去！

1718 年舍尔邦月 4 日于巴黎

# 第一一二封信

雷迪致巴黎郁斯贝克

在欧洲居留期间，我阅读了古代和现代史学著作，将各个时代进行了比较，饶有兴味地看到它们像东去的逝水从我面前流过。我特别注重的，是使不同时代形成重大差别、使地球日新月异的那些重大变革。

有一件事令我每天都惊愕不已，而你可能没有注意到。世界上的人口怎么比从前少了那么多？大自然怎么丧失了初期巨大的繁殖能力？它是否已经步入暮年，从此萎靡不振了？

我在意大利逗留一年有余，亲眼所见，昔日的著名古国意大利，只剩下一片废墟了。虽然所有人都居住在城市里，但各个城市荒凉凋败，居民稀少。这些城市之尚存，似乎仅仅是为了告诉人们，这些地方曾经是历史上广为传颂的繁荣昌盛的城邦。

有人说，昔时仅仅一座罗马城所拥有的人口，就超过今天欧洲的一个大王国。过去一个罗马城邦的居民，拥有一万甚至两万名奴隶，在乡间别墅干活的奴隶还没有计算在内。当时罗马有四五十万城邦居民，其总人口究竟有多少，你不由得会感到想象力太差。

从前西西里有着强盛的王国和众多的人口，后来都消失了。现在这个岛上除了火山，没有什么东西值得一顾了。

希腊满目荒凉，人口不及古代的百分之一。

西班牙从前人口那样稠密，如今到处是人烟稀少的荒野；而法国，与恺撒谈论的古高卢相比，简直不像样子。

北欧诸国人口也大大减少，如今再也不需要像从前那样，整个民族，蜜蜂似的分散开来，移居异国他乡，寻找新的居所。

波兰和土耳其的欧洲部分，几乎没有居民了。

在美洲，从前组成一个个强大帝国的人口，如今剩下的不足原来的五十分之一。

亚洲的情况也好不了多少。昔日的小亚细亚有那么强盛的君主国和数不清的大城市，如今只剩下两三个了。至于大亚细亚，属于土耳其管辖的部分，人口也不比别处多。由我们波斯国王统治的那部分，与从前兴盛的情景相比，薛西斯和大流士[1]时代难以统计的众多人口，现在只剩下一小部分了。

至于这大帝国周围的小邦，例如伊利梅特、切尔克斯和古里埃等王国，全都是名副其实的荒漠。这些国家的君主，虽然统治着广袤的国土，但臣民均不足五万。

埃及人口稀少，不下于其他国家。

纵览全球，整个世界一派破败景象，仿佛刚刚遭到瘟疫和饥荒的浩劫。

我们对非洲一向了解甚少，无法像谈论世界其他地方一样，准确地谈论它。但只要留心观察一下我们自古熟悉的地中海沿岸地区，就会看到，与迦太基人和罗马人统治时期的情况相比，这个大陆已经大大地衰落。非洲的君主全都势单力薄，他们的国家都是世界上最弱小的国家。

在对这类事情进行准确的计算之后，我发现，现在全世界的人口只勉强达到古代的十分之一。人口还在日渐减少，如果这种情况再持续一千年，整个地球势必成为荒漠，这不能不令人惊骇。

亲爱的郁斯贝克，上述情形，实在是世界上发生的最可怕的灾难。但人们几乎没有觉察到，因为这灾难，是许多个世纪以来不知不觉地发生的。这表明，有

---

[1] 波斯国王，约前519—前465，大流士之子和继承人。大流士，波斯帝国阿契美尼德王朝最伟大的君主之一，于公元前522—前486年在位。

一种内在的恶疾，一种隐秘的病毒，一种消磨意志的疾病，在戕害着人类的本性。

1718 年赖哲卜月 10 日于威尼斯

## 第一一三封信

郁斯贝克致威尼斯雷迪

亲爱的雷迪，世界并非永不衰替，就连天体也是这样。天文学家就是天体变化的见证者，而这些变化是物质的普遍运动极自然的结果。

地球和其他星球一样，受运动规律支配：地球内部，各种元素不断进行着斗争；陆地和海洋仿佛处于永恒的战争之中，每时每刻都在产生新的组合。

人类处于这变化莫测的宇宙之中，自身的境况亦难把握，千万种因素在起作用，可能会毁灭人类，更遑论增加或减少人类的数量。

且不谈史书中多有记载的特殊灾难，曾经彻底毁灭一座座城市，一个个王国；还有一般的灾害，也曾多次使人类濒于灭亡。

历史上发生过许多次世界性的瘟疫，一次又一次给世界造成破坏。史书中记载的这种大灾难，有一次异常猛烈，植物连根都被焚毁，波及整个已知的世界，直至震旦帝国[1]，如果再严重一点，整个人类恐怕早毁于一旦了。

距今不到两个世纪的时候，一种最见不得人的疾病[2]，肆虐于欧洲、亚洲和非洲，在很短时间内，产生了骇人听闻的后果，如果继续猖獗地蔓延下去，人类早就完蛋了。人一生下来就遭受各种疾病的折磨，又不堪承受社会的负担，都可能悲惨地死去的。

倘若病毒更厉害一些，会产生什么结果呢？倘若不是有幸发现了一种效力极强的药物[3]，病毒无疑会变得更加厉害。这种疾病不仅会破坏生殖器官，而且会

---

[1]《马可·波罗游记》里称中国为"震旦"，实为"契丹"一名的谬传。

[2] 指梅毒。

[3] 据说此种药物即水银。

危及生殖能力。

但是，为什么谈论人类可能会遭到毁灭呢？人类不是确实遭受过毁灭之灾吗？洪水[1]不是使人类只剩下一个家庭了吗？

有些哲人把创造分成两类：物的创造和人的创造。他们不明白，物质和物的创造，才只有六千年的历史。在悠长的岁月里，造物主迟迟没有创造，直到昨天，方始运用他的创造力。是因为他无力创造，还是不愿意创造？倘若他是无力创造，那么在一个时期无力创造，在另一个时期必然也无力创造。因此，他是不愿意创造。不过，造物主本身不存在继承问题，所以如果我们假定他某一次愿意做某事，那么他一定始终愿意，而且从一开始就愿意。

可是，所有史学家都对我们谈到人类的始祖，向我们描述初创时期人类的状态，按照他们的描述，亚当是被救于一场普天下的灾难，挪亚方舟是被救于洪水，而自创世以来，世间经常发生这类大灾大难，这种看法岂不是很自然吗？

不过，也不是所有破坏都很剧烈。我们看到，地球的好些部分已经厌倦于向人类提供生存环境。关于这种厌倦，整个地球是否存在缓慢的、难以觉察的普遍原因，我们又知道什么呢？

我宁愿先向你谈谈上述一般看法，然后再来回答你上封信提出的特殊问题，即一千七八百年以来人口减少的问题。下封信我将对你分析一下，这种后果除了自然界方面的原因，还有道德方面的原因。

1718 年舍尔邦月 8 日于巴黎

# 第一一四封信

郁斯贝克致同一人

你探究世界人口比从前减少了的原因。你如果多加注意，就会发现，这种巨

---

[1] 见《旧约·创世记》挪亚与方舟的故事。

大变化，缘于风俗的变化。

自从基督教和伊斯兰教把罗马人的天下分而治之，事情就发生了巨变，这两种宗教远不像这些世界主人的宗教那样，有利于人类的繁衍。

罗马人的宗教禁止多妻制，在这一点上，他远远优于伊斯兰教；另一方面它允许离婚，这使它也远远优于基督教。

神圣的《古兰经》允许一夫多妻，同时要求丈夫满足所有妻子，我觉得这是极为矛盾的。先知说："注意你所有的妻子吧，你对她们像衣服一样必不可少，她们对你也像衣服一样必不可少。"这样一条训诫，使一个真正的穆斯林的生活不堪劳累。一个穆斯林有四个法定的妻子，哪怕再加上同样数量的妾或者奴婢，他不被这么多衣服压垮才怪呢！

先知又说："你的妻子们就是你的耕地，多亲近你的耕地吧。为你的灵魂多行善事，有一天你必得善果。"

在我眼里，一个善良的穆斯林就是一个竞技者，他命中注定要不懈地搏斗，可是不用多久，他就会不堪忍受最初的疲劳，身体变得虚弱，在胜利的战场上精力衰竭，可以说他是被他自己的胜利埋葬的。

禀赋总是缓慢起作用，可以说是有节制的；它的行动从来不激烈，它甚至要求自己的创造物也有节制；它总是按部就班、疾徐有度地行事。如果你强迫它加速，它很快就会萎靡不振；它会利用全部剩余的力量来保存自己，而彻底丧失创造能力和繁殖能力。

妻妾众多，使我们总是处于这种衰弱状态。她们使我们精疲力竭，而不是使我们得到满足。一个男人，后房妻妾众多，而孩子很少，这种情况在我们之中司空见惯。孩子们本身也大多孱弱不堪，很不健康，像他们的父亲一样打不起精神。

不仅如此，要迫使这些女人接受禁欲，就需要人看管她们，而这些看管者只能是阉奴。宗教、嫉妒，甚至理智，都不允许别的男人接近这些女人。看管者应该人数众多，才能在这些女人不断的明争暗斗中保持后房内部的平静，或者防止外部人员的勾引。因此，一个男人有十个妻妾，用十个阉奴去看管也不为多。而这些数量庞大的阉奴，生下来就等于死了，对社会是多么大的损失！这样怎能不造成人口的锐减！

后房中与阉奴们一道服侍众多妻妾的奴婢，几乎一直到老都悲惨地保持着处女之身。她们一天待在那里，就一天不能结婚。妻妾们被侍候惯了，大抵绝不可能放她们走。

请看吧，仅仅一个男人，为了自己的享乐，就用了多少男人和女人。为他服务的这些人，对国家来说等于已经死亡，对人类的繁衍来说则是一批废物。

君士坦丁堡和伊斯法罕，是世界上两个最大的帝国的首都。世界上的一切，都与这两座城市相联系，各国人民，为千百种方式所吸引，纷至沓来。然而，这两座城市日趋凋敝，两国的君主几乎每个世纪都要召来整个的民族，以补充这两座城市的人口，否则它们不久就会毁灭。下封信我将详谈这个问题。

1718 年舍尔邦月 13 日于巴黎


# 第一一五封信

郁斯贝克致同一人


罗马人拥有的奴隶不比我们拥有的少，甚至比我们拥有的多，但他们比我们更善于使用奴隶。

他们不是用强迫的方法阻止奴隶繁衍，而是全力予以促进，尽量用各种婚姻形式，使他们相互结合。这样，他们每个家庭都有许多男女老幼，国家则人口众多。

无数奴隶子女出生在主人身边，日久便成为主人的财富。奴隶子女的饮食和教育全由主人负担，他们的生父不用肩负这种重担，完全凭天性生儿育女，而不必担心家庭人口过多。

我对你说过，在我们那儿，所有奴隶都负责为我们看管妻妾，除此之外什么也不干，对国家从来就漠不关心。因此，不得不仅仅让少数自由人，让少数有家有室的人从事农耕百艺，而这些人也都怠惰成性。

罗马人则不同。罗马共和国利用奴隶，获得无穷无尽的利益。每个奴隶按照主人规定的条件，拥有一小笔准备赎身用的积蓄。他用这笔积蓄从事生产，选

145

择自己最擅长的事情干。有的开银行，有的搞海外贸易，有的零售商品，还有的致力于机械手工业，或者靠出租土地生利。没有一个不想方设法利用这笔积蓄，这笔钱使他们目前作为奴隶的生活能宽裕一些，同时使他们日后有获得自由的希望。这就造就了一个勤劳的人民，使手工业和工业蓬勃发展。

这些奴隶靠自己的勤勉和劳动，发家致富，赎身成为公民。共和国不断得到充实，老家庭逐渐消失，新家庭不断被接纳到自己怀里。

在以后的信里，我也许会有机会向你证明，一个国家人口越多，商业就越繁荣；同样我不难向你证明，一个国家商业越繁荣，人口增长得就越快。二者相辅相成，这是必然的。

照这种情形，人数如此庞大、始终勤劳的奴隶，该会繁衍多少后代，增加多少人口？技艺和富庶产生奴隶，奴隶又反过来促进富庶和技艺。

1718年舍尔邦月16日于巴黎

## 第一一六封信

郁斯贝克致同一人

前几封信谈到各伊斯兰国家，探究了它们的人口少于罗马人治下各国人口的原因。现在来研究一下，基督教国家为何也发生这种情况。

多神教允许离婚，基督教禁止离婚。这一变化起初影响甚微，但不知不觉间，产生了令人难以置信的可怕后果。

禁止离婚不仅使婚姻的全部温馨丧失殆尽，而且损害了婚姻的目的。本来是想借此加强婚姻的纽带，反而使它松弛了。结果并不能像所希望的那样使两心联结，相反却使它们永远分离。

在婚姻这种两相情愿的行为中，感情应占有极大的分量，现在却对它加以束缚、强制，甚至将其归结为命运的安排，完全不考虑双方的反感、任性和性情不合。感情本是天地间最易变化、最不稳定的东西，人们却企图使之固定下来，企图让两个相互不堪忍受、从来就不般配的人，无怨无悔又毫无希望地硬凑合在一起。这种做法，无异于暴君强行把活人和死尸捆在一起。

离婚的权利，实际上最有助于维系彼此的爱恋之情。夫妻双方能够耐心地承受家庭的痛苦，就因为他们知道自己有权结束这种痛苦。他们往往终生把这种权利掌握在自己手里而不运用，恰恰是考虑到可以自由运用这种权利。

基督徒的情况可不是这样，眼前的痛苦使他们对未来完全绝望。婚姻的基础已经瓦解，却只能拖下去，永远没有了结的时候。这就使夫妻之间相互厌恶、不和、鄙视。其影响所及，就是对于后代也难以弥补。结婚刚三年，便忘记了最根本的东西，结果在冷冰冰的气氛中一起过了三十年。有些夫妻实际上形成了决裂局面，这种决裂与公开离异一样严重，也许更加有害。双方各过各的，互不理睬，这对子女后代贻害无穷。一个厌恶终身伴侣的男人，很快便会去外面寻花问柳。这种不光彩的勾当，违反社会道德，根本实现不了婚姻的目的，充其量只能满足情欲的乐趣。

这样结合的一对男女，如果有一方不能适应天意的安排，而且由于性格抑或年龄关系，无法传宗接代，那么他就将对方连同自己一起埋葬了，使对方像自己一样成为废物。

在基督教国家，结婚的人那样多，而他们创造的公民又那样少，这就不足为奇了。离婚被禁止，不般配的婚姻无法补救。女人不能像在古罗马时代那样，可以先后嫁好几个丈夫。本来在改嫁的过程之中，她们可以得到充分的利用。

我敢说，在一个共和国，譬如斯巴达，公民不断受到独特而巧妙的法律的约束，全国只有一个家庭，那就是共和国，丈夫按规定每年换一个妻子，那就一定会产生不可胜数的人口。

基督教徒禁止离婚的理由，很难令人理解。在世界各国，婚姻是可以兼容各种习俗的一种契约。要摒弃的，只是妨碍实现婚姻目的的习俗。可是，基督教徒不是以这种观点来看待婚姻的。他们不认为婚姻包含官能的快感；相反，正如我已经说过的，他们似乎要尽量从婚姻中排除官能的快感。这是我无法理解的一种情形，一种象征，一种不可思议的现象。

1718年舍尔邦月19日于巴黎

# 第一一七封信

郁斯贝克致同一人

禁止离婚并不是基督教国家人口减少的唯一原因。基督徒之中有大量不能结婚的人，同样是一个重要原因。

我指的是神父、修士和修女，他们都是发愿终身禁欲的。这是基督徒最崇尚的德行。对此我无法理解，不知道这种毫无意义的德行算什么德行。

基督徒的经师们说婚姻是神圣的，与婚姻对立的独身更加神圣，我觉得这种说法显然自相矛盾，且不说按照基本教规和教义，益者总是为佳。

发愿独身的人数量极多。从前孩子还在摇篮里，父亲就决定让他们独身；如今孩子们刚满十四岁，就自动发愿独身。二者几乎没有什么区别。

这种禁欲的职业摧残的人数之多，远远超过瘟疫和最血腥的战争。每个修道院就是一个永久的家庭。这个家庭不生育一个人，而靠黎民百姓维持生存。每间修道院等于一个深渊，永远张着大口，吞噬着未来一代代人。

这种方针与罗马人的方针大不相同。罗马人制定刑法，惩处拒不执行婚姻法而想享受自由的人，那种自由完全背离公共利益。

我这里所谈的仅限于天主教国家。在新教国家，人人都有权生儿育女。新教不容许有出家的教士和修道士。这个宗教创建之初，使一切恢复至基督教早期的状态。它的创始人们如果不是不断遭到过火的指控，他们无疑早已把结婚普及为人人可以实践的事情，然后还会进一步放松婚姻的约束，彻底消除拿撒勒教徒[1]和伊斯兰教徒在这个问题上的最后界限。

但不管怎样，与天主教相比新教使新教徒具有无可比拟的优势。

我敢断言，照欧洲目前的情形，天主教不可能在欧洲继续存在五百年。

在西班牙的势力衰落之前，天主教比新教强大得多。后者已逐步趋于稳定，新教徒必将变得更富有，更有势力，而天主教徒必将日益衰弱。

---

[1] 古代犹太人对基督教徒的称呼。

新教国家的人口实际上的确比天主教国家的人口更多。由此产生的结果是：第一，新教国家税收更为可观，因为税收是按纳税人数的比例增加的；第二，新教国家的土地耕种得更好；第三，新教国家的商业更加繁荣，因为想发财致富的人更多了，而且由于需求的增加，满足需求的门路也就更广。倘若人口仅足以耕种土地，商业势必凋敝；倘若人口仅足以维持商业，土地势必无人耕种。就是说二者势必同时衰败，因为偏重一方面而不损害另一方面，是绝不可能做到的。

在天主教国家，不仅农耕荒废，技艺也有害无益。所谓技艺，只不过是学会一种死语言的五六个词[1]。一个人只要有了这点本领，就不愁没有出息。他可以进修道院过上安逸的生活，而生存于世俗社会，则必须付出汗水和辛劳。

不仅如此，修道士们手里几乎掌握了国家的全部财富。这是一批贪财的人，他们只取不予，不断聚敛钱财，增置资产。可是，这么多钱财落到他们手里，可以说全都成了死钱，再也不会用于流通，不会用于经商，不会用于手艺，不会用于生产。

任何一个新教国家的君主向百姓征收的赋税，都比教皇多得多。然而，教皇的子民贫穷，新教国家的百姓生活富裕。在新教国家，商业使一切生机勃勃，而在天主教国家，修道制度使一切死气沉沉。

1718 年舍尔邦月 26 日于巴黎


## 第一一八封信

郁斯贝克致同一人


亚洲和欧洲我们都谈了，现在谈谈非洲吧。关于非洲，我们大抵只能谈谈沿海的情况，其内地我们不了解。

---

[1] 指修道士惯常的拉丁文词语。

在柏柏里[1]沿海地区,伊斯兰教已经建立,人口比古罗马时期减少的原因我已经讲过了。至于几内亚沿海地区,两百年来人口锐减,是因为那里的小王或村长,把他们的百姓卖给了欧洲的国王们,再由欧洲的国王们运往他们在美洲的殖民地。

奇怪的是,美洲虽然每年都接受那么多新居民,但并没有从非洲人口的不断减少中获益。那些奴隶被运到另一种气候条件之下,成千上万地死亡。不断使用土著人和外国人的矿山劳动、矿井里的有害气体以及必须不停使用的水银,无可挽回地摧残了他们。

为了从地下采掘黄金和白银,竟然让无数人死去,真是荒唐透顶。这些金属,它们本身毫无用处,其所以成为财富,只是因为人们选择了它们作为财富的标志。

1718 年舍尔邦月最后一日于巴黎

# 第一一九封信

郁斯贝克致同一人

一个民族的繁殖力,有时取决于最微不足道的情况。因此往往只要想出一个新招数,就能使人口人人增加。

犹太人一向遭受杀戮,却始终生生不息。之所以能够弥补人口的不断减少和所遭到的破坏,仅仅是因为他们所有的家族都希望产生一个强有力的国王,将来能成为世界之主。

古波斯历代国王之所以拥有众多的臣民,是因为拜火教奉行这样一个信条:人人能够做而又使真主感到高兴的事,就是生一个孩子,耕种一片土地和种一棵树。

---

[1] 北非地区旧称,东及埃及,西至大西洋沿岸,北临地中海,南接撒哈拉,即现在的马格里布地区。

中国之所以人口众多，那多亏了某种思想方式：儿女们将他们的父亲视若神明，父亲在世时他们非常尊敬，父亲死后他们则以牺牲奠祭，他们相信，父亲的灵魂虽消逝于天上，却又托生于人间。因此，每个家庭的成员在现世无比恭顺，到来世也不可缺少，没有一个人不致力于增加家庭的人口。

另一方面，伊斯兰国家人口日益减少，则是由于一种观念。这种观念虽然十分神圣，但在人的思想里扎了根，也会产生很有害的后果。我们把自己视为尘世的过客，应该一心一意准备升入天国，至于有益而持久的工程、保证子孙后代幸福的操劳、超越短暂人生的计划，都觉得是荒唐的事情。我们对现状心安理得，对未来毫不担心，既不愿意下功夫维修公共建筑，也不愿意下功夫开垦荒地，连熟地也不肯耕种。我们普遍处于麻木不仁的状态，一切听从天意安排。

在欧洲国家，则是由于虚荣作祟，而确立了不公正的长子权，非常不利于人口的繁衍。它使父亲只关怀长子，而置其他子女于不顾。为了巩固长子的财产，而不容其他子女成家立业。这种情形破坏了公民的平等。然而唯有平等，公民才能致富。

1718年赖买丹月4日于巴黎


# 第一二〇封信

郁斯贝克致同一人


野蛮人居住的地方，通常人口稀少，因为野蛮人几乎都不愿意从事农耕劳作。他们如此强烈地厌恶农耕，要诅咒某个敌人时，就咒对方成为种田人。他们认为只有渔猎才是不失身份的高尚营生。

但是，往往有的年头渔猎所获甚微，他们便经常得受挨饿之苦。何况，任何地方都不可能有那么多野味和鱼类来养活一个大民族，因为野兽总是逃离人类聚居之地。

而且野蛮人的村镇，居民仅两三百，彼此相隔又远，利益不同犹如两个国家，不可能相互支援，它们没有大国那种能力，各个部分无法彼此呼应，相互救助。

野蛮人还有一个习俗，其危害之严重，并不亚于前面那种习俗，这就是女人堕胎的残酷习惯。她们这样做的目的，是怕挺着大肚子引起丈夫不高兴。

此间可是制定了严厉的法律，来对付这种胡来的情形。任何女人有身孕不向行政官员申报，如果胎儿死亡，则会被判处死刑，即使是出于害羞、难为情，甚至是意外事故，也不能得到宽恕。

1718年赖买丹月9日于巴黎

# 第一二一封信

郁斯贝克致同一人

移民的效果通常是削弱了移民输出国，而又不会使移民输入国的人口增加。

人应该留在本地，因为有些疾病产生的根源在于良好环境换成了恶劣环境，而有些疾病的产生则仅仅是由于改变了环境。

空气像植物一样，负荷着每个地方泥土的微粒。它对我们的影响非常大，决定了我们的体质。我们移居到另一个国家时，就会生病。体液已适应一定的浓度，体格已适应某种安排，二者都已适应某程度的运动，而不能承受其他运动，因而会抵制一种新的习惯。

一个地方是不毛之地，那就可以预言，这个地方的土质和气候有某种特殊的缺陷。因此，把人从宜人的地方移居到这种不毛之地，必然会事与愿违。

罗马人凭经验懂得这一点。他们把罪犯统统发配到撒丁岛，把犹太人也送到那里。他们必定不会为这些人送掉性命而感到难过。他们本来就鄙视这些家伙，要做到这样是很容易的。

伟大的沙赫阿巴斯，为了阻止土耳其，在边境上维持着庞大的军队，让几乎所有亚美尼亚人离开故土，将两万多个家庭移居吉朗省。这些人在很短时间内几乎全死光了。

向君士坦丁堡的一次次移民，全都没有成功。

前封信里谈到的数目庞大的黑奴，并没有使美洲人口稠密起来。

自从哈德良[1]在位时灭绝犹太人以来，巴勒斯坦一直无人居住。应当承认，大规模的灭绝几乎都是无法弥补的，因为一个民族的人口减少到一定程度，就会保持那种状态。如果它有幸恢复元气，也需要几个世纪。

一个民族处于败落状态，再遇到上述种种情况中哪怕最微不足道的一种，它就不但不可能复兴，而且会日渐衰微，直至灭亡。

把摩尔人[2]驱逐出西班牙，其影响至今仍像当初一样可以让人感觉得到，因为摩尔人被赶走后留下的虚空，不仅未得到填补，反而日益扩大。

西班牙人劫掠了美洲，取代了当地原有的居民，但自那以来，美洲的人口并没有恢复，相反由于某种命运的安排，或者不如说由于上天的裁定，劫掠者们相互残杀，日益自我消耗。

因此，各国君主不应该企图通过移民来增加一些辽阔地区的人口。我并不否认，这种做法有时也可以取得成效。有些地方气候宜人，从来都适于人类繁衍。例如，一些船主把病人遗弃在一些岛上[3]，病人很快恢复了健康。

这类移民即使取得成功，也不可能使宗主国变得强盛，相反会分散其国力。除非殖民之地面积极小，例如为了通商而移民，占领一定的地盘。

像西班牙人一样，迦太基人早就发现了美洲，甚至发现了美洲的一些大岛屿，在这些岛屿上从事卓有成效的贸易。但是，当他们发觉本国的居民减少时，这个明智的共和国便禁止其百姓继续进行这种贸易和航海。

我敢说，不应该再让西班牙人移居西印度，相反应该让西班牙人和混血儿回流西班牙，让分散于国外的居民返回这个宗主国。西班牙把那些大殖民地只保留一半，它就会成为欧洲最令人生畏的强国。

---

[1] 罗马皇帝，公元117至138年在位。

[2] 居住于西撒哈拉的非洲人。在中世纪，欧洲人把征服西班牙的非洲穆斯林称为摩尔人。

[3] 按原注，作者指的是波旁岛，即今法属留尼汪岛的古称，位于印度洋。

每个帝国好比一棵大树，枝丫生长得过长，就会耗尽主干的树液，而它们仅可蔽日，别无用处。

要使各国君主改弦更张，放弃远征，最好的办法，莫过于让他们从葡萄牙和西班牙两国的事例中吸取教训。

这两个国家以不可思议的速度，征服了一些辽阔的王国。它们对自己的胜利的惊异，甚于被征服的民族对自己的失败的惊异。对于如何统治所征服的地方，它们采取了两条不同的途径。

西班牙人觉得被征服的地方不可能对他们保持忠诚，便决定灭绝其臣民，而从西班牙迁移来忠诚的臣民。从来没有任何罪恶的计划如此不折不扣地得到执行。随着这些野蛮人的到来，一个与整个欧洲人口一样多的民族，便从地球上消失了。他们发现西印度时，似乎只一心想向全世界显示他们穷凶极恶的本性。

他们用这种野蛮手段保持对这个国家的统治。征服造成如此的后果，可见征服多么惨无人道。归根结底，他们不得不采取这种残酷的下策，否则怎能使千百万人俯首听命呢？怎能在如此遥远的地方进行一场内战呢？如果拖延时日，让当地人民从对这些新天神初到时的仰慕和对他们的火器的恐惧中渐渐醒悟过来，他们怎能对付得了呢？

葡萄牙人则采取了完全相反的途径。他们没有运用残酷手段，所以很快被赶出了他们发现的地方。荷兰人鼓动这些地方的人民起来反抗，并且从中渔利。

哪个君主会羡慕这些征服者的命运呢？谁愿意要以这种手段征服来的地方呢？一类征服者很快从所征服的地方被赶走；另一类征服者使所征服的地方变得荒芜，也使他们自己的国家变得荒芜。

这便是这些英雄的命运。他们不惜耗尽一切，去征服其他国家，可是所征服的国家转眼之间又一一丢失；他们不惜耗尽一切，去驯服其他民族，可是又不得不将这些民族消灭。他们像一个精神失常的人，殚精竭虑买了一些雕像，又立刻扔进海里，买了一些镜子，又立刻砸碎。

1718年赖买丹月18日于巴黎

# 第一二二封信

郁斯贝克致同一人

治政温和可大大促进人口繁衍，所有共和国都确实证明了这一点。尤其瑞士和荷兰，就土质而言，是欧洲最差的两个国家，然而人口却最稠密。

最吸引外国人的，是自由和总伴随自由而产生的富裕。自由本身吸引人们去追求，我们则是被需要所驱使去富裕的国家。

一个国家物阜民丰，既能保障对儿童生活的供应，又不降低父辈的生活水平，人口就必然增加。

公民的平等通常产生财富的平等。赋予政治机体每个部分以富足和生命力，可以把平等传播到所有地方。

处于专制政权统治之下的国家，情况则不同。君主、廷臣和少数人占有全部财富，而其他所有人在极端贫困中呻吟。

一个人生活拮据，感到他将生下的孩子一定会比自己更穷，这样他就不会结婚；就是结婚，也担心子女过多，会耗尽他的财产，日子会过得比父辈更差。

我承认，乡下人或庄稼人，一旦结了婚，不管是穷是富，对于儿女成群，是毫不在乎的。他们根本不会有上述考虑，反正总有可靠的遗产留给子女，那就是他的镢头，什么也不能阻止人类按天生的本能行事。

可是，这么多在贫困中挣扎的孩子，对国家有什么用呢？他们几乎全都是随生随灭，根本不可能健康成长。他们大都体弱多病，一个个在各种不同情形下死去，总是伴随着贫困和恶劣的食物而经常发生的流行病，则成批地夺去他们的生命。

人像植物一样，不精心培育，绝不可能顺利成长。在贫困的大众阶层，人类日益衰弱，有时甚至退化。

上述情形，法国提供了一个触目惊心的例子。在过去的战争年代，所有家庭的男孩都怕当兵，因此不得不结婚，尽管年龄幼小，家境又很穷苦。这么多结婚的男女，生了许多子女，可是如今在法国却找不到这些孩子，他们都在贫困、饥饿和疾病中死去了。

对法国这样的祥和之邦、文明之国，尚可提出这样的批评，更遑论其他国家。

1718 年赖买丹月 23 日于巴黎

## 第一二三封信

郁斯贝克致科姆三陵看守人毛拉穆罕默德·阿里

伊玛目们的斋戒和毛拉们的苦衣，对我们有什么用处？真主的手两次重重地击在圣教的儿女们身上。太阳黯然失色，似乎只能照见他们的失败；他们的军队集结起来，又像尘埃被风吹散。

奥斯曼帝国吃过两次前所未有的大败仗[1]，已经摇摇欲坠。一位真主教的穆夫提只是勉强地支持它；德国首相是天降的灾星，专被派来惩罚奥玛尔派教徒[2]，他到处晓谕上天因奥玛尔派教徒反叛和背信弃义而引起的震怒。

众伊玛目的圣灵啊，可憎的奥玛尔把先知的子孙引入了歧途，你日夜为他们哭泣，看到他们的不幸，你肝肠寸断。你希望他们改邪归正，而不是走上绝路。你希望看到他们被诸圣的眼泪所感动，聚集到阿里的旗帜下，而不是被异教徒吓坏，逃进深山和荒漠之中。

1718 年闪瓦鲁月 1 日于巴黎

---

[1] 指奥斯曼帝国 1683 年围攻维也纳城的失败和 1718 年对奥地利战争的失败。
[2] 即土耳其人信奉的伊斯兰教逊尼派，与伊朗人信奉的什叶派对立。

# 第一二四封信

郁斯贝克致威尼斯雷迪

各国君主对廷臣都无比慷慨，其动机究竟是什么呢？是企图笼络他们吗？廷臣们对君主已经忠心耿耿。再说，君主们可以用收买的办法，得到一些臣子的忠诚；同样，他们使无数百姓陷入贫困，因而也会失去无数人的拥护。

每次想到君主们的处境，想到他们总是被贪得无厌的人包围着，我倒是挺可怜他们。我尤其可怜他们的是，他们无法拒绝某些请求，而这些请求，正是那些从来不提任何请求的人永远不堪承受的繁重负担。

每当听到人们谈起君主们的慷慨、宠幸和赏赐的年俸，我就禁不住思绪万千，形形色色的想法涌现脑际，仿佛听到颁布了这样一道诏书：

若干臣民，以不倦之勇气，求浩荡之皇恩，不懈不辍，请赐年俸。此类请求，不胜枚举，朕素极关怀，兹悉数照准。据呈文陈述，自朕登基以来，彼等侍奉早朝，从无疏虞；在朕所过之处，必恭立道旁，屹然有如路碑，甚至登高至极，越过他人之肩，瞻仰朕之威仪。又有若干女性，亦上表陈情，谓彼等生计日绌，人所共知，故恳求垂顾。更有数名耆老妇人，言谈时颤颤巍巍，求朕顾念彼等曾为先王宫廷增色。盖三军将领，固然以赫赫战功，令吾国威震寰宇；彼等亦以机谋暗计，使吾宫名扬四海。朕欲仁慈为怀，体恤诸陈情者，对所奏请求，个个准赐，特颁诏曰：

凡农夫有子女五人者，每日切面包五分之一，令其分食。嘱咐为父者，分配每人之份额，务必尽量减省。

凡致力于经营祖产，或将祖产出租者，严禁对祖产进行任何修葺。

凡从事手艺贱业，从不于早朝觐见朕躬者，自今以后，为自身及妻孥购置衣物，只许四年一次；逢年过节，严禁举行习常家庭宴乐。

又据奏报，各府城大邑，多数市井平民，千方百计，预备妆奁，争相嫁女。而此等女子，待字闺中，为求媒聘，佯装贤淑，诚可悲复可厌也。兹特明令全国，凡市井幼女，须达到法定婚龄，非嫁不可时，方准婚配。凡上下官吏，均不准耗费钱财，令子女接受教育。

1718 年闪瓦鲁月 1 日于巴黎

# 第一二五封信

黎加致某某

一辈子生活得很好的人，死后能享何种乐，要说出个概念来，对所有宗教来讲都是件难事。凡是恶人，你用死后要受许多惩罚去威胁他们，很容易把他们吓破胆。但品德高尚的人，你就不知道向他们许诺什么。享乐就本质而言，似乎是短暂的，很难想象有非短暂的乐趣。

我读过一些关于天堂的描写，这些描写足以令有理性的人不再向往天堂。在有些人笔下，那些幸福的亡灵不停地吹奏笛子；在另外一些人笔下，那些亡灵则受着永远不停奔走的刑罚；还有些人描写他们在天上思念人间的情妇，而没想到，万万年太久，情人们会对苦苦相思失去兴趣。

说到这一点，我记起一个到过莫卧儿帝国的人对我讲的一个故事。这个故事说明，印度的教士们讲起天堂的享乐来，跟其他人讲的一样枯燥无味。

一位妇人刚死了丈夫，按礼节去找本城长官，请求准许她自焚。但伊斯兰教徒主宰的国家极力禁止这种残酷的风俗，长官一口回绝了妇人的请求。

妇人见请求无效，大为恼火，说道："看吧，也太难为人了！只不过允许一个想自焚的可怜女人自焚嘛！谁见过这种事？我母亲、我姑妈、我的姐妹们全都自焚了。我去请求那位该死的本城长官，他却生起气来，像疯子一样大喊大叫。"

当时旁边恰巧有一位年轻和尚。长官对他说："你这个不虔诚的人，是不是你使这个女人产生了如此疯狂的念头？"和尚回答："不，我从来没跟她说过话。不过如果她相信我的话，她一定会完成她的自我牺牲，这样一个行动会使婆罗门神高兴，她也会得到报偿，在另一个世界与她丈夫重逢，两人一块开始第二次婚姻生活。"那女人惊讶地说:"与我丈夫重逢? 唔! 那我不自焚了。 他这个人爱嫉妒,又总愁眉苦脸,而且太老,婆罗门神如果不在他身上做某些改造,他肯定不会需要我的。 为他自焚! 就是抬抬指头把他从地狱里拉出来我也不干。 两个老和尚,他们明知道我与我丈夫日子过得如何,却还来诱惑我,而不肯把底细告诉我。 可是婆罗门神只有一件礼物送给我,我宁愿放弃这种真福。 长官先生,我当伊斯兰教徒好了。"说到这里,她盯住和尚说道:"至于你,请你不妨去对我丈夫说,我身体非常好。"

1718 年闪瓦鲁月 2 日于巴黎

# 第一二六封信

黎加致某地郁斯贝克

我等你明天来这里,但今天还是把从伊斯法罕给你寄来的信捎给你。 我所收到的信里,提到莫卧儿帝国使臣接到离开王国 [1] 的命令。 信里还提道,负责国王教育的亲王即王叔被捕,囚于一座古堡,受到严密看守,并被褫夺了全部荣誉。这位亲王的命运令我难过,我同情他。

实话对你说,郁斯贝克,看见别人流泪,我从来都不会无动于衷。 对不幸的人,我总是有悲悯之感,似乎只有他们才是人。 对大人物也是这样,他们飞黄腾达时,我横眉冷对;一旦他们落难了,我便产生爱心。

是呀,大人物春风得意之时,我们的温情脉脉对他们而言算得了什么呢? 反而太过显得我们想与他们平起平坐。 他们所希望的,是丝毫不要回报的尊敬。而一旦他们失去显赫的地位,我们的同情倒是可以使他们重温昔日的八面威风。

有一位君主在落入敌人手里之前,看到左右的廷臣个个潸然泪下,便对他们

---

[1] 此处的王国为波斯,但实际上是指法国。莫卧儿帝国使臣是影射西班牙驻法国使臣塞拉马尔,他因策划反对摄政王的阴谋,1718 年 12 月 9 日被捕并驱逐出境。

说："看到你们落泪，我觉得我还是你们的君主。"我觉得这句话倒是包含了十分天真，甚至十分高尚的成分。

1718 年闪瓦鲁月 3 日于巴黎

## 第一二七封信

黎加致士麦那伊本

你千百次听说过著名的瑞典国王[1]。他在一个叫挪威的国家围攻一座要塞，只身一人带一名工程师巡视战壕，头部中弹而亡。瑞典的人们立刻逮捕了他们的首相，召开了三级会议，宣布将首相斩首。

首相被控犯有严重罪行：诽谤国家，并使国王对国家丧失信心。照我看，这可是滔天之罪，罪该万死。

因为说到底，在国王面前诋毁一个普通百姓，已经算得上行径恶劣，何况是诋毁整个国家，并使之失去受命于天、为国造福的君主的恩泽呢？

我希望人们对王上说话，就像天使对我们神圣的先知说话一样恭敬。

在神圣的盛宴上，当众王之主从最高的宝座上下来，与他的奴仆们交谈时，我总是严诫自己，切勿出言不逊。谁也没见我对王上最下等的子民说过一句得意忘形的话。即使言辞不当有失分寸，我仍然不失为一个正直的人。在衡量我们是否忠诚的考验中，我冒过生命危险，但从来不拿自己的品德去冒险。

不知道为什么，历来君主无道，宰相几乎总是更坏。君主干坏事，几乎总是听信了谗言，所以给君主出谋划策者的卑劣灵魂，从来都比君主的野心危险得多。一个人昨天才入阁，明天也许就不再是内阁大臣，朝夕之间可能成了他本人、他的家族、他的祖国和人民的敌人，成为他准备压迫的人民子孙万代的敌人。这一

---

[1] 指查理十二（1682—1718）。1718 年他率军进攻挪威，在腓特烈斯哈德攻坚战中，头部中弹身亡。

点，你理解吗？

君主有种种贪欲，宰相则竭力撙掇，并怀着这种用心去领导内阁。他没有别的目的，也不关心别的目的。廷臣们以阿谀奉承之辞媚主，而宰相取悦君主的办法更加危险，那就是为君主出谋划策，让君主随心所欲，向君主提供格言。

1719年赛法尔月25日于巴黎


# 第一二八封信

黎加致某地郁斯贝克


日前我与一位朋友经过新桥。朋友遇到一个熟人，告诉我说那是一位几何学家。那人的确像个十足的几何学家。他沉浸在深深的思索之中，我的朋友一再拉他的袖子，又摇他推他，才使他回过神来。他在全神贯注思考一条弧线，可能冥思苦索一个多星期了。两个人说了一大堆客套话，又互相交换了一些文坛的消息，一边交谈着，到了一家咖啡馆门口，我跟着他们进到里面。

我注意到，大家都热情欢迎我们这位几何学家，侍者对他比对坐在屋角的两个火枪手重视得多。而几何学家呢，看上去到了一个惬意的地方，紧蹙的眉头略略舒展了，脸上露出了笑容，似乎把所有几何问题都抛到九霄云外去了。

然而，他用规整划一的思维衡量交谈中的每句话，就像在花园里，用剑斩去过高的尖顶，使所有花一样齐。他是这种整齐划一模式的牺牲品。他容不得一句俏皮话，就像视力弱的人，受不了强烈的光线。任何事物，只要是实在的，他都不会漠不关心，所以这次谈话有些古怪。这天他和另一个人从乡下来，那人参观过一座富丽堂皇的城堡和一个美丽的花园。而在他看来，那只不过是一座六十尺长、三十五尺宽的楼房，和一片面积为十阿尔邦[1]的树林子。他竭力主张严格遵守透视法，那样，所有林荫道看上去到处都会一样宽。他希望提供一个能做到

---

[1] 法国古代土地面积单位，约合两千五百至五千平方米。

这一点的可靠方法。 为了解决这个问题，他制作了一个奇形怪状的日晷，显得挺满意。 不幸的是，坐在我旁边的一位学者，问他这日晷所显示的是不是巴比伦时间，惹得他大为光火。 一个爱传播消息的人谈起封塔拉比城堡遭炮轰一事，几何学家立刻对我们大谈炮弹在空中所划出的弧线的种种特性。 他为自己具有这种知识而得意非凡，根本不顾是否有人愿听。 一个人因去冬一场洪水破了产，此时叫苦不迭。 几何学家听了说道："你说的情况我听了倒是挺高兴，这证明我的观察没有错：去年降到地上的雨量至少比前年多两指。"

过了一会儿，他起身离去，我们跟他一块往外走。 他走得很快，忘了看前面，与一个人撞了个满怀。 由于双方的速度和块头，这一下撞得特别猛烈，各自往后退了几步。 他们稍稍定下神来之后，那人举手摸摸前额，对几何学家说道："很高兴被你撞了一下，我正有个重要消息要告诉你：我那本贺拉斯 [1] 的书刚刚出版了。""什么？"几何学家说，"贺拉斯两千年前就知名于世了呀！""你没听明白我的话，"那人又说，"我刚出版的是这位古典作家著作的译本。 我花了二十年才译出来。""怎么！先生，"几何学家说，"你二十年没有思想？拾人牙慧，由人家替你思想？""先生，"学者说，"我让公众能读到这位家喻户晓的优秀作家的作品，你不认为这是一大贡献吗？""我说的不完全是这个意思。 我和其他人一样尊重被你歪曲的这些杰出天才。 只不过你与这些天才没有共同之处。 你一味地翻译，却绝不会有人来翻译你。 译作好比铜币，的确与金币具有同样的价值，甚至对老百姓来讲比金币更有用。 但是，铜币毕竟不如金币贵重，成色也不如金币。 你说你使这些逝世的名人在我们之中复活。 我承认，你的确给了他们躯体，但你并没有还他们以生命，始终缺少一种思想，来给这些躯体注入活力。 其实有许多美好的真理，每日每时都可以通过简单的计算去发现，你为什么不致力于潜心探索呢？"在几何学家提了这个小小的建议之后，两个人分手了。 我相信他们是不欢而散的。

1719年赖比尔·阿色尼月最后一日于巴黎

---

[1] 生卒年为前25年—8年，古罗马著名诗人。

# 第一二九封信

郁斯贝克致威尼斯雷迪

大部分立法者都是目光短浅的人，只是靠机遇才成为人上人，他们几乎都是按一己的偏见随心所欲行事的。

他们似乎不了解自己所从事的是庄严、神圣的工作，经常制定一些幼稚可笑的法律，还自鸣得意。 实际上是将自己混同于鄙俗之徒，而失去通达事理的人们的信任。

他们抓住毫无意义的细枝末节，纠缠于特殊情况。 这说明他们才智浅陋，只看到事物的局部，不能纵览全局。

他们之中一些人故作高雅，弃置通俗语言，而采用另一种语言 [1]。 对于法律制定者来讲，这是荒唐的。 所制定的法律大家看不懂，怎能得到遵守呢？

他们往往毫无必要地废除既定的法律，这无异于把大众推进由于朝令夕改而必然产生的混乱之中。

诚然，更多地是由于常理而不是人的思想所产生的异常现象，有时必须更改某些法律。 但这种情况毕竟罕见。 即使发生这种情况，处理起来也必须小心翼翼，郑重其事，慎之又慎，这样大众就自然会得出结论：法律是神圣的，废止法律竟需要经过这么多手续。

立法者们往往按逻辑学家的思维，而不是按天赋的公正性来制定法律，结果把法律搞得过于烦琐。 到头来，法律被认为过于严酷，人们出于追求公正的想法，觉得这样的法律不该遵守。 不过，这种对付的办法是一种新的弊端。 法律，不管怎样都应该遵守，并被视为公众的道德心，而个人的道德心必须时时服从公众的道德心。

然而不能不承认，有些立法者表现得很明智，注意使父亲对子女有极大的权威。 一个国家，倘若风俗总是比法律更能造就优秀的公民，那么法官们的负担就

---

[1] 指拉丁语。

会减轻许多，法庭就不会有那么多诉讼案，总之，就更能显示出国泰民安了。

这是一切权力之中最不会被滥用的权力，是一切法律之中最神圣的法律，是唯一不取决于惯例，甚至先于惯例的法律。

我们注意到，在父亲手里掌握着较大的赏罚权力的国家，家庭就治理得好一些。父亲是宇宙创造者的形象，他虽然可以用爱来引导人，但也以希望和恐惧驱使人依恋他。

在结束这封信之前，我必须提醒你注意法国人思想之古怪。据说，他们保留了罗马法中许多毫无用处，甚至比无用更糟糕的东西，却没有采用被罗马法确定为第一权威的父权。

1719年主马达·阿色尼月4日于巴黎

# 第一三〇封信

黎加致某某

在这封信里，我要对你谈谈被称为传播消息者的一伙人。他们经常在一座美丽的花园里聚会。在这里他们这些无所事事的人总忙个不停。这些人对国家毫无用处，他们高谈阔论五十年，其效果绝不会与五十年不说一句话有什么不同。可是他们自以为了不起，因为他们谈论的都是宏伟计划，他们讨论的都是利害攸关的重大问题。

他们能在一起交谈的基础，是无聊而可笑的好奇心。他们声称，任何密室都钻得进去，他们决不承认有什么他们无法了解的秘密。他们知道我们尊严的苏丹有多少妃子，每年生多少孩子。他们从来不花钱雇用探子，但他们知道我们的苏丹用什么手段羞辱了土耳其皇帝和莫卧儿帝国的皇帝。

他们刚谈论完现在，又迫不及待地谈论未来。他们迎合天意，凡是人类的一切活动，他们都要预测天意如何。他们引导一位将军的行动，赞扬他根本没干过的千百桩蠢事，又设想他根本不会干的另外千百桩蠢事。

他们横扫千军，如驱赶野鹤；摧毁城墙，似粉碎纸板。他们在所有河流上架起桥梁，在所有深山里开辟秘道，在炙热的沙漠里建立巨大的军火库。他们所缺的只是理性。

某君与我住在一起，他收到一位传播消息者的信。我觉得此信稀奇古怪，便保留了下来。现抄录如下：

先生：

对于时事，我的推测甚少舛误。1711 年 1 月 1 日，我预言约瑟夫[1]皇帝将在年内驾崩。老实讲，当时皇帝龙体安康，我如讲得过于明确，难免遭人嘲笑，便故意有点闪烁其词。但善于思考的人完全明白我的意思。是年 4 月 17 日，帝崩于天花。

皇帝和土耳其人之间一宣战，我便去杜伊勒里宫各个角落寻找同人好友，让他们都到喷水池旁边，向他们预言贝尔格莱德将被围困并被攻克。值得庆幸的是，我的预言实现了。诚然，在贝尔格莱德被围期间，我曾以一百皮斯托尔打赌，它将于 8 月 18 日陷落，而事实上它是第二天才陷落的。怎么竟输得这样巧呢？

看到西班牙的舰队在撒丁岛登陆，我就断言它将占领该岛。我这样说了，事实果然如此。我因言中了而自命不凡，又预言说，这支胜利的舰队将会在费纳尔登陆，占领米兰省。别人不相信我的看法，我为了自己的荣誉，坚持这种看法，便拿出五十皮斯托尔打赌，结果又输了。因为阿尔贝罗尼[2]那个鬼东西，竟然不顾信义撕毁条约，派舰队去攻打了西西里，同时欺骗了两个大政治家——萨瓦公爵[3]和我。

先生，这件事使我十分难堪，我下决心继续预言，但永远不再打赌。从前在杜伊勒里宫，我们不懂得打赌，L 伯爵[4]也不大允许打赌。可是自从一

---

[1] 生卒年为 1678—1711 年，神圣罗马皇帝。

[2] 生卒年为 1664—1752 年，1716—1719 年西班牙首相。

[3] 即当时统治撒丁岛的阿梅代二世。

[4] 即利奥纳伯爵，法王路易十四的外交大臣。

群花花公子加入我们之中后，我们对自己就把握不准了。我们刚开口说出某条消息，这些年轻人之中就有人跳出来打赌反对。

一天，我刚打开手稿，扶正鼻梁上的眼镜，这群爱吹牛的家伙中的一个，趁我刚说完第一句话还没说第二句时，就插进来说："我赌一百皮斯托尔，不是那么回事。"对他这种胡言乱语我假装没注意，提高嗓门继续说："元帅先生获悉……""这是假的，"那家伙又插嘴道，"你总是提供一些荒唐的消息，这一切根本不符合常识。"

先生，请借给我三十皮斯托尔吧，一听到这样的打赌，我就沉不住气了。现寄上我给内阁大臣两封信的抄件。敝人……

## 一位爱传播消息者给内阁大臣的两封信

大人：

我是王上最热心的子民。是我迫使我的朋友实施我制订的计划：写一本书，阐述路易大帝比所有堪称大帝的君主都伟大。很久以来我在写另一部作品。大人你如果赐予我特权，这本书必将为吾国争更大的光。我意欲证明，自君主制建立以来，法国人从没被打败过；迄今为止，历史学家们所说的我们吃的败仗，纯属欺人之谈。我不得不在许多场合出面纠正。我敢自夸，我在批评方面尤为不凡。大人，敝人……

大人：

自从 L 伯爵先生逝世后，我们请求你宽宏大度，允许我们选举一位主持人。我们召开的会议常常发生混乱，国家大事无法像过去那样得到讨论。因为如今我们的年轻人对长者毫不尊重，他们之间又不讲纪律，致使我们的会议变成了真正的罗波安[1]会议，年轻人凌驾于老年人之上。我们告诉他们，

---

[1] 罗波安，所罗门之子和继承人，当时犹大与东北诸族矛盾重重，罗波安不听元老们劝告，而采纳年轻官员们的意见，实行镇压政策，致使北方诸支派反叛。见《圣经·旧约·列王记》第十二章。

在他们出生二十年前，我们就是杜伊勒里宫花园毫无争议的占有者。但他们充耳不闻。我相信，我们最终会被他们从这里赶走，不得不离开我们常常聚会追思法兰西历代英烈的这个地方，而去王家花园[1]或某个偏僻地方开会。敝人……

1719 年主马达·阿色尼月 7 日于巴黎

# 第一三一封信

雷迪致巴黎黎加

来到欧洲之后，最引起我好奇的事情之一，就是各共和国的历史和起源。你知道，大部分亚洲人对这种政体毫无概念，他们无论如何也想象不到，世界上除了专制政体还会有别的政体。

我们所知道的最早的政体，是君主制政体；共和政体的形成，是许多个世纪之后的事，而且是出于偶然。

希腊遭洪水冲毁之后，来了一些新的居民，才使其人口再度繁衍。这些新居民都是来自埃及和邻近亚洲地区的移民。这些移民在本国受君主统治，来到希腊后仍拥戴君主统治。只是这些君主日趋暴虐，他们才起来挣脱专制的枷锁。在许多王国的废墟上，他们建立起一个个共和国，使希腊大大繁荣起来，成为众多蛮邦之中唯一的文明之邦。

热爱自由，憎恨君主，希腊正是有赖于此，才得以长期保持独立，并使共和政体扩及遐迩。希腊的城邦在小亚细亚找到了盟邦，让同样享有自由的居民移居到那里，作为抵御波斯国王侵扰的屏障。不仅如此，希腊还向意大利移民，意大利则向西班牙，可能还向高卢移民。我们知道，古代非常著名而强盛的赫斯佩里

---

[1] 即现在的巴黎植物园。

167

亚<sup>[1]</sup>，其源头盖出于希腊，被所有邻国视为乐土。希腊人在本国找不到乐土，便到意大利去寻找；意大利人去西班牙寻找；西班牙人则到贝底克<sup>[2]</sup>或葡萄牙去寻找。结果所有这些地区，在古代统称为赫斯佩里亚。这些希腊移民把在祥和的本国获得的自由思想，带给这些国家。因此，在古代的意大利、西班牙和高卢，很少见到君主政体。一会儿你就会知道，北欧和德国的人民同样享有自由；在这些国家偶尔会见到君主制的残余，那是因为军队和共和国的首领被当成了国王。

这一切都发生在欧洲。亚洲和非洲一直处于专制暴政之下，只有前面提到的小亚细亚几个城邦和非洲的迦太基共和国除外。

当时世界分属两个强大的共和国，即罗马共和国和迦太基共和国。罗马共和国的起源众所周知，迦太基共和国的起源我们则知之甚少。自狄冬<sup>[3]</sup>之后，非洲国王的更替情形，我们毫无所知，也不知道他们的国家是怎样衰落的。罗马共和国版图异乎寻常的扩张，对世界来讲也许算得上一大幸事。如果罗马国民与被征服的民族之间不存在那种不公正的差别，如果罗马共和国不授予行省总督那样大的权力，如果防止总督们专制的神圣法律得到遵守，如果总督们不利用他们聚敛的不义之财使法律无法伸张正义的话。恺撒扼杀了罗马共和国，使之屈从于专制的权力。

欧洲长期处于军人暴政之下，罗马的温和政治变成了残酷的压迫。

这时，许多不为世人所知的民族在北方崛起，洪水般涌向罗马各个行省。它们发现攻城略地和抢劫财物一样容易。它们肢解了罗马帝国，而建立起一个个王国。这些民族原本是自由的，它们极大地限制了国王的权力，使这些国王严格地讲只是首领或将军。因此，这些王国虽然是靠武力建立的，却不存在胜利者的桎梏。亚洲各民族，如土耳其和鞑靼人在进行征服时，都是服从一个人的意志，全心全意为这个人提供新的臣民，通过武力为他建立强暴的政权。但北方各民族原本在本国就是自由的，夺取罗马帝国的行省之后，并不赋予他们的首领很大的权

---

[1] 古希腊人对意大利、古罗马人对西班牙的称呼。
[2] 古罗马帝国在西班牙南部的行省，大致是现在的安达卢西亚地区。
[3] 又名爱丽莎，相传为希腊梯尔公主，其夫遭其兄杀害，便逃离腓尼基，到非洲沿海建立迦太基共和国。

力。它们之中有几个民族，例如非洲的汪达尔人，西班牙的哥特人，一旦对国王不满意，便立即将其废黜。其他民族也以千百种不同的方式，对国王的权力加以限制，由许多领主与国王共同分享；只有得到领主们同意才能进行战争，战利品由首领和士兵平分；没有任何为国家利益征收的赋税；法律由全民大会通过。以上便是在罗马帝国废墟上建立的所有国家奉行的基本原则。

1719年赖哲卜月20日于威尼斯


# 第一三二封信

黎加致某某


五六个月前在一家咖啡馆里，我看见一位衣冠楚楚的绅士正对其他人谈论生活在巴黎的乐趣，接着他哀叹自己不得不冷冷清清待在外省的处境。他说："我每年有一万五千利弗尔的地产收入，如果这笔财产有四分之一是现金或可随身携带的票据，我想我一定会更幸福。我催逼佃户们，用罚款胁迫他们，但全都无济于事，反而弄得他们交不出一分钱。我从来没有一次收到过一百皮斯托尔，可是如果我欠一万法郎的债，人家早就没收了我的全部地产，我也早进了收容所啦。"

他这些话我没怎么注意听，就离开了咖啡馆。然而昨天我又去了这个街区，进了同一家咖啡馆。我看见一个人表情严肃，一张苍白的脸拉得很长，坐在四五个高谈阔论的人中间沉思不语，显得闷闷不乐。最后，他突然大声说道："是的，先生们，我破产啦，连生活都没有着落啦。现在我倒是有了二十万利弗尔现钞和十万埃居银票，但我的处境却很糟糕。我原以为自己富有了，现在却进了收容所。哪怕有一小块土地栖身也好啊，那样至少生计会有保障。可是现在连这顶帽子一般大小的土地我都没有啦。"

我偶然向另一边转过头，看见另一个人面部扭曲，像中了邪似的，只听见他嚷道："以后还有谁信得过？有一个不义之徒，我还以为他很够朋友呢，便把钱借给了他，而他说已经把钱还给了我！如此不讲信义，真是令人发指！就算他真的

169

还钱也是白搭，在我心目中他永远名誉扫地了。"

紧挨这个人坐着的是一个穿着破烂的人，他抬眼望着天说："愿上帝保佑我们的大臣们大展宏图，让我看到股票上涨到两千，看到巴黎所有仆人都比他们的主人更富有。"我好奇地打听这个人的姓名，人家告诉我说："此人是个穷光蛋，干的又是一个寒酸不过的职业——他是编纂家谱的。他希望有人继续飞黄腾达，他的一技之长就会财源不断，因为所有新富翁都需要他帮助他们改换姓氏，洗刷祖先的污浊，用新族徽装饰马车。他想他愿意造就多少新贵就能造就多少新贵。看到自己生意兴隆，他高兴得直发抖。"

最后，我看见进来一个脸色苍白、瘦骨嶙峋的老头儿。他还没坐下来，我就看出他是一个传播新闻的人，可是他又不像那些自信心十足的传播新闻的人——那些人面对挫折总有获胜的把握，预报的总是胜利和所获的战利品。他正相反，是个胆小鬼，传播的尽是忧心的消息。"西班牙那边的情况很不妙，"他说，"我们在边境上根本没有骑兵，而庇奥亲王有大队骑兵，只怕他要让整个朗格多克向他进贡哩。"

我对面坐着一位不修边幅的哲学家。他觉得那个传播新闻的人可怜，那人声音越高，他肩膀耸得越厉害。我凑过去，他附在我耳边说："瞧这个自命不凡的家伙，向我们唠叨他为朗格多克担忧都唠叨一个钟头啦！我呢，昨天发现太阳有一个黑点，那黑点如果继续扩大，会使整个大自然瘫痪的，可是我一句话也没说。"

1719 年赖买丹月 17 日于巴黎

# 第一三三封信

黎加致某某

日前，我去参观一家修道院的大图书馆[1]，修道院的修士们是图书馆的拥有

---

[1] 指巴黎维克多修道院图书馆，1707 年向公众开放。

者，但他们不得不在一定时间让公众进入。

我进去时看见一个人在神情严肃地踱来踱去，他四周是数不清的图书。我走到他面前，向他请教其中几本装订得特别好的是什么书。"先生，"他对我说，"我在这里犹如置身外域，什么人也不认识。许多人都问我这样的问题，可是你很清楚，我是不会为了满足这些人的要求而阅读所有这些书的。我有我的图书管理员，他会满足你们的要求。这是一个毫无用处的人，而且是我们的一大负担，因为他根本不为修道院干活儿。唔，我听见食堂的钟响了。像我这样在一个团体里当头头的人，什么事情都得带头才行。"修士说着，将我往外一推，砰的一声关上门，像飞了一样在我眼前消失了。

1719 年赖买丹月 21 日于巴黎

# 第一三四封信

黎加致同一人

第二天我又去那家图书馆，见到一个与头一次见到的那个完全不同的人。此人外表纯朴，头脑聪慧，待人和气。听到我所表示的好奇心，他立刻尽心地满足我，甚至考虑到我是外国人，而对我详加解释。

"神父，"我对他说，"排满图书馆整个这一面的那些大部头，是些什么书？"他答道："那全是《圣经》诠释者们的著作。""数量可真不少啊！"我说，"想必这《圣经》从前没多少人能看懂，现在都能看懂了吧。是不是还存在某些疑问，还存在有争论的问题呢？""是否还存在？仁慈的上帝，这还用问吗？"修士答道，"几乎有多少行就存在多少有争论的问题。""是吗？"我说道，"那么所有这些作者都干了什么？""这些作者嘛，"他答道，"他们所研究的，根本不是《圣经》里应该信仰的东西，而是他们自己相信的东西。他们不是把《圣经》视为包含着他们应当接受的教义的经典，而是视为可使他们自己的想法具有权威性的著作。正因为如此，他们曲解了《圣经》里的全部意思，篡改了所有段落。《圣经》成了各教派的人横冲直撞、肆意掳掠的地方，成了各敌对国家交锋、厮杀，千方百计相互攻打的战场。

"紧靠那一面的是禁欲主义和虔诚信教方面的书；再过去是道德方面的书，这些书有用得多。神学方面的书，由于所阐述的内容和阐述的方式，更加难以看懂。还有神秘主义者即心肠软的虔诚信徒们的著作。""啊！神父，"我对他说，"等一等，别说得这么快，谈一谈这些神秘主义者吧。""先生，"他解释说，"虔诚使充满爱心的人兴奋不已，并且使神灵潜入他的头脑里，这同样使他兴奋不已，以至于心醉神迷，欣喜若狂。这就是虔诚所达到的狂热状态，它往往完善为或者不如说蜕变为清静无为。要知道一个清静无为者不是别的什么，只不过是一个癫狂、虔诚却并不信教的人。

"请看那些决疑论者吧，他们揭示黑暗的奥秘，在想象中构造爱情的精灵所能产生的各种怪象，将它们集中起来，加以比较，作为他们永恒的思考对象。如果他们的心灵不深陷其中，不与如此天真烂漫、深思熟虑描绘的丧失理智者一样失去常态，那么他们就算幸福了！

"你看，先生，我自由地思考，而且想到什么就对你讲什么。我生性纯朴，尤其在你面前，因为你是外国人，想了解各种事物，了解事物的本来面目。如果我愿意，我可以用赞美的口气对你谈论这一切，我会不停地说：'这是神圣的，那是可敬的，那些真是妙极了。'可是这样一来，我不是欺骗你，就是在你心目中声誉扫地。"

我们就谈到这里。修士突然有事，中止了我们的交谈，直到翌日。

1719 年赖买丹月 23 日于巴黎

## 第一三五封信

黎加致同一人

我按约定的时间又到了图书馆。那人把我领到的地方恰好是我们前一天分手的地方。他说："请看，这里是语法学家、注释家和评论家们的著作。""神父，"我

172

说，"这些人都不会缺乏常识吧？""会的，"他答道，"他们会缺乏的，即使书里看不出来，就是说他们的书并不因为缺乏常识而写得更糟。他们写这些书轻车熟路嘛。""倒也是，"我说，"我认识不少哲学家，他们最好专心致力于这类学问。"

"这里是演说家的书，"他继续介绍，"他们的口才能做到有理无理都叫人心服口服。这边是几何学家的著作，他们叫人心里不服也得服，用霸道的方式压服人家。

"这一部分是玄学家的著作，论述的都是极有趣的问题，通篇都是"无限""无垠"这类概念。这是物理学书籍，在这些书里，浩渺宇宙的结构并不比工匠们最简单的机械更奇妙。这是医学书籍，这些鸿篇巨制阐述造化的脆弱，医道的万能，凡谈到疾病，即使是癣疥也使你觉得死就在眼前而让你不寒而栗，但是谈及药石的奇效，又让人觉得安全无比，仿佛我们可以长生不老。

"紧靠那边的是解剖学书籍，其中对人体各部分的描述还不如针对这些部分所造的生词多，这既无助于医好患者的疾病，也无助于消除医生的无知。

"这里是化学。这门学问有时用于济贫院，有时用于精神病院，似乎这两类地方都是它发挥作用的好地方。

"这些是有关神秘学的书籍，或者不如说是无知的神秘学书籍，例如包含某种魔法的书籍，这类书大部分人认为可憎，我则认为可悲。还有星相学书籍。""你说什么，神父？星相学书籍？"我热切地问道，"这是我们波斯最重视的书。我们生活中的每个行动都由星相学安排，我们所做的每件事情都由星相学决定。星相学家是我们名副其实的指导者。还不止于此呢，他们还参与治理国家。""果真如此，你们的生活所受的桎梏可比理性还沉重。这是所有帝国里最令人匪夷所思的事情。我可怜受星宿支配的家庭，更可怜这样的国家。"我接着说："我们运用星相学，就像你们运用代数。各国各有其道，并据此规定其政策。我们波斯所有星相学家加在一起，其所做的蠢事还不如这里一个代数学家所做的多。如果就此计算一下在法国和在波斯赞成与反对的人数，这正是星相学获胜的极好理由。你会看到那些数学家大丢其脸，有什么令他们难堪的结论得不出来呢？"

我们的争论被打断了，只好分手。

1719年赖买丹月26日于巴黎

# 第一三六封信

黎加致同一人

又一次见面时，我那位学者把我领进一个单独的房间。"这是现代史书籍，"他介绍道，"请先看看教会和教皇史学家们的著作吧。我阅读这些书以教化自己，但它们在我身上产生的效果往往相反。

"那边是有关庞然大物罗马帝国衰亡史的书籍。罗马帝国是在许多君主国的废墟上建立起来的，而在它的废墟上又建立起许多新的君主国。突然出现了数不清的野蛮民族，他们和他们住地的过去都不为人所知，这时却席卷、践踏、瓜分了罗马帝国，建立了你现在所见到的欧洲各王国。这些民族并非真正的野蛮民族，因为他们享有自由，但是自从他们中大部分屈从于一个专制的强权，丧失了十分符合理性、人道和自然的美好自由之后，他们变得野蛮了。

"这里你所看到的是有关德意志帝国的史籍。这个帝国只不过是前一个帝国的影子，但是我认为它是世间唯一不因分裂而被削弱的强国，而且我认为它是世间唯一越失败越坚强的国家，它不善于利用胜利的成果，而失败时却变得不可降伏。

"这些是法国史籍。在这些史书中，首先可以看到王权的形成，两度覆亡，两度复兴，然后是数百年的萎靡不振，但不知不觉地又积聚着力量，从各个方面壮大起来，达到鼎盛时期，恰如江河，浩浩荡荡，江水流失，或潜入地下，而后重新出现，支流汇合，水势壮大，以摧枯拉朽之势，冲走一切障碍。

"那边你看到西班牙民族从大山里走出来，一个个穆斯林君主不知不觉地被征服，就像他们过去征服西班牙一样快。那么多王国合并成一个幅员辽阔的，几乎是唯一的君主国，但它渐渐受自己的盛名和虚假的富足所累，最后失去了力量甚至声名，只留下对往昔强大的自豪感。

"这里是英国史籍，从中可看到自由总是产生于纷争与动乱的战火之中。王座稳如磐石，而君主却总是摇摇欲坠。这是一个不安于现状的民族，但即使盛怒之时也保持着理智，它成了海上霸主（这是前所未有之事），把商业与帝国的扩张结合在一起。

"紧靠这一部分的是另一个海上霸主荷兰共和国的史籍。这个国家在欧洲备受尊重，在亚洲则令人生畏，亚洲的许多国王匍匐在其商人脚下。

"意大利的史籍向你展示了这样一个民族：它过去是世界的霸主，如今成了列强的奴隶；其各邦君主四分五裂，虚弱不堪，除了徒劳无益地施展纵横捭阖术之外，没有任何东西标志他们还拥有君权。

"那里是各共和国的史书。瑞士共和国是自由的象征，威尼斯共和国的活力完全在于经济，热那亚共和国引以为傲的是它的舰船。

"这是北欧各国的史书，其中有波兰的史书。这个国家根本不知道运用其自由和选举国王的权利，仿佛想以此来安慰它那些既失去自由又失去权利的邻国。"

谈到这里，我们分手，约好翌日再见。

1719 年闪瓦鲁月 2 日于巴黎

# 第一三七封信

黎加致同一人

第二天他把我带到另一个房间。"这里是诗人。"他向我介绍道，"即这样一些作者，其职业就是悖逆良知，用华丽的辞藻窒息理性，就像往昔人们把妇女掩埋于浓妆艳饰之中。你是了解他们的，东方不缺乏诗人，那里太阳更加炽烈，似乎更能激发想象力。"

"这里是史诗。""噢，何谓史诗？"我问道。"事实上，"他回答，"我也稀里糊涂。行家们说，自古以来史诗只写出过两部，其他的号称史诗，其实并非史诗，这一点也令我犯糊涂。他们还说，不可能再写出新的史诗，这就更令人莫名其妙了。

"这里是曲艺诗人。以我之见，这才是杰出的诗人，描写爱情的大师。曲艺诗人有两类：一类是喜剧诗人，以轻松愉快的笔触感动我们；一类是悲剧诗人，以极强烈的笔触躁动、震撼着我们。

"这里是抒情诗人。这些诗人令我鄙视就如同曲艺诗人令我尊崇。他们专以和谐的技巧写出荒诞离奇的诗句。

"接下来是牧歌和田园诗诗人。就连宫廷人士也喜欢他们的作品，因为他们的作品能产生宫廷人士缺少的恬静感，并能使他们看到牧民的生活境况。

"在我们所看过的作者之中，这部分作者最具危险性。他们不断磨砺他们的讽刺短诗，使它们如出弦的飞箭，造成难以医治的深深创伤。

"这里你所看到的是传奇故事。这些传奇故事的作者也可算诗人。他们以同样夸张的语言描写思想和心灵；他们终生寻求自然，但总不可得；他们作品中的主人公像带翼的龙和人面马身怪兽一样奇异。"

"你们的传奇故事嘛，我倒是读过几本。"我说道，"你如果读到我们的传奇故事，定会更加反感。它们同样极不自然，又异常严重地受我们的风俗习惯约束。一位情郎必须忍受十年的相思之苦，才能见上一次他的情人的脸。作者又不能不让读者去体验这些令人腻味的经历。这些故事在情节上不容许妙笔生花，于是作者求助于比这种弊端更糟糕的办法，就是乞灵于奇迹。看了一个女巫让一支军队从地底冒出来，一位英雄独自摧毁十万大军这样的故事，我肯定你会觉得倒胃口。然而我们的传奇故事就是这样。这些毫无生气、经常重复的奇遇令我们兴味索然，而那些荒诞离奇的奇迹则令我们反感。"

1719 年闪瓦鲁月 6 日于巴黎


# 第一三八封信

黎加致士麦那伊本


此间的内阁大臣像四季一样相互交替，此消彼长。三年来，我看见财政制度变更了四次。在土耳其和波斯，今天征税的办法仍与这两个帝国创建时一样，而在这里则早就完全不一样了。说真的，在这方面我们没有费西方人那么多脑

176

筋。我们认为管理一位君主的收入和管理一个百姓的财产，除了以十万托曼计和以一百托曼计之外，并无太大的差别。可是在这里这种管理却奥妙、神秘得多。需要一些杰出的天才昼夜工作，千辛万苦，不断制订些新计划，倾听无数不请自来为他们工作的人的意见。他们不得不隐居于大人物不得进入、小人物视为神圣的斗室里，脑子里时刻装满重大的机密、神奇的计划、全新的方略；他们全神贯注，冥思苦索，言辞和礼节都不必讲究。

先王一闭眼归西，人们便立刻考虑建立新政。人们感到现状不佳，但不知如何改善；人们对前内阁大臣们的权力不受限制感到不满，试图分权，为此成立了六七个委员会。这届内阁也许是历来唯一能以情理治理法兰西的一届，所以它存在的时间很短，它所产生的良好作用也很短暂。

先王驾崩之时，法兰西犹如百病缠身之躯。N[1] 拿起武器，割掉赘肉，局部地下了几剂药，但内疾依然未除，有待医治。来了一个外国人 [2]，着手治疗，用了许多猛药，以为使法兰西长胖了，其实只是浮肿了而已。

六个月以前的富人，如今沦于贫穷，而过去食不果腹的人，如今家财万贯。贫富两极，从未如此紧密相邻。这个外国人像旧货商翻改旧衣服一样，使整个国家翻了个个儿，把原来在下面的翻到了上面，原来在上面的改到了下面。许多人意外地发了横财，连发财者本人都不敢相信！上帝也不可能这么快让人摆脱一贫如洗的地位。多少奴仆现在由他们原来的同伴服侍，也许明天会由他们的主子侍候！

如此种种，往往产生反常怪事。在先王治下发迹的仆役，如今大吹特吹自己的出身，他们把六个月前自己所遭受的蔑视，一股脑儿发泄到某条街上如今刚脱掉仆役制服的人头上，声嘶力竭地喊道："贵族破产啦，全国大乱啦！身份等级颠倒啦，多少默默无闻之辈飞黄腾达啦！"我可以向你担保，这些人一定会向比他们迟暴发的人进行报复，三十年后这批新贵将声名远扬。

1720 年都尔喀尔德月 1 日于巴黎

---

[1] 原注指诺阿伊公爵（1678—1766），主持财政委员会工作直至 1718 年，后成为元帅，在任外交大臣期间，与普鲁士结成联盟。
[2] 原注指苏格兰人约翰·劳。

# 第一三九封信

黎加致同一人

下面是夫妻恩爱的一个伟大范例。树立这个范例的不是一位普通妇女，而是一位女王。瑞典女王[1]竭力要让她的夫君亲王当上国王，向议会发表声明，如果她的夫君能获得拥立，她甘愿放弃王位。

六十多年前，名叫克丽斯蒂娜的另一位女王[2]，为了专心致志投身于哲学研究而放弃了王位。这两个范例我不知道哪一个更值得我们赞赏。

尽管我十分赞成每个人应该坚守上天为他安排的位置，尽管对某些人的软弱，即对他们感到自己不能胜任，便逃兵般擅离职守我不能赞同，然而这两位女王的伟大襟怀，她们一个的精神和另一个的心灵都能超脱名利，这不能不使我深受感动。在别人都考虑享福的时候，克丽斯蒂娜所考虑的却是求知；另一位女王所渴求的享受，就是把自己的全部幸福交到她尊贵的夫君手里。

1720 年穆哈兰姆月 27 日于巴黎

# 第一四〇封信

黎加致某地郁斯贝克

巴黎高等法院刚刚被贬到一个叫作篷图瓦兹的城市去了。内阁给它送去一份侮辱它的声明，要它记录在案或者表示赞同，而它以侮辱内阁的方式将这份声明记录在案。

有人威胁王国其他地方的高等法院也将受到同样的对待。

---

[1] 原注指尤丽克－埃莱奥诺尔（1688—741），1718—1720 年在位，1720 年让位于其夫腓特烈一世。
[2] 原注指克丽斯蒂娜，瑞典女王，1644—1654 年在位，1654 年主动放弃王位。

这班人总是令人侧目。他们接近王上只是为了报忧，当大批廷臣不停地向王上禀报其治下的百姓安居乐业，他们就站出来揭露廷臣们阿谀奉承，而把他们耳闻目睹的百姓的呻吟和眼泪向王上陈诉。

亲爱的郁斯贝克，要向王上奏明实情，这样做所承受的压力可是很沉重的。国王们应该想到，这些人决心奏明实情，其实是不得已而为之，是迫于义务，迫于对王上的崇敬甚至热爱，才不得不下决心采取对他们自己也十分难受、十分痛苦的行动。

1720 年主马达·阿色尼月 21 日于巴黎

# 第一四一封信

黎加致同一人

我拟周末去看你，相信与你在一起，日子一定会过得愉快。

几天前，我被引荐给一位宫廷贵妇。我觉得她雍容华贵，值得我们主上垂青，也配在他心中的神圣之所占据一个庄严的位置。

她向我提了一大堆问题，询问波斯人的风俗习惯和波斯女人的生活方式。我觉得她不欣赏内院的生活，对于一个男人同时占有十一二个女人显得反感，她在对这个男人的幸福表示羡慕的同时，禁不住怜悯那些女人的处境。她爱读书，尤其喜欢读诗歌和小说，便请我谈谈我们的诗歌和小说。我所谈的增加了她的好奇心，她请我叫人把我所带的书译出几段给她看。我照办了，几天之后给她寄去一篇波斯故事。这篇译成洋文的故事，你大概也想一睹为快吧。

## 易卜拉欣的故事

在切克·阿里可汗时代，波斯有个名叫祖蕾玛的女人。她能全文背诵《古兰经》，没有一个苦行僧比她更理解神圣先知们的遗训；阿拉伯经师们的话不管怎样玄奥，她都能理解全部意思；她除了学识渊博之外，还有着诙谐的性格，你几乎弄不清楚，她所说的话是在逗乐还是在引导他人。

一天，她与女伴们待在内院的一间厅堂里，一位女伴问她对来世怎么想，她是否相信经师们一条古老的遗训：天堂是只为男人设立的。

"这是普遍的感觉，"她对女伴们说，"为了贬低我们女性，人们无所不用其极。在整个波斯甚至分布着一个民族，被称为犹太民族。这个民族以其圣典的权威，坚持说我们妇女没有灵魂。

"这些侮辱性的看法，其根源全在于男人们的骄傲。男人们甚至希望辞世之后也要保持他们的优越感。在大限到来之时，所有人一无所有地出现在真主面前，彼此之间谁也没有任何特权，除了生前积下的阴德。

"真主慈悲为怀，恩泽万民。因此，那些生前堂堂正正，在尘世间没对我们女人滥施淫威的男人，准能进入天堂。那里仙女云集，美丽迷人。尘世男人见到她们，准会迫不及待想享此艳福，而甘愿立即死去。凡贞德女子也都会去此极乐世界，与对她们百依百顺的天国男人生活在一起，陶醉于绵绵无尽的快乐之中。她们每个人会有一座内院，把男人们幽禁在里面，由比我们的阉奴还更忠实的阉奴看守他们。"

"我在一本阿拉伯文的书里读到，"她接着说，"一个名叫易卜拉欣的男人非常妒忌，令人难以忍受。他有十二个妻子，个个美丽无比，可他对她们却非常粗暴。连看守的阉奴和内院的高墙他都放心不下，几乎整天把她们关在各自的房间里，重门倒锁，不准她们相互见面和交谈，因为无邪的友情也会引起他的妒忌。他的一切行为都反映出他粗暴的天性。他嘴里从来吐不出一句温和的话，他的行为除了对待奴仆般的严厉，绝无丝毫友好的迹象。

"一天，他让十二个妻子全集中在内院的一间大厅里。其中一个胆子大一些的责备他暴戾的天性，冲他说道：'一个人千方百计要让人家惧怕他，结果必然会先使人家憎恨他。我们都太不幸了，都迫切希望改变处境。其他人处在我的地位也许会巴望你死，而我只盼望自己死，因为只有死才能与你分手，所以我情愿通过死与你分手。'这番本应使他动情的话，他听了却暴跳如雷，他拔出匕首，刺进这个妻子的胸膛。'亲爱的伙伴们，'这个妻子用奄奄一息的声音说道，'上天如果怜悯我的德行，一定会为你们报仇雪恨的。'话一落音，她就抛下了不幸的一生，去了极乐世界。在那里，生前恪守妇道的女性，享受着每天都有新意的幸福生活。

"她先看见一片宜人的草地。那草地在姹紫嫣红的鲜花映衬下，显得更加茵绿；一条澄澈晶莹的小溪，百转千回，逶迤其间。她随后走进一片迷人的林子，只有小鸟悦耳的鸣啭，打破林间的静谧。接着映入眼帘的是几处美丽如画的花园，都被大自然装点得朴素而又妍丽。最后她见到一座金碧辉煌的宫殿，那是专为她准备的，里面有许多天国男人，专供她享乐。

"其中两个男人立即走到她面前，为她宽衣解带，另外几个男人将她扶进浴盆沐浴，在她身上洒上最芬芳的香水，接着给她穿上比她的旧衣服华丽得多的衣服，然后把她领进一间大厅。那里用檀香木生着一炉火，桌上摆满美味佳肴，一切都似乎是为了使她的官能陶醉。她听见大厅的一边响起柔婉无比的天国音乐，只见那些天国的男人在另一边翩翩起舞，一心想博取她的欢心。然而所有这些乐趣，只不过是为了在不知不觉中引导她去享受更大的乐趣。有人把她引进卧室，再次为她宽衣解带，把她送到一张华丽的床上，两个俊美迷人的男人立刻把她揽进怀里。她如痴似醉，销魂的乐趣超出了她的欲望。'我真受不了啦，'她对那两个男人说，'如果不是知道我获得了永生，我会以为我要死了。真是够啦，放开我吧。这么强烈的快乐我实在支持不住了。啊，你们让我的感觉稍微平静一些了，我又开始呼吸，开始定下神来了。怎么把蜡烛给拿走了？使我现在都没法打量你们天使般的美貌了，没法看一看……可是，为什么要看呢？你们又使我恢复了刚才那销魂的冲动。啊，真主！这黑暗多么宜人啊！什么！我获得了永生，和你们一起永生？我将成为……不，我求你们饶了我吧，我看你们是从来不讨饶的人。'

"于是，她一再命令他们停下来，他们才顺从了她。他们是在她严肃的命令下才顺从她的。她浑身疲软地躺着，在两个男人的怀里酣然睡去。熟睡好大一会儿，疲劳消除了。她嘴唇上被印了两个吻，她顿时又热血沸腾起来，睁开双眼说道：'我正惴惴不安哩，担心你们不再爱我了。'她希望这种疑虑能尽快从心头抹去，他们便立即按她的愿望向她陈明了心迹。'我明白啦，'

她喊道，'对不起，请原谅，我完全相信你们。什么也不要说了，你们的行动胜过千言万语。对，是的，我承认，我从没体验过如此强烈的爱。瞧，怎么！你们俩都想露一手，看谁能让我信服！啊！如果你们都想逞强，不仅想从我的失败中得到乐趣，还要比试野心，那我可真完蛋了。你们两个都是胜利者，只有我是失败者，不过我会让你们付出高昂的代价才赢得胜利。'

"良宵欢娱直到曙色明亮时才中止。忠实殷勤的仆人进到她的卧室里，叫那两个年轻男人起床，由两个老者把他们带回原处，看守起来，以备她寻欢作乐。她随即也起了床，只穿一身便服，楚楚动人地会见了整个内院狂热的崇拜者，然后再浓妆艳抹。一夜良宵使她愈发美丽，娇嫩的肌肤透露出青春的活力，表情妩媚动人。整个一天都在舞蹈、音乐、欢宴、游戏和漫步中度过。人们注意到，阿娜伊斯[1]时不时地消失了，跑去与她那两个年轻猛男幽会去了。在一刻千金的短暂幽会之后，她回到刚才离开的人群之中，面容总是更加恬静。最后，暮色降临时，就再见不到她的影儿了。她把自己关闭在内院里，照她的说法，是要熟悉那些永生的囚徒，他们要永远与她生活在一起了。她巡视了每一套房间，包括最僻静也最宜人的在内，发现里面有五十个英俊无比的奴隶。整整一夜，她从一个房间走到另一个房间，到处受到各不相同而又相互雷同的充满敬意的欢迎。

"看永生的阿娜伊斯是怎样生活的吧。她时而纵情欢乐，时而独自寻乐；或受到一群出色的男人仰慕，或受到一个狂热的情人热爱；她常常离开迷人的官殿，去乡间的石洞里。她双足走到哪里，鲜花开放到哪里，令人目不暇接的娱乐节目欢迎她的到来。

"她在这幸福的居所生活了一个多礼拜，总是激动不已，什么事也不想。她享受着幸福却不能体味幸福，没有一刻能安静下来，让心灵反躬自问，在寂静中谛听情欲的冲动。

"极乐世界的人沉浸于至乐至福之中，极少能享受这种精神的自由。正因为如此，他们身不由己地迷恋眼前的事物，而把过去的事物忘得一干二净，

---

[1] 即这位被刺死的妇人。

182

前世所经历和钟爱过的一切丝毫不放在心上了。

"但是阿娜伊斯具有真正哲学家的头脑，她的整个一生几乎都是在沉思默想中度过的，她的忧思之深远，大大超过了人们对一个孤单寂寞女子的想象。她的丈夫让她过的那种被幽禁的枯燥生活，只给她留下这点好处。

"正是这种精神力量，使她藐视她的女伴们所不能承受的恐惧，也藐视死亡；对她而言，死亡是苦难的结束和幸福的开始。

"因此，她渐渐从快乐的陶醉中清醒过来，独自待在宫中的一套房间里闭门不出，听凭自己的思绪在前世的境况和眼前的幸福之间怡然徜徉。每当想到她的女伴们的不幸，怜悯之情便油然而生。人对于自己也遭受过的折磨，是容易动感情的。阿娜伊斯不愿只限于同情，她对那些不幸的女伴爱得更深切了，觉得自己必须救助她们。

"她命令身边的一个年轻男人变成她原夫的模样，去原夫的内院把他赶走，取而代之当内院的主人，直到她召他回来为止。

"她的命令立即得到执行。那个年轻男人腾云驾雾来到易卜拉欣的内院门前。易卜拉欣不在门口。他前去敲门，所有门一敲即开，阉奴们见到他就拜。他飞快地向易卜拉欣幽禁妻子们的房间走去。他用隐身术经过这个好妒忌的丈夫身边时，从他口袋里掏出了那些房门的钥匙。他进到房间里，态度和蔼可亲，令那些女人惊奇不已；及至看到他殷勤备至，行动敏捷时，她们更是目瞪口呆了。好在一切都是实实在在的，不然她们会以为是在做梦了。

"当这台稀奇的戏正在演出之际，易卜拉欣在外面撞门了，他报了姓名，大发雷霆，又叫又嚷，好不容易才进来，把阉奴们训斥得乱成一团。他大步朝里走，但当他看见那个假易卜拉欣，长得与他一模一样，自由自在俨然是个主子，他不由得倒退几步，仿佛从云端跌落下来，摔倒在地上。他大喊救命，叫阉奴们帮他杀死这个骗子，但没有人听从他。他只剩下非常软弱无力的一招了，就是请他的妻子们来辨明真假。可是假易卜拉欣在一个小时内把那些女判官全迷住了。于是，真易卜拉欣被赶走了，被可耻地拖出了内院。要不是他的对手命令饶他不死，他纵然有一千条命也呜呼哀哉了。新易卜拉欣终于成了战场的主人，表现得越来越无愧于整个内院做出的选择，以闻所未闻、异乎寻常的行为，引起女人们的关注。'你不像易卜拉欣。'女人们说。'是吗？你们不如说那个冒名顶替的家伙不像我哩。'得意扬扬的假易卜拉欣说道，'你们觉得我所做的还不够，究竟要怎样才能当你们的丈夫呢？'

"'啊！我们丝毫不怀疑。'女人们说，'你即使不是易卜拉欣，可是你当之无愧，这就让我们满足了。你当了一天易卜拉欣，胜过他当十年。'他接着说：'你们保证会拥护我，反对那个冒名顶替者吗？'她们异口同声答道：'放心吧，我们发誓永远忠于你。我们受欺凌的时间太长啦。那个败类想不到我们都懂操守，他只怕自己过于宽容。现在我们看清了，男人并非天生都像他一样，男人无疑都像你一样。你不知道，正因为有了你，我们才那么憎恨他！''好啊，'假易卜拉欣说，'我将时常给你们提供新的理由去憎恨他。你们还不知道他给你们造成了多大的损害呢。'女人们说：'你的惩罚有多狠，我们就可以看出他的罪孽有多深。''好，你们说得对，'天国的男人说，'我是根据罪恶的大小来决定宽恕程度的。你们对我的惩罚方式表示满意，我很高兴。'女人们说：'可是，如果那个冒名顶替者回来了，我们怎么办？'他答道：'我相信他很难再骗得了你们。我现在在你们身边占住的这个位置，是不能靠欺骗来维持的。再说，我会把他送到很远的地方，你们再也不会听到有人提起他。那时我将尽心竭力使你们幸福，我绝不会妒忌，懂得如何监督你们而又不妨碍你们。我对自己的优点相当自信，相信你们会忠实于我。如果你们对我都不守贞操，那么你们对谁才做得到呢？'他与那些女人之间的交谈持续了很长时间，两个易卜拉欣之间的不同比他们容貌的相像更使她们惊奇。这么多奇事，她们甚至不想问个究竟了。那个绝望的丈夫终于又回来跟他们捣乱了。他发现整个家庭沉浸在欢乐之中，他的妻子们比以往任何时候都更不轻信于他了。对于一个妒忌心重的人来讲，这样的地位是无法忍受的。他怒气冲冲地走出内院。片刻之后，假易卜拉欣追上去，抓住他，把他带到空中，撂到两千法里之外的地方。

"啊，天哪！在她们亲爱的易卜拉欣离开期间，那些女人多么伤心啊！阉奴们又恢复了严厉的本性，整个内院泡在泪水之中。女人们甚至觉得她们刚刚经历的一切只不过是一场梦。她们面面相觑，回想着这场奇遇的每一个

184

细节。天国的易卜拉欣终于回来了，他越发和蔼可亲，女人们觉得他并没有因旅途的奔波而有丝毫倦容。这位新主子的言行与旧主子完全相反，使所有邻居都感到惊讶。他遣散所有阉奴，让所有人都可以进入他的家。他甚至不忍心看到他的妻子们戴着面纱。看到她们在宴席上与男人们坐在一起，像男人们一样无拘无束，那真是稀奇事。易卜拉欣认为，这个国家的风俗习惯并不适合他这样的公民。这种看法是有道理的。不过，他花钱毫不吝啬，大手大脚地把妒忌鬼的财产花得精光。三年后，妒忌鬼从他被放逐的远方归来，发现家中只剩下那些女人和三十六个孩子。"

1720 年主马达·阿色尼月 26 日于巴黎


# 第一四二封信

黎加致某地郁斯贝克


随函附上昨天收到的一位学者的信。你看了定会称奇。


先生：

半年前我继承了一位叔父的遗产。他十分富有，给我留下了五六十万利弗尔和一幢陈设豪华的房子。一个人如果善于利用财产，那么拥有财产是一件有乐趣的事情。可是我既无奢望也无兴趣去寻欢作乐。我几乎总是蜗居斗室，过着学者的生活。正是在这间斗室里，你可以发现一个对年代久远的古玩充满好奇的收藏者。

家叔去世后，我很想用古希腊和古罗马人的礼仪安葬他。可是当时我既无香油壶[1]，又无骨灰瓮和古灯。

但后来，这类珍稀物品我应有尽有了。前不久，我卖掉银餐具，买了一

---

[1] 古罗马习俗中，以壶盛香油放入墓中作为葬品。

位斯多亚派[1]哲学家曾使过的一盏古陶瓷灯。先叔几乎在所有房间的墙上都挂满了镜子，我把这些镜子统统卖掉，买了维吉尔[2]曾经用过的一面小小的已有点裂纹的镜子。看到里面映出的是我的面容，而不是"曼图亚天鹅"的面容，真有点让我飘飘然。还不止于此哩，我花一百金路易买了五六枚两千年前通用的铜币。如今我的家中，没有一件家具不是古罗马帝国衰亡前的古物。我在一个小房间里收藏着一些非常珍贵、价值连城的手抄本。尽管我不惜损害视力阅读这些手抄本，但其实我更喜欢使用印刷本的，虽然印刷本舛误甚多，而且人人都能拥有。我几乎足不出户，却以巨大的热情研究着罗马帝国时代留下来的所有古道。其中有一条从我家附近经过，是大约一千二百年前，一位高卢行省总督修筑的。我每次去乡间别墅，都要走这条路，尽管很难走，而且还要走一法里多。令我气愤的是，路旁每隔一定距离便竖有一根木桩，标明到附近城市的距离。看到这些可怜的路标，而不是过去的里程柱，我真是失望极了。我一定要让我的继承人恢复往昔的里程柱，而且在遗嘱中规定由他们支付费用。先生，你如果有波斯古籍手抄本，请不吝转让给我，你要多少钱我付给你多少。我另外还奉送你几部拙著，从中你可以看出，我并非文坛上的庸碌之辈。你会注意到拙著之中有一篇论文，我在其中论证了古代用以制作胜利花冠的，是橡树而非月桂树。你还会欣赏到另一篇论文，其中我根据古希腊一些最严肃的作者旁征博引的推测，证明冈比斯[3]受伤的是左腿，而非右腿。我在另一篇论文中阐明，古罗马人所讲究的美貌，是前额窄小。我还将寄给你一部四开本的著作，内容是对维吉尔《埃涅阿斯记》第六卷里一行诗的诠释。这些书你要过些时候才能收到。眼下我只能寄上古希腊一位神话学家的一篇残稿。此稿从未发表过，是我在一间尘封的藏书室里发现的。我手边还有一件重要事情要做，即考订博物学家普林尼的一段精彩的文字，这段文字被5世纪的抄书人抄得面目全非。所以就此搁笔。谨致……

---

[1] 公元前300年左右由塞浦路斯岛人芝诺（约公元前336—约前264年）于于雅典创立的学派，因在雅典集会广场的画廊讲学而得名。

[2] 维吉尔（公元前70—前19年），古罗马最伟大的诗人。生于意大利曼图亚附近的安第斯，被称为"曼图亚的天鹅"。

[3] 古代波斯（公元前6世纪）的君主。

## 古神话学家的残稿

奥克尼群岛[1]的一个岛上，一个婴儿诞生了，父亲是风神艾奥尔，母亲是卡莱多尼亚[2]的一个仙女。据说这个孩子不用人教就自己学会了扳着指头数数，四岁就会准确无误地识别各种金属，他母亲把一枚黄铜戒指当作一枚金戒指送给他，他看出这骗人的把戏，便把它扔在地上。

他一长大，父亲便把怎样将风装进皮囊的秘诀告诉他，他便想把装进皮囊的风卖给所有过往旅客。但这商品在当地卖不出什么价钱，他便离开家乡，在瞎眼机遇神的陪伴下，开始漫游世界。

旅途中他听说，贝底克遍地是闪闪发光的黄金，他便兼程赶去。但贝底克当时的统治者萨图恩很不欢迎他。等到这个神离开了尘世，他便毫无顾忌地到各个通衢路口，扯着沙哑嗓门不停地喊道："贝底克人，你们自以为富有，因为你们拥有金银。你们的错误真让我觉得可怜！相信我的话吧，离开这个出产贱金属的地方，去想象中的帝国吧。我保证你们会获得连你们自己也会惊愕不已的财富。"说罢他立刻打开他所带来的大部分皮囊，把他的商品分给愿意要的人。

第二天他又来到那些通衢路口，喊道："贝底克人，你们想致富吗？你们不妨想象我很富有，你们也很富有。每天早晨醒来，你们就想你们的财富一夜之间增长了一倍，想完之后才起床；你们如果还有债要还，就用你们想象的东西去还，并且告诉你们的债主也想象债已还清。"

几天之后他又出现了，这样喊道："贝底克人，我看你们的想象力不像开头几天那样活跃了。让我的想象力来引导你们吧。我每天早晨在你们眼前插块牌子，它就是你们财富的源泉。牌子上只有四句话，但每一句都很有意义，因为它们规定了你们的妻子的嫁妆、你们的孩子应得遗产的份额和你们的仆人的人数。至于你们……"他对人群中离他最近的人说，"至于你们，我的

---

[1] 位于英格兰东北部，与之隔着彭德兰湾。
[2] 古罗马人对今英格兰的称谓。

孩子们（我可以这样叫你们，因为我给了你们第二次生命），我的牌子将决定你们的车马的华丽程度和宴席的豪奢程度，决定你们的情妇的人数和供养情妇的开销。"

过了几天，他气喘吁吁地跑到那十字路口，怒气冲冲地喊道："贝底克人，我建议你们想象，但我看到你们并没有照办。那么，现在我命令你们想象。"说完，他转身就走，但想了想又回过头来说："据我了解，你们之中有些人十分可恶，还保存着自己的金银。银子也就罢了，可是金子……啊！真把我气得……我用我这些神圣的气囊发誓，如果你们不拿金子给我送来，我一定要严惩你们。"然后他又换了一副苦口婆心的样子补充说："我向你们要这些劣等金属，你们以为我是要保存起来吗？我为人坦诚，前几天你们给我送金子来，我当场就还给你们一半，不就是证明吗？"

第二天，有人远远地望见他正以温和讨好的口气，花言巧语地说："贝底克人，我听说你们把一部分财宝存在国外，请把它们收回来给我吧。我会很开心，你们会得到永远的感激。"

听艾奥尔之子说话的那些人原本不想笑，却都禁不住笑起来，这使他狼狈不堪地离去。但他又鼓起勇气，试探性地又提出一个小小的请求："我知道你们有宝石，看在朱庇特[1]的分上，把这些宝石卖掉吧。这类东西比任何东西都会使你们陷于贫困。我说你们卖掉吧。你们自己不会卖，我给你们找一些出色的商人来。如果你们照我的建议办，你们肯定会财源滚滚！是的，我答应把我那些皮囊里最纯的东西给你们。"

最后，他登上一个台子，用更自信的口气说："贝底克人，我比较了你们目前的幸福境况和我刚到这里时你们的情形。我看你们现在是世间最富有的人了。不过为了使你们财运亨通，让我取走你们一半的财产吧。"说罢，艾奥尔之子轻快地拍动翅膀，转眼没了踪影，把他的听众留在那里，个个沮丧得难以形容。于是第二天他又来了，这样说道："我注意到，我昨天的讲话你们听了非常不高兴。好吧，就当我什么也没说。取走一半的确太多了。

---

[1] 罗马神话里的主神，相当于希腊神话里的宙斯。

还有其他权宜之计，可以让我达到预期目的。把我们的财产都放在同一个地方吧，这很容易做到，因为所有财产占不了多大地方。"转眼间，所有财产消失了四分之三。

1720 年舍尔邦月 9 日于巴黎

# 第一四三封信

黎加致里窝那犹太医师纳塔纳埃尔·列维

你问我对护身符和避邪物效力的看法。你为什么问我呢？你是犹太教徒，我是伊斯兰教徒，就是说，你我都很轻信的。

我随身总是带着两千多段神圣《古兰经》，我双臂系有一个小包，里面写有两百多位苦行僧的姓名；阿里、法蒂玛以及所有虔信者的姓名，则藏在我衣服里二十几处的地方。

然而有些人不相信某些咒语的效力，对此我并不持异议。我们很难驳倒他们的说法，而他们却不难批驳我们的经验。

出于长期的习惯，也为了与所有的做法保持一致，我总随身带着这些神圣的布条。我认为它们与人们佩戴的戒指及其他饰物相比，即使效力不会更大，但也不会更小。你呢，你把自己的全部信念寄托在几个神秘的字符上，一旦没有这些字符的护佑，你就会时时担惊受怕。

人真是不幸！他们总是飘浮在不切实际的希望和可笑的恐惧之间。不是依靠理性，而是制造出一些妖魔来吓唬自己，或制造出一些鬼怪来迷惑自己。

你希望某些字符的排列组合能产生什么效力呢？打乱它们的排列组合又能使效力受到什么干扰呢？想靠它来平息风暴吗，它与风有什么关系？想让它压制大炮的威力吗，它与火药有什么关系？想让它医治疾病吗，它与医生所称的"致病体液"和"致病原因"有什么关系？

奇怪的是，有些人扭曲理性，让理性把某些事变归因于神秘的力量，这样就不需要费任何力气去探究事变的真正原因了。

你会对我说，打赢一场战役是由于某些魔力的作用。而我呢，要对你说，想必你是瞎了眼，不能从战场的地形、士兵的人数和勇气、指挥官的经验等方面，看出产生这种结局的足够原因。当然这种原因你是不想知道的。

我暂且接受你那存在魔力的说法，请你也接受我这没有魔力的说法——这不是不可能的。你接受了我的说法，并不能阻止两军打起来。在这种情况下，你是否认为任何一方都无法取胜呢？你是否相信两军都前途未卜，直至一种看不见的力量来决定谁胜谁负？你是否认为所有炮火都是徒劳的，一切谨慎都是多余的，一切勇敢都是无用的？

两军对仗，死亡的方式千奇百怪，你认为这不会在人们头脑里产生你极难解释的惊慌恐惧吗？你相信一支十万人的军队就没有一个胆小鬼吗？你相信这个失去斗志的士兵就不会影响另一个士兵也失去斗志？第二个士兵丢下了第三个，第三个就不会丢下第四个？这样要不了多长时间，对胜利的绝望情绪就会突然笼罩全军，而且部队人数越多，这种情绪就越容易蔓延。

所有人都知道，所有人也都感觉得到，人和其他造物一样，都有保全自己生命的本能，因此也都热爱生命。我知道这是一般的情形。我们要探究的是在某种特殊情况下，人为什么害怕失去生命。

尽管各民族的圣书里都充满这类令人丧胆和超自然的恐怖，但我真想象不出还有比这更无聊的事。一种效力可能是由十万个自然原因造成的，但你硬要坚信它是超自然的原因造成的，那么你先得考察是否任何一个自然原因都没起作用。这是不可能做到的。

我不想赘述了，纳塔纳埃尔。我觉得这个题目不值得这样认真研究。

1720 年舍尔邦月 20 日于巴黎

又及：正要结束此信时，我听见街上正在叫卖一位外省医生写给一位巴黎医生的信（在这里，无论什么玩意儿都可以印刷、出版、出售），我相信有必要把这封信寄给你，它与我们的话题有关。

## 外省医生给巴黎医生的信

　　我市有一个病人，已经三十五天不能入眠。医生给他开了镇静剂鸦片，可他下不了决心服用，杯子端在手里，心里犹豫极了。最后他对医生说："先生，我只求你宽恕我到明天。我认识一个人，他不行医，但他家里有许多安眠药。请容许我去找他，如果今晚我还睡不着，我定再来找你。"送走了医生，病人叫人拉上窗帘，对侍童说："喂，快去阿尼斯先生家请他来，我有话要对他说。"阿尼斯先生来了。"亲爱的阿尼斯先生，我要死啦，我睡不着。你店里有没有卖不掉的 G 写的 C[1] 或者耶稣会修士写的劝善书？因为保存最久的药往往是最有效的。"书店老板回答："敝店有葛辛神父著的《神圣官廷》六卷本可为你效劳。我这就叫人给你送来。但愿它会使你康复。你如果想要西班牙耶稣会罗德里格斯神父的作品，也尽管说。不过请相信我，就用葛辛神父的吧。但愿在上帝帮助下，葛辛神父一个长句子的效力，抵得上 G 的整整一本 C。"阿尼斯先生说罢告辞，跑回店里找药。《神圣官廷》送来了。他掸掉上面的灰尘后，病人的儿子，一个年纪尚小的小学生开始朗读。孩子头一个感到了效力，读到第二页，他便口齿不清了，而且所有在场的人都感到困倦乏力，不一会儿便都鼾声大作，只有病人除外，不过他坚持很长时间之后，也终于昏昏入睡了。

　　医生一大早就来了，问道："怎么样，服了我的鸦片没有？"谁也没回答他。病人的妻子、女儿、小儿子都非常高兴，拿了葛辛神父的书给医生看。医生问这是什么。病人的儿子说："葛辛神父万岁！这本书应该重新精美地装订。谁敢说，谁想得到呢？这是个奇迹。瞧吧，先生，看看葛辛神父的书吧。正是这本书让我父亲睡着了。"接着，大家向医生介绍了事情的始末情形。

---

[1] 原注认为从字母看可能是指《了解地球》。

191

## 第一四四封信

郁斯贝克致黎加

几天前我去一座乡间别墅，遇见在当地享有盛名的两位学者。我觉得他们两个性格不凡。第一个人语出惊人，他说的话概括起来就是："我所说的都是真的，因为是我说的。"第二个人说的是另一码事了："我没有说的都不是真的，因为我没有说过。"

我比较喜欢头一位学者，因为一个人固执己见我绝不会介意，而如果出言不逊，我就非常反感。第一位是为自己的意见辩护，这是为了他本人的利益；第二位攻击别人的意见，这就牵涉到大家的利益了。

啊，亲爱的郁斯贝克，人要保持天性，虚荣心在所难免，但如果过重，就有害了。虚荣心过重的人总想受人仰慕，结果却令人反感；他们总想高人一等，其实大家不过彼此彼此。

谦虚的人，来吧，让我拥抱你们。你们使生活变得温馨可人。你们认为自己一无所有，而我认为你们无所不有。你们不想让任何人丢面子，而所有人在你们面前都觉得自愧不如。我将你们与那些到处可见、自以为十全十美的人进行比较，按捺不住想把他们从高高在上的位置上揪下来，让他们跪在你们面前。

1720 年舍尔邦月 22 日于巴黎

## 第一四五封信

郁斯贝克致某某

有才华的人通常难以相处，择交甚严，不屑于与他爱称之为"缺乏教养"的大多数人为伍，这种不屑情绪不可能完全不被人感觉得到，因而到处树敌。

他确信只要自己愿意就会讨人喜欢，正因为如此，他常常想不到应该这样做。

他爱评头品足，因为他比别人见多识广，而且感悟力更强。

他几乎总是耗尽自己的钱财，因为他的才智使他比别人有更多的花钱之道。

他成事不足败事有余，因为他经常心血来潮。他总是高瞻远瞩，但看到的都是过于遥远的事情。其次，制订什么计划时，对事情本身会产生的困难他并不怎么在意，所关心的是解决的办法，因为办法是靠他自己的才智拿出来的。

他总是忽视细节，尽管细节几乎决定一切大事的成败。

相反，平庸之辈力求利用一切可以利用的机会，他们觉得这样做即使偶有疏忽也不会一败涂地。

平庸之辈更经常获得普遍的赞扬。人们乐于助平庸之辈一臂之力，而热衷于拆有才华者的台。人们都妒忌有才华的人，对他的一切都不能原谅，相反都愿意帮平庸之辈一把，以满足自己的虚荣心。

有才华的人有这许多不利之处，那么对于学者们的艰苦条件，我们还有什么好说的呢？

我之所以考虑到这个问题，是因为想起一位学者写给其朋友的一封信。这封信是这样写的：


先生：

我是这样一个人：每天晚上用三尺长的望远镜，观察在我们上空运转的天体，想休息一下时，又用显微镜观察小蛆和蛀虫。

我一点也不富有，只有一间卧室，里面连火都不敢生，因为房间里挂着温度计，异常的热度会使之升高的。去年冬天，我差点冻死了。温度计上的温度降到了最低点，提醒我双手会冻坏，我还是没有自乱阵脚。值得欣慰的是，我准确了解了去年一年气温最细微的变化。

我甚少与人交往，所有见到的人，我一个也不认识。但是，斯德哥尔摩有一个人，莱比锡有一个人，伦敦也有一个人，这三个人我从未见过面，而且多半永远不会见面，但我们定期通信，我绝不会错过一个邮班而不给他们寄信。

虽然我在自己所居住的小区一个人也不认识，但我的名声很坏，最终不得不离开那里。五年前，一位女邻居大骂了我一顿，因为我解剖了一条狗，而她声称那条狗是她的。一家肉店老板娘在场，也为她帮腔。女邻居对我破口大骂，肉店老板娘拿石头砸我，连与我在一起的某某医生也不放过。医生额枕骨上挨了重重一击，造成严重脑震荡。

自那之后，只要街头巷尾有条狗丢了，人家便立即认定是被我宰了。一位善良的女市民丢了一条小狗，她说她爱那条小狗胜过爱她的孩子，那天她找到我家来，昏倒在我房里。狗最终没找到，她便把我告到了法院。我相信我永远摆脱不掉这些女人的恶意纠缠，她们会不停地扯开尖嗓门，为十年前死去的狗大唱哀歌，闹得我昏头涨脑。

我真是……


过去所有学者都被指控施行妖术。对此我毫不觉得奇怪。每个人都私下里嘀咕："我充分发挥了天赋的才能，可是某某学者有些方面还是比我强，想必他有什么魔法。"

现在这类指控已经没人相信，人们便变换了手段。如今的学者有很少不被指责不信宗教或奉行异端邪说的。老百姓宽恕他们也没有用。创伤已经造成，永远不会彻底愈合，对他们来讲，这永远是个有病的部位。三十年后，一个对手会来谦和地对他说："我相信当年人家对你的指控纯系莫须有，可是你毕竟被迫进行了辩解。"这样人家又用他的申辩反过来攻击他。

如果他写了一部史学著作，而且他思想高尚，心地正直，那么种种迫害就会落到他头上。人家会就一千年前发生的事，到法院里起诉他。目的是封住他的笔，如果收买不了他的话。

然而他比那班卑劣之徒好。那班人为了菲薄的年金而丢掉良心，却又不肯仅仅为卖一个铜板把骗人的诡计和盘托出；他们推翻帝国的宪政，削弱一个权贵的权力而增加另一个权贵的权力，进贡君主而剥夺百姓，恢复过时的法律，迎合时下横流的欲望和帝王的恶习；更卑劣的是，他们把这一切强加于后世，而后人没有办法证明其谬误。

一位作者遭到这种种侮辱不算什么，他为自己的作品能否成功而一直惴惴不安也不算什么。这部使他付出如此高昂代价的著作终于问世了，它给他招来的是四面八方的攻击。怎么躲避呢？他有某种见解，便用自己的作品阐明自己的见解。他并不知道两百法里以外有一个人发表了完全相反的见解。于是笔战爆发了。

如果他还能获得一点尊重也就罢了。根本不可能。他顶多只能获得与他致力于同一门学术的那些人的尊重。一位哲学家极端轻视满脑子务实的人，而他自己又被记忆力强的人视为胡思乱想的人。至于那些专门以无知为荣的人，他们希望将整个人类像他们自己一样埋葬于遗忘之中。

没有才能之辈以轻视才能来求得补偿，扫除横在他博取功名途中的障碍，从而跟他所害怕取得成就的人平起平坐。

而为了这种不明不白的声誉，还须自甘清苦，戕害健康。

1720 年舍尔邦月 26 日于巴黎


## 第一四六封信

郁斯贝克致威尼斯雷迪


早就有人说过，一位杰出的大臣的灵魂就是公正廉明。

一个普通百姓可以享受默默无闻的好处，他充其量只失信于几个人，其他人并不了解他的底细。可是一位大臣如果不公正廉明，其治下的所有人都是他的审判者。

我敢说，一位大臣不公正廉明，其最大的危害，还不在于他没有很好地侍奉君主，不在于他使民生凋敝，以我之见，还有一个严重千百倍的危害，就是树立了一个坏榜样。

你知道我曾在印度 [1] 游历很久，目睹一个禀性慷慨的民族，由于一个大臣树立的坏榜样，顷刻之间从最下层的百姓到最上层的显贵都彻底堕落了的过程。我

---

[1] 照原注此处暗指法国，即约翰·劳的财政制度崩溃引起普遍道德危机时期的法国。

看到整个民族，其慷慨、正直、纯朴、诚实一向被视为其天赋的品质，却突然之间堕落，成了最劣等的民族，而且恶疾传染，连最健康的成员也不能幸免。最有道德的人干出最卑鄙的勾当，践踏正义最起码的原则，而所搬出的无耻借口，是别人在他之前已经践踏了这些原则。

他们到可恶的法律里为最卑劣的行径寻找依据，把不义和狡诈视为"必需"。

我目睹协议的保证书被勾销，最神圣的条约被撕毁，一切家规被破坏。我目睹贪财的负责者以民众极端贫困而得意，充当疯狂的法律和严峻的时代的卑劣工具，不还钱却装出还清了的样子，然后把刀子捅进恩人的胸膛。

我目睹另外一些更卑鄙的家伙，几乎分文不花，或者不如说从地上捡几片树叶做钞票，换走孤儿寡母们的糊口之食。

我目睹人人心中突然产生了对财富贪得无厌的渴求，顷刻之间人人变得居心叵测，玩弄诡计，以图发财致富，不是通过诚实的劳动和正当的门路，而是以损害君主、国家和同胞来达此目的。

我目睹在这个不幸的世道，善良的公民在就寝之时总要自言自语："今天我使一个人倾家荡产，明天我要使另一个人倾家荡产。"

另一个人也暗自说："我要与一个身穿黑袍、手持文具盒、耳背夹支钢笔的人，去刺杀所有我欠了债和情分的人。"

又一个说："看来我的事情处理得还算顺利。三天前我去收账，搞得一家大小哭哭啼啼，我拿走两个端庄少女的嫁妆，夺走一个小男孩的学费，那个当爹的痛不欲生，当娘的则已忧伤而绝。这一切都是真的，但我的所作所为都是依法行事。"

一位大臣使整个国家伤风败俗，使最高贵的灵魂腐败堕落，使最崇高的尊严暗淡无光，使道德本身黯然失色，使最高贵的门第受到普遍的蔑视，那么有什么罪行还比他的所作所为更加严重呢？

当后代不得不为他们的先辈感到羞愧时，他们会说什么呢？当新生的人民把远祖的铁器与近祖的黄金进行比较时，他们又会说什么呢？我毫不怀疑，贵族们将会从他们的营垒中清除损害贵族声誉的败类，绝不会让现在这一代人陷于这种可怕的绝境而不顾。

1720 年赖买丹月 11 日于巴黎

# 第一四七封信

阁奴总管致巴黎郁斯贝克

事情发展到了令人无法容忍的程度。你的妻妾们以为你不在家，便可以完全不受任何惩罚。这里发生的种种事情令人发指，我要向你禀报的令人痛心的情况，使我自己都不寒而栗。

泽丽丝前几天去清真寺时，听凭面纱掉落，几乎完全抛头露面于众人面前。

我看见贾琪与她的一个婢女睡觉，这种事是内院规矩绝对禁止的。

我非常偶然地发现一封信，现在随函附上，我一直未能查明这封信是写给何人的。

昨天傍晚，我在后花园里发现一个少年男子，跳过围墙逃跑了。

此外还有我不知道的事情。你肯定是被背叛了。我等待你的命令。在有幸接到你的命令之前，我的处境真要命。你如果不把这些女人统统交给我处置，她们中的任何一个我都无法向你担保，而且以后每天都有这样令人发愁的消息告诉你。

1717 年赖哲卜月 1 日于伊斯法罕内院


# 第一四八封信

郁斯贝克致伊斯法罕内院阉奴总管

此信授予你对整个内院无限制的权力。你可以用与我一样的权威发号施令，你走到哪里就让那里的人感到害怕和恐惧，你要逐房逐室进行处罚和惩戒，让所有人都痛心疾首，让所有人都在你面前痛哭流涕。审问整个内院的人，先从奴婢开始，对我所宠爱的人也不要姑息，所有人都要接受你严厉的审判，把最隐秘的勾当揭露于光天化日之下，净化这个被弄得乌烟瘴气的场所，恢复遭到践踏的操

197

守。从现在起，哪怕有人再犯一点小错误，我都要唯你是问。我怀疑你发现的那封信是写给泽丽丝的，你要用锐利的目光去观察这件事。

1718 年都尔黑哲月 11 日于某地

## 第一四九封信

纳尔锡致巴黎郁斯贝克


  尊贵的老爷，阉奴总管刚刚去世了。我是你的奴隶之中最年老的，所以暂时接替他的位置，直到你告诉我你选中了何人。

  总管去世后两天，有人给我送来一封你写给他的信，我没敢拆阅，而是恭恭敬敬将它包好保存起来，恭候你神圣的旨意。

  昨天半夜时分，一个奴隶跑来告诉我他在内院发现一个年轻男子，我赶紧起床去查看，原来是他看花了眼。

  吻你的脚，尊贵的老爷。请你信任我的热忱、经验和高龄。

1718 年主马达·阿色尼月 5 日于伊斯法罕内院

## 第一五〇封信

郁斯贝克致伊斯法罕内院纳尔锡


  你这个不中用的东西，你手头的信里包含着火急而严厉的命令，稍有耽搁就会令我绝望，可你却以无聊的借口，一直安闲自得。

  正在发生一些可怕的事情，我的奴婢之中也许有一半该当死罪。兹寄来阉奴总管去世之前写给我的信。你只需打开寄给他的那封信，就会发现严厉的命令。读读那些命令吧，如果你不遵照执行，你就死定了。

1718 年舍尔瓦尔月 25 日于某地

# 第一五一封信

索立曼致巴黎郁斯贝克

我如果再保持沉默，就会和你内院里的所有罪犯一样有罪了。

我是阉奴总管的心腹，是你最忠实的奴才。阉奴总管生命垂危之时，把我叫去，对我说了这些话："我要死了，在弃世之时我唯一的忧虑，是我发现主子的妻妾们是有罪的。但愿上天保佑，让主子免遭我所预见的种种灾祸！但愿在我死后，我吓人的幽灵会来警告这些背信弃义的女人必须恪守妇道，对她们还能起到威吓作用！这是那些可怕的地方的钥匙。我死后，如果主子还没有警觉，你一定要提醒他啊。"阉奴总管说完这些话，就在我怀抱里断了气。

我知道他在去世之前不久，就你妻妾们的行为给你写的信的内容。内院收到一封信，如果打开，就会造成恐怖。你后来寄来的那封信，在距此地三法里的地方被截走了。我不知道是怎么回事，反正一切都乱了套。

现在你的妻妾们极为放纵，阉奴总管死后，她们似乎可以为所欲为了。只有罗莎娜仍然严守妇道，谨慎稳重。风俗一天比一天败坏，从前盛行于内院的那种朴实严肃的品德，现在在你妻妾们的脸上再也见不到了。这里洋溢着一种新的欢乐气氛，我认为这是某种新欲望得到满足的确凿无误的证据。在一些最小的事情上，我都觉察出前所未有的自由放纵。甚至在你的奴婢之中，无论是履行职责还是遵守规章方面，处处都显示出令我吃惊的懒散。过去那种为你效劳，使整个内院生气勃勃的强烈热情，现在在他们身上再也找不到了。

你的妻妾们到乡下去了八天，住在你最偏僻的一所别墅里。据说照看别墅的奴隶被收买了，在她们到达的前一天，把两个男人藏在正房墙壁的石凹里。晚上等我退出之后，他们才从石凹里出来。目前当我们头儿的那个老阉奴是个笨蛋，人家说什么他信什么。

这许多背信弃义的行为，令我怒火中烧，义愤填膺。如果上天愿意，而你认为我有能力管理，我愿为你的利益效劳，保证使你的妻妾们即使不贤淑有德，至少会忠实于你。

1719 年赖比尔・教外鲁月 6 日于伊斯法罕内院

## 第一五二封信

纳尔锡致巴黎郁斯贝克

    罗莎娜和泽丽丝想去乡下，我认为没有必要拒绝。幸福的郁斯贝克，你有忠实的妻妾和警惕的奴婢。我负责管理的这个地方，似乎是道德选中的一个栖息之所。请放心，这里绝不会发生让你不堪入目的事情。

    发生了一件不幸的事情，令我十分难过。几个亚美尼亚商人到达伊斯法罕，带来你给我的一封信。我派一个奴隶去取，他在归来途中被偷，信丢失了。请速指示，因为我想在这新旧更迭之际，你一定有要紧的事情要通知我。

1719 年赖比尔·敖外鲁月 6 日于法特梅内院


## 第一五三封信

郁斯贝克致伊斯法罕内院索立曼

    我把武器交给你，并把目前我在世上最要紧的事情托付给你，就是为我复仇。担当起你的新职务吧，但切勿带着温情和怜悯。我给我的妻妾们写信，叫她们盲目服从你。她们罪行累累，诚惶诚恐，见到你的目光定会支持不住的。我的幸福和安宁就靠你啦，让我的内院恢复我离开时的样子。但要从惩罚开始，清除有罪的人，让企图犯罪的人发抖。你如能如此出色地效劳主子，你有什么企求他不会满足你呢？你想提高自己的地位并得到你从不敢希冀的报偿，这完全取决于你自己。

1719 年舍尔邦月 4 日于巴黎

## 第一五四封信

郁斯贝克致伊斯法罕内院的妻妾们

但愿这封信像雷霆，在闪电和暴风雨中当空劈下！索立曼是你们的阉奴总管了，他的任务不仅仅是看守你们，还要惩罚你们。整个内院的人在他面前必须俯首听命。他要审判你们过去的所作所为，他要让你们生活在沉重的枷锁之下。你们即使不为自己违背妇道而悔恨，也要为失去自由而懊悔。

1719年舍尔邦月4日于巴黎

## 第一五五封信

郁斯贝克致伊斯法罕奈西尔

一个人懂得温馨宁静生活的全部价值，待在家里享受心灵的安宁，除了自己的出生地，其他任何地方都没去过，他该多么幸福啊！

我生活在野蛮的环境中，令我厌烦的事纷至沓来，令我开心的事一件也没有。我忧伤抑郁，陷于可怕的颓唐之中，感到万念俱灰，只有当心中燃起阴暗的妒忌之火，并产生恐怖、猜疑、仇恨和懊恼时，才重新意识到自我的存在。

你了解我，奈西尔。我的心像你自己的心一样，你向来看得透。你如果知道我不幸的处境，一定会怜悯我。有时我盼望内院的消息一盼就是整整半年，一分一秒地计算着流逝的时光，心情的焦急让我度日如年。可是，当苦等苦盼的那一刻终于到来时，我的心又会突然激动不已，用哆嗦的手拆开决定命运的信。平时那种绝望不安，此时反而变成了自己所企求的最幸福的心境，生怕随着这种心境的破灭，比死亡还残酷千百倍的打击会落到我头上。

不管我是出于什么理由离开了祖国，总之，正是这次远走他乡保全了我的性命，可是，奈西尔，我再也不能继续这种可怕的流亡生活了。长此下去，我岂不是要郁郁而死吗？我许多次催促黎加快离开这异国的土地，可是他反对我的一切决定，以千百种借口留在这里，仿佛他忘记了自己的祖国，或者不如说他把我忘到了脑后，因为他对我的痛苦完全无动于衷。

我太不幸了！我希望再见到祖国，也许那会使我更加不幸！唉，回国后我能做什么呢？这等于把我的脑袋送回去给我的仇敌。不仅如此，我将进入内院，必然要查问我在国外这段令人沮丧的时期内院发生的情况。如果发现有人犯了罪过，我又将如何呢？现在我身在遥远的异邦，每念及此我就无法忍受，一旦真的面对，触目惊心的我又将如何呢？一想起来就会不寒而栗之事，硬要我亲眼看到，亲耳听到，叫我如何是好呢？我将要亲自宣布的惩罚，势必永远成为我的困窘和绝望的伤疤，那我又将如何自处呢？

我将把自己禁闭在高墙之内，那些高墙对我比对被幽禁在里面的女人们更加可怕。各种猜疑压在我的心头，女人们的殷勤也丝毫不能使我的疑虑冰释。躺在她们的怀里，我所享受的却只是不安。在极不宜于思考的时刻，妒忌却使我不得不思考。不配具有人之天性的废物，永远对一切爱情关闭了心扉的卑贱的奴才们啊，你们如果了解我境遇的不幸，就不会为自己的境遇唉声叹气了。

1719 年舍尔邦月 4 日于巴黎

## 第一五六封信

罗莎娜致巴黎郁斯贝克

恐怖、黑暗和不安统治着内院，一种可怕的哀伤气氛笼罩着内院。一个残暴的人时时刻刻在内院大逞淫威。他酷刑拷打两个白人阉奴，可是他们一直坚持说自己是无辜的；他卖掉了我们的部分奴婢，剩下的又逼迫我们互相交换。贾琪和泽丽丝在漆黑的夜晚她们的卧室里受到虐待。这个犯上的家伙居然敢用他卑贱的手打她们。他把我们禁闭在各自的房间里。虽然我们都是单独一人，他还是让我们成天戴着面纱。他不再允许我们相互交谈，我们相互写字条就更是犯罪。

我们除了以泪洗面，再也没有任何自由。

一大群新阉奴进了内院，日夜纠缠我们。他们或是真的有所怀疑，或是假装不放心，经常把我们从睡梦中叫醒。我可以自慰的是，这一切不会持续很久了，这些痛苦将与我的生命一道结束。我不会活很久了，残酷的郁斯贝克，我不会让你有时间来制止这一切侮辱。

1720 年穆哈兰姆月 2 日于伊斯法罕内院


# 第一五七封信

贾琪致巴黎郁斯贝克


啊，天哪！一个野蛮人侮辱了我，连他对我的惩罚方式也意味着侮辱。他施行的是那种让人顿觉羞耻的处罚，让人感到极度屈辱的处罚，把人当小孩子对待的处罚。

我的心灵先是因为羞耻而万念俱灰，渐渐恢复天性的感觉后，便开始发怒。我的叫喊震动了屋顶，外面的人听见我向这个最卑鄙的人求饶，他越是冷酷无情，我越想求他怜悯。

从此，他那粗暴无礼又奴性十足的灵魂便凌驾于我的灵魂之上了。他的存在，他的目光，他的训斥，各种不幸，一股脑儿压得我透不过气来。我独自一人时，至少还可以用眼泪来安慰自己；他一出现在我的视线之中，我就怒不可遏。可是我觉得自己发怒也无济于事，便陷入了绝望。

这个残暴的家伙竟敢对我说，这一切野蛮做法都是出自你的旨意。他企图扑灭我对你的爱情，甚至亵渎我心里的情感。当他说出我心爱的人的名字时，我知道我再也无可申诉，我只有一死了事。

我忍受了你的阔别，以爱情的力量保持着对你的爱。所有夜晚，所有白昼，每时每刻，我的身心，一切，都系恋着你。过去我为我对你的爱情而自豪，你的爱也使我在这里受到尊重。可是现在……不，我再也无法忍受这种受侮辱的处境。

回来吧。如果我是清白的，回来爱我；如果我是有罪的，回来让我死在你的脚下。

1720 年穆哈兰姆月 2 日于伊斯法罕内院

## 第一五八封信

泽丽丝致巴黎郁斯贝克

你在千里之外判我有罪，你在千里之外对我进行惩罚。

一个野蛮的阉奴用他卑贱的手打我，他说他是按你的命令行事；侮辱我的是暴君，而不是施行暴虐手段的人。

你可以随心所欲地加倍虐待。自从我再也无法爱你，我的心平静如水。你的心灵堕落了，你变得残忍了。请相信，你绝不会幸福。永别了。

1720 年穆哈兰姆月 2 日于伊斯法罕内院

## 第一五九封信

索立曼致巴黎郁斯贝克

尊贵的老爷，我可怜自己，也同情你。从来没有一个忠心耿耿的奴仆，像我这样陷入绝望的可怕处境。下面所述，是你的不幸，也是我的不幸。我写此信时，止不住浑身发抖。

我向天上的所有先知起誓，自从你把你的妻妾托付给我，我就日夜监视她们，没有一时一刻掉以轻心。我一履职，便实行惩罚，就是在惩罚停止后，也丝毫没改变我严厉的天性。

可是我啰唆什么呢？干吗向你吹嘘对你无用的忠诚？请忘掉我过去的一切服从，把我视为叛徒吧，以我未能阻止各种犯罪发生为理由惩罚我吧。

罗莎娜，高傲的罗莎娜，啊，天哪！今后还有谁可以信任？你怀疑泽丽丝，而对罗莎娜一百个放心。可是，她那样小心翼翼恪守妇道，竟是一个残酷的骗局，是掩盖她的背信弃义的面纱。我当场抓到她躺在一个年轻男子怀里。那男子见事情败露，便向我扑过来，刺了我两刀。阉奴们闻声赶来，包围了他。他顽抗了很长时间。刺伤了几个阉奴，甚至企图返回卧室，声称要死在罗莎娜面前，但终于寡不敌众，倒在我们脚下。

尊贵的老爷，我不知道是否应该等待你严厉的命令。你责成我为你复仇，我不应该再拖下去了。

1720年赖比尔·教外鲁月8日于伊斯法罕内院

## 第一六〇封信

索立曼致巴黎郁斯贝克

我拿定了主意，要消除你的不幸，动手实行惩罚。

我已经暗暗感到欣喜，我的灵魂和你的灵魂就要获得安宁，我们就要根除罪恶，使无辜的人得到清白。

啊，你们这些人，似乎生来就对自己的各种官能无动于衷，甚至为自己的欲望感到愤慨，觉得自己永远是羞耻和贞洁的牺牲品。我为什么不能让你们成群地拥进这不幸的内院，欣赏你们看到我使这里鲜血横流之后的大惊失色呢？

1720年赖比尔·教外鲁月8日于伊斯法罕内院

## 第一六一封信

罗莎娜致巴黎郁斯贝克

不错，我欺骗了你。我勾引了你的阉奴，嘲弄了你的妒忌，把你这可怕的内院变成了寻欢作乐的场所。

我就要死了，毒药马上要流进我的血管。既然唯一使我留恋生活的人已不在人世，我还留在这里干什么呢？我就要死了，不过有人陪伴我的灵魂飞升，我刚刚打发那些犯上作乱的看守者先于我上路，因为他们使世间最高贵的血液横流。

你怎么会认为我竟如此轻信，以为我活在这世上就是为了仰慕你那变化无常的爱情，而你自己在为所欲为之时却有权扼杀我的全部欲望？你想错了，我是生活在奴役之中，但我始终是自由的；我按照自然的法则改造了你的法律，我的思想一直保持着独立。

你还应该感激我为你所做的牺牲，感激我自甘作践，装出忠实于你的样子，感激我把本应公之于世的东西卑怯地隐藏在心里。总之你应该感激我亵渎了道德，容忍别人把我对你的为所欲为的顺从称为恪守妇道。

你曾因为在我身上看不到丝毫爱的冲动而感到奇怪，如果你真了解我，你会发现我心里充满强烈的憎恨。

可是你长期沾沾自喜，相信像我这样一个人的心早已对你服服帖帖了，我们俩都很幸福。你以为我上当了，其实我在欺骗你。

这种语言你也许觉得挺新鲜吧。怎么可能呢，我在让你受尽痛苦之后，居然还要强迫你欣赏我的勇气？不过，一切都完啦。毒药吞噬了我，我已浑身无力，笔从我手里掉了，我连恨的力气也没有了，我死啦。

　　　　　　　　1720年赖比尔·敦外鲁月8日于伊斯法罕内院

206

《波斯人信札》附录

附录一

# 《波斯人信札》的旧资料

在题为《我的思想》的手稿集子里，孟德斯鸠将他没有用上的一定数量的草稿收集起来，杂乱地放在一起，冠以一个总题目。在巴克豪森版本和德斯格拉夫版本里，这些文字的编号是一六〇九至一六一九。

下面是《波斯人信札》的旧资料片段。其他片段我扔了或者放到了别的地方。

## 西藏王致罗马教廷传信部

你给我派到此间来一个人，他告诉我，他的教会要求他穿黑袍。你给我派来另一个人，他则以身穿灰袍自炫。这两个人相互非常憎恨，虽然都是不远万里而来，一见面却互相谩骂；尽管我的帝国幅员极其辽阔，这两个人却势不两立。我对他们说你们可以把我的帝国分成两半，然后一个向东去，另一个向西去。可是他们两个都不愿意让一个人去了一个地方，另一个人就永远去不了。我承认他们有点数学知识。可是，难道他们就不能如此博学而又不如此疯狂吗？他们对我说，是他们的衣服使他们如此狂怒的，我便叫他们脱掉身上的衣服，换上官服。另外我想，他们根本不与女人交往，所以思想变得鲁莽。故此我决定让他们结婚，给他们每人两个女人，等等。

终于颁布了法令，把那个外国人[1]关进疯人院，而将所有法国人送进收容所。股票和钞票贬值一半。那个外国人大笔一挥，就从臣民手里夺走了三十亿，即相当于旧大陆现有资金的总和，用这笔钱可以买下波斯王国的全部地产。全国上下哭成一片。黑暗和悲伤笼罩着这个不幸的王国。这个王国像一座被攻克或遭受大火浩劫的城市。在这重重灾难之中，只有那个外国人显得踌躇满志，还在谈论要坚持他那祸国殃民的制度。我身居这个绝望的国家，所目睹的尽是落到非基督教徒头上的灾难。风一刮，就卷走了他们的财产。他们虚假的富足幻影般消失了。

1720 年赖比尔·赦外鲁月 21 日于巴黎

你对我说，我们伟大的君主正一心一意想把不容侵犯的公正还给他的臣民，使黎民百姓摆脱达官贵人的压迫，也使达官贵人受到黎民百姓的尊重。光荣永远属于这位慷慨的君主！但愿上天使他的权力和他的公正一样广大无边！

你问我何为摄政。这是一连串落空的计划和一连串互不关联的想法，是关于制度的夸夸其谈，是软弱与强权不伦不类的混合。它肩扛内阁的全部负担却无半点内阁的庄严，其号令从来不是过于刻板就是过于无力，令人时而有恃无恐，抗命不从，时而灰心丧气，毫无信心，可悲的是它朝令夕改，就是弃恶扬善也不能贯彻始终；它是时而僵化时而膨胀的内阁会议，在公众眼里交替出现和消失，其方式不是无声无息就是轰轰烈烈，根据组成它的人员和它所追求的目标，其作风迥然不同。

法国所发生的各种蠢事，有一半是由一顶冠冕引起的。那个觊觎王位者想不惜一切代价弄到这顶冠冕，以为有了它便可以掩盖他为获得这项冠冕而采取的一切丑恶行径。

几乎没有一位君主不为这项冠冕感到荣耀，几乎没有一个无赖不觊觎这项冠冕。它的大红色使一切身份地位混淆不清，并骄傲地与一切身份地位融合

---

[1] 按原注是影射作为财政大臣的苏格兰人约翰·劳。

在一起。

　　记得我们刚到法国时，哈吉伊毕以轻蔑的态度看待法国国王，因为当时有人向他介绍说，法国国王既无成群的妻妾和阉奴，也没有后宫，他所经过的地方人们并不躲开，他在京城出行时，大部分人几乎分辨不出他的马车和一个普通人的马车。

　　《波斯人信札》第一卷第六十四页，我想继续写穴居人的故事。我的想法是：看到所有穴居人喜笑颜开，而他们的君主痛哭流涕，那情景真是非同凡响。第二天，君主出现在穴居人面前，脸上既没流露出愁烦，也没流露出愉快。他似乎一门心思在考虑政务。其实，愁烦吞噬着他，不久便把他送进了坟墓。自古以来，治理过人类的最伟大的国王，就这样溘然长逝了。

　　人们为他哭悼了四十天，每个人都觉得失去了父亲，每个人都说："穴居人还有什么希望呢？我们失去了你，亲爱的君主！你认为自己不配统帅我们，可是上天让我们感到，是我们不配接受你的统帅。但是，我们向你神圣的在天之灵发誓，既然你今生不愿以你的法律统治我们，我们一定以你为楷模做人行事。"

　　需要另择君主。有一件事很令人瞩目，就是已故国王的亲属之中，没有一个人争王位。穴居人便在这个家族所有人中选择了一个最贤明、最公正的人来当国王。

　　到了这位国王统治末期，一些人认为穴居人有必要兴办商业和各种技艺。于是召开了国民会议，决定了此事。

　　国王这样说道："你们当初要我接受王位，认为我的品德足以统治你们。上天可以做证，我继位以来，殚精竭虑，唯一的目标，就是为穴居人寻求福祉。我引以为荣的是，我的王朝没有被任何穴居人的卑怯行为所玷污。而现在，你们对财富的喜爱是否超过了对美德的热爱呢？"

　　一个穴居人说道："王上，我们是幸福的，我们的劳动有丰厚的财富做基础。财富对你的臣民究竟是有害还是有益，这要由你一个人来断定。你的臣民如果看到你重德轻财，便很快也会习惯于这样做。在这方面，你的好恶就是你臣民的好恶的准绳。如果你仅仅因为某人富有而提拔他，或把他视为亲信，那么你肯定会给此人的品德以致命的打击，而且你会使看到这种令人痛心的待遇的人，不知不

210

觉地都成为不讲道德的人。王上，你知道你臣民的道德所赖以建立的基础就是教育。一旦改变这种教育，一些人即使还不敢贪赃枉法，但很快就会为讲道德感到脸红了。

"我们有两件事情要做，就是既谴责吝啬也谴责挥霍。每个人都应该负起管理国家财产的责任，自甘作践，连适当的生活也不敢过的懦夫，应该与挥霍子孙后代财产的人受到同样严厉的裁判。每个公民都应成为自己财产的公平分配者，也应成为别人财产的公平分配者。"

"穴居人，"国王说道，"你们将获得财富，但是如果你们不讲道德，你们将成为世间最不幸的民族。按你们目前的处境，我必须比你们更公正。这是我的王权的标志，我不知道哪里还找得到比这更庄严的标志。如果你们一心力求以本身毫无价值的财富来出人头地，那么我也只能以同样的方法出人头地，以免陷于贫穷而受你们鄙视。这样，我就势必要向你们课以重税，而你们势必要以你们的大部分糊口之资，来维持使我受人尊敬的仪式和排场。现在我的全部财富都是我自己挣来的。到那时你们都不得不为使我富起来而疲于奔命，而你们如此看重的财富，你们却一点也享用不到，它们将统统进入御库。啊，穴居人！我们可以用一条崇高的纽带把我们联系在一起：我讲道德，你们也讲道德；你们讲道德，我也讲道德。"

### 阉奴总管致某地雅奴姆 [1]

愿上天保佑你平平安安返回故土。

你注定要在我所管辖的内院担任一个职务，也许你将在某一天来接替我现在担任的职务，你应该两眼盯住它。

因此，你要趁早培养自己，让主人注意到你。摆出严肃的面孔，露出阴沉的目光，勿多说话，勿露笑意，愁眉苦脸更符合我们的身份。要表面上沉着冷静，但也要不时流露出不安的心情。别等待老年的皱纹来显示晚景的悲凉。

---

[1] 这封信没有收入《波斯人信札》，原因有二：一、内容与其他信件类似；二、这封信不过在重复《波斯人信札》已经阐明的事，我将此信放入附录，是因为我可能使用到其中一些段落，并且信中有一些尖锐的论述。——作者注

有人卑劣地向你讨好你就心软，那可就没有出息。女人们恨我们每个人，恨得要死。你以为这种无法平息的痛恨是我们严厉对待她们的结果吗？唉！她们如果能够了解我们的不幸，也就能够谅解我们的一意孤行了。

不要因为你无可挑剔的正直而自鸣得意。某种正直几乎只适宜于自由人。我们的地位不允许我们讲道德。友谊、信义、誓言和对道德的尊重，是我们时刻应该牺牲的东西。我们被逼不停地工作，以保全自己的性命，避免惩罚落到我们头上，对我们来讲一切手段都是正当的。诡计、欺骗、狡诈，便是我们这些不幸者的道德。

如果有朝一日你爬上了主管的位置，你主要的目标就是要成为内院的主人。你越是专横，就越有办法粉碎报复的阴谋，扑灭复仇的怒火。首先必须摧毁勇气，把一切情欲埋葬于惊愕和恐惧之中。要想获得成功，最可靠的办法是煽动你的主子的妒忌心。你不时向他告发一些小事，让他留心最细微的可疑之处。然后你禀报一些新情况，让他疑窦丛生。有时你要听其自便，让他的思想在一段时间里犹疑不定，尔后你再出现在他面前。这时他很高兴能找到你，来调解他的爱情和他的妒忌。他会向你征求意见。根据你意见的温和或者严厉，你会在那些女人之中找到一个保护人或树一个敌人。

并非任何时候你都可以随意猜疑发生了某种罪恶阴谋。在许多目光严密监视下的女人，不大可能让人一眼看穿而指责她们犯有某些罪行。但是狂热的情思会抓住所遇到的一切对象不放，所以应该窥伺对爱情绝望者所能想出的计谋，从中寻找她们的罪恶。不要害怕说得过火。你可以大胆地捏造。我管理内院这么多年，听到甚至看到过种种难以置信的事情。我目睹过狂热之心所能想出、情魔所能做出的一切事情。

如果你发现你的主子愿意接受爱情的枷锁，你就让他的心专注于他那些女人之中的某一个，对这个女人稍稍放松你平时的严厉，但要把她的对手们控制得更紧，你温和也好严厉也好，都要尽量使她愉快。

但是，如果你发现你的主子对爱情极不专一，像君主一样享用他拥有的所有美女，爱一会儿，扔到一边，然后又回头寻欢，总之朝三暮四，那么你的处境就再好不过了。你主宰着主子的所有女人，就当她们永远失宠一样对待她们，即使她们会得宠，也是随得随失，你根本用不着害怕。

因此，你要促使主子不专一。有时一个姿色极佳的女人会压倒群芳，抓住主子这颗最见异思迁的心。他想摆脱也无济于事，她总有办法让他回到身边。这样不断回心转意，就有两情依依、天长地久的危险。你要不惜代价，砸断这条新锁链：敞开内院的大门，招进大批新对手；让一个专以受宠爱自居的女人混杂于众多佳丽之中，迫使她去争夺其他女人本来已无法保住的东西。

这种策略几乎会使你永操胜券。通过这种手段，你会彻底消耗主子的心，而使他毫无觉察。搔首弄姿不起作用，对天下众生而言如此神妙的千娇百媚，在他眼里更是一文不值。他那些争风吃醋的女人，即使把不可抗拒的手段统统施展出来，试图勾引他，也白费工夫。得不到他的宠爱，她们便只有靠妒忌依恋于他的心了。

你看我对你什么也不隐瞒。我几乎从来没有体验过人称为友谊的这种情谊，而且完全自我封闭，然而你却使我感到自己还有一颗心，对自己管辖的所有奴隶我冷酷无情，却怀着喜悦的心情看着你从小长大。

我悉心教育你，而教育总是伴随着严厉，所以你很长时间不知道我钟爱你。我的确钟爱你，可以说像父亲爱儿子一样，如果这父子之称不是唤起你我可怕的回忆，而是标志着一种温馨而神秘的亲情的话。

### 黎加致郁斯贝克

下面是落到我手里的一封信：

亲爱的表妹：

两个男人紧跟着离开了我。我攻击了你知道的那一个，可是他有一副铁石心肠。我的心天天受辱，气愤难平。

为了吸引住他我什么没做？讲究礼节在我已成习惯，但我还是上百倍地注意礼节。我心里想："仁慈的上帝，过去人家对我说了那么多甜言蜜语，现在我千方百计重修旧好，怎么一点用也没有呢？"

亲爱的表妹，你比我小两岁，而且比我妩媚动人得多。但是我恳求你，不要因为我放弃世俗生活而抛弃我。我向你倾吐了那么多秘密，你也向我倾吐了那么多秘密。三十多年来，我们的友情总能克服你我之间小小的不和。在一个阴谋迭出、利害交织的社会里，这样的不和是在所难免的。

我常常对你说，我曾经那么爱过的这些小主子，我再无法忍受了。他们是那样自鸣得意，对我们却横竖不满。他们把自己的蠢行和面子看得那么高贵……亲爱的表妹，帮帮我，别让我受他们轻视。

我开始对信教者的社团非常感兴趣，它成了我的全部安慰。我还没有与世俗生活彻底决裂，他们还不信任我。但随着我渐渐脱离世俗生活，他们会渐渐接纳我。这种新的生活方式多么温馨啊，丝毫没有尔虞我诈的世俗里的那种纷扰和喧嚣。

亲爱的表妹，我打算全身心地投向他们。我将向他们披露这样一颗心：人们告诉它的一切都在它里面留下了印记。我并不想扑灭自己的全部激情，只是要对其加以控制而已。

有一件事是虔修生活的基本原则，就是要彻底抛弃外在的装饰品。因为，虽然对你我来说，这些装饰品在被我们抛弃之际远比在我们开始使用之时更无害，然而它们总是标志着某种取悦世俗的欲望，而这正是信教者所厌恶的。宗教希望我们带着时间对我们的全部摧残出现在它面前，以表示我们根本不把这些摧残放在心上。我们嘛，亲爱的表妹，我觉得我们还是能够以本来面目出现于世的。我对你说过许多次，你最不经意打扮的时候，正是你最妖媚动人的时候，你很有艺术气质，根本用不着打扮。

但愿这封信能打动你的心，使你从我经过长期斗争而下的决心中受到启发！

再见。


笃信宗教对某些心灵来讲是力量的标志，而对另一些心灵来讲则是软弱的表现。但从根本上讲这没有什么不同，因为一方面它为有德的人增添光彩，另一方面它使无德的人不再堕落下去。

1717 年赖比尔·敖外鲁月 25 日于巴黎

### 郁斯贝克致泽丽丝

你向法官请求离婚。这给你女儿树立了一个什么榜样，给整个内院提供了一个怎样的话柄！你如此不自重，比你表示对我没有多少爱情，还更使我感到侮辱。

你以为你的同伴们为谨守妇道所付出的代价比你小，她们的生活不如你苦？不，无疑不是这样。她们内心所承受的斗争不为人知，她们为取得争风吃醋的胜利所忍受的痛苦秘而不宣。而妇道，即使束缚着她们，在她们身上还总是表现为谦和的举止和安详的态度。

我相信你忍受了禁欲的煎熬。我依靠的是阉奴们的警惕。他们尊重你的年龄，以为你会控制自己的情欲。可是现在他们看到的是情欲支配你，无疑他们还会加倍小心让你不受情欲左右。他们会像你还处在危险的青春期那样对待你，迫使你重新开始接受你已严重背离的教育。

打消你的念头吧，你除了保持对我的爱和悔意，没有别的可指望。我这个人绝不能容忍自己所爱的女人投入另一个男人的怀抱，哪怕我会被视为最不开化的人……

我就不多说了。你了解我的心，明白我的意思。

1718 年都尔黑哲月 1 日于某地

下面几封信是在布雷德的一个皮包里找到的，于 1900 年由巴克豪森发表：

### 黎加致在乡下的郁斯贝克

你待在乡下，而我待在乱哄哄的巴黎。昨天我去了有许多人参加的一次聚会。一个年轻人口若悬河。此前我偶然见过他，了解他举止很无礼，出言很不逊。这一天，他用调侃的方式，想使十五或二十个人丢面子。我趁他沉默片刻的机会对他说："先生，看来在这个地方你不再认识任何人了？""为什么这样问？"他反问道。"我觉得是这样，"我回答，"因为你不再说任何人的坏话了。""你鲁莽得够可以的，"他说道，"我敢打赌，我提到过的人你一个都不认识。""拦路抢劫

215

的人我也不认识，"我回敬道，"然而有人拦路抢劫我总是很生气。你刚才提到的人我都不认识，但是他们都有一个很值得尊敬的优点，就是他们不在这里。"

我的唐突并没有使在场的人不高兴，但也没使这个年轻人变得更谨慎。他开始粗暴地大谈无神论，然后两眼盯住我说道："我肯定先生不同意我说的话。""哪里，"我答道，"你所说的只与上帝有关。这对我没有大的妨碍。在至高无上的上帝眼里你只不过像条虫子，因为上帝无处不在，他知道怎样惩罚你。所以你真叫人可怜。可是看到你破坏了那么多家庭，我马上又感到气愤。"

我觉得，郁斯贝克，存在一些不是庸才的人总是好的，哪怕是堕落呢。他们促使人热爱道德，比最有道德的人还更热爱。恶意中伤的言论反而激励我产生爱心，亵渎宗教的话像听到的圣歌一样使我升向造物主。

1717 年赖比尔·教外鲁月 10 日于巴黎

## 哈吉伊毕致雅龙山上的苦行僧仁希德

幸福的仁希德，神圣的《古兰经》真是没有白白向你传授法则，你从这本圣书最不起眼的话里发现了隐秘的训示。你增加了服从的理由，不断补充希望我们忠实却发现我们软弱的上帝的戒律。

请允许我对你谈谈我的想法。

在宗教方面，争论的问题越小，争论越激烈。争论正是从问题之细微处汲取力量。火缺乏柴薪，但总燃烧着。

你知道我们围绕阿里和阿布贝克所争论的种种微不足道的问题。如果这两位伟人的宗派信徒们在维护他们的观点时，不比这两位伟人维护他们本身的利益时更为激烈，伊斯兰教就风平浪静了。地不会扰乱天，天也不会扰乱地了。最促使人的思想变得激烈的，是在两种宗教仪式上由于狂怒而说的侮辱性的话。尽管这些侮辱性的话非常普遍，因而不可能是针对任何人的，然而一旦两方之中的一方说得太多，连自己也感到反感时，天赋的公道和宗教的怜悯便要求禁止这些话，因为它们不希望对别人说冒犯侮辱的话，而理性希望把这些话变成祈祷。

1720 年舍尔邦月最后一日于巴黎

想了解该国风俗民情的欲望，促使我尽可能地与人交往，不断结识新的朋友。我发现了达到这一目的一个妙不可言的奥秘，就是多听。法国人话多。每个法国人都爱与所有人谈自己的门第、功勋、车马随从、奴仆、财产和红运。找到一个耐心听他谈活的人，他就很高兴。你不知道他的生活事迹，包括一些细节，他就会生气。你伸长耳朵听他说话，他就会成为你的朋友。他如果能使你发笑，就会对你感恩不尽。倘若你记住了他有二十万阿斯普年金、一群猎犬和二十个仆人，他就会永远感激你。你要使自己相信他的职业比别人的职业优越，而且要相信他非常适合于这个职业。这样你就掌握了他心灵的钥匙。

巴黎有三种职业：做一个漂亮女人的职业、做一个有趣女人的职业、做一个假正经女人的职业。

此人深信这些人的不公平，因为他们总是希望讲故事的人给他们乐趣，而不考虑讲故事的人的乐趣。

在德斯格拉夫版本的《我的思想》的附录里，收入了题为《郁斯贝克》的这个片段，编号为二二五三。

西方的书籍里几乎没有古代历史的知识可汲取。远古时期是一片空白，大家都认为应该填补。连废墟都湮灭了，然而还是要建设。

没有历史，人们就拿神话来代替。一如在那些穷国，不得不让最轻的钱币在市面上流通。诗人成了严肃的作者，在他们的国度，人们像聆听最有判断力的历史学家一样聆听他们的声音。

那不是人类的历史，那是神的历史。随着时代变得不那么野蛮，那些神变成了英雄。这些英雄的孩子们就全是人了，因为人们对待孩子比父亲更亲近一些。于是神话的时代结束，历史的时代开始了。

我们说不清历史时代是在怎样的混乱状态发现了神的诞生。神话学家无论是在观点上还是在指导思想上，都分成对立的两派。一派比较严格，区分每一个神，但对多神并不反感；另一派比较机敏，总希望简单化，将一些神和另一些神混为一谈。

诗人属于第一类人，哲学家属于第二类人。但极少有什么哲学家愿意担负困难的任务，把迷信整理成体系，把不断被诗人的偏离、画家的奇想、教士的吝啬和迷信者异常丰富的想象弄得混淆不清的东西整理得条分缕析。但这并不是这场永久性争讼的唯一分支。一派人比较粗，愿意一切从字面去理解；另一部分人比较细，认为一切都有寓意，把一切归结为伦理和自然。

反叛的哲学家希望限制神的出奇多的数量，因为其数量之多甚至已经转化为物质的抽象名称。但是，那些赋予自然以生命的人与使整个自然神化的神学家之间，有什么重大区别呢？

在《我的思想》里，同样发现了下面这封信的草稿（一八九八号）：

据说反叛者穆维在波斯正取得惊人的进展，四面八方的黎民百姓都跟随他。

时至今日，我们的历代君主肆无忌惮地运用权力，严重蔑视人性，致使真主允许黎民百姓感到厌倦，让他们起来摆脱过于沉重的枷锁，这就不足为怪了。庶民的处境多么不幸！他们几乎没有合法的手段来防止自己遭受悲惨的欺凌。他们实际上有理，形式上总没有理。

就随便拿国家某些动乱的历史来说吧。可以打赌，一千次有九百九十九次根源在于君主或其大臣。黎民百姓天生是胆小怕事的，而且其胆小怕事是有理的，不消说他们会正面攻击手里掌握着可怕权力的人，就连抱怨也不敢啊。

在波斯，我们对我们经常运用的这条准则深信不疑：在各省发生的纠纷中，王室总判定是黎民百姓反对拥有君主所授权力的人。

事实上，专制的权力绝不应该授受，专横的命令绝不应该专断地执行。一位不公正的君主，其意志哪怕是最专制的，执行者也应该按照最严格的公正的准则去执行，这才是维护了这位君主的利益。

泰米索尔·德·圣-亚辛特 1745 年在《荒诞报》（一份在阿姆斯特丹印刷的周报）第五期发表了八封波斯人的信，他拥有这八封信的抄件。这八封信后又被伊丽莎白·加莱约发现，她可以证明其真实性。《荒诞报》发表的第二封信，相当于孟德斯鸠在 1754 年的《补篇》中发表的第九十一封信，除有几处细微的不同。《荒诞报》发表的第五封信，是《〈波斯人信札〉的旧资料》中那封关于阉奴的信的再版。《荒诞报》的第六封信则是那封关于卖弄风情和虔诚信教的信的再版，同样属《旧资料》系列。《荒诞报》的第三封信相当于《真正的历史》第四部分的一个段落（见《孟德斯鸠全集》第一卷，巴黎七星社 1949 年版，第一卷第四四六—四四七页），请参看伊丽莎白·加莱约《被遗忘的波斯人的信》，载于《法兰西文学史杂志》1965 年 1 月至 3 月号，第十五至二十六页。

## 一

### 郁斯贝克致士麦那伊本的信

我对基督教徒极不信任，在他们身边时，我总是心存戒备。

我知道一些事情，它们给我留下很坏的印象。甚至那些最循规蹈矩的人的一些习惯做法，也令我生疑。

对这样一些人你怎么看？他们每个礼拜都要强制自己变得诚实，厚颜无耻地去对主说："主啊，忘掉过去吧，过去五十年我一般每个礼拜都要骗你，但是这回再试一试，咱们重新开始吧。"

阿里的子孙们一生中都要去麦加朝圣一次。他们一生中的这一次就要奉献出自己财产的十分之一，但不会以新的罪过和新的赎罪去纠缠仁慈的真主。对真主永远未了的旧债使他们忐忑不安，担心又欠下新债，达到不可饶恕的地步，走到耗尽真主的仁慈的极限。

1713 年赖哲卜月 28 日于巴黎

## 三

### 郁斯贝克致某地某某一信的片段

不知怎么搞的，一天一个土耳其人遇到了一个食人肉者。"你们真残忍，"这位穆斯林说道，"你们吃在战争中抓到的俘虏。""那么你们抓到的俘虏干什么用？"吃人肉者问道。"我们把他们杀死，但杀死后并不吃。"

为了这一点点事情而使自己有别于野蛮人是值得的。从一些几乎无关紧要的习俗中我们发现了野蛮，但我们没有发现践踏人类的全部准则、扼杀所有怜悯之情的习俗。

1713 年舍尔邦月 10 日于巴黎

## 四
### 哈吉伊毕致雅龙山苦行僧仁希德的信

我要告诉你，仁希德，从士麦那到马赛不堪忍受的行程中，我真是心痛欲裂，四十天之中我有两天一次祈祷也没做。风朝我所乘的船刮得越猛，我就越处于无法向真主祷告的状态。我越是需要真主的慈悲，就越是无法祈求。我暗自嘀咕，说不定我会像一个异教徒死在这里，就算能够活着吧，但不管处于什么状态，人不断被颠簸得连一刻都无法祈祷，这样我在麦加的朝圣有什么用呢？

有时我注意天气，高兴地看到风浪平静下来了，但经过自省，我发现自己还没有平静下来，心里升起的那种既愉快又不安的感觉，阻止我亵渎那个自己想颂扬的神圣的名字。

我对自己的戒律只抱有一腔毫无效果的热情，这种状态要持续到什么时候？怎么搞的，我以一颗纯洁的心，竟然无法完成戒律给我规定的事情？难道我根本不存在于这静止不动的大地上，不配对真主顶礼膜拜，与诸神一道切磋商讨？幸福的仁希德，你祈祷时是站在雅龙山上，先知转身面向人间时，他的目光首先就是投向那里。

神圣的《古兰经》真没有给你白白规定戒律。从这本圣书一些毫不起眼的话里，你发现了一些深藏的训诫。由于你不断地修行，这本书仿佛变厚了。你增加了顺从的理由，而不把自己局限于几条刻板的说教。那个向我们规劝的人，本来可以不规劝而是命令，他力图让我们忠心耿耿时，却发现我们意志薄弱，而你倒是严格地遵从了他的规劝。

1713 年赖哲卜月 25 日于巴黎

# 七

## 郁斯贝克致某地某某的信

最早的英雄都是行善的，他们保护旅行者，清除人间的妖怪，兴建有益的工程，如海格立斯[1]和忒修斯[2]就是这样。

后来的英雄就只是勇敢了，如阿喀琉斯、埃阿斯、狄俄墨得斯[3]；再后来的英雄都是一些伟大的征服者，诸如菲利普、亚历山大等。

最后他们都变成了多情郎君，一如传奇故事中的英雄。

现在的英雄我就不知道是干什么的了，他们完全受变化无常的运气支配。人们利用一个帝国就像一个农民利用他的土地一样，从中攫取尽可能多的东西。要打仗也是打有酬劳的仗，仅仅为了获得能提供献纳金的土地。过去人们所称的荣耀、桂冠、战利品、凯旋、胜利花冠，现在都变成了现钱。

1717 年赖比尔·敕外鲁月 3 日于巴黎

# 八

## 黎加致某某的信

在宗教方面，争论的缘由越轻微，争论就越激烈。缘由越小，它动力越足。火缺少柴薪，但总燃烧着。

德国被千百种纷争搞得动荡不安。天主教和新教的毛拉们都还比较谨慎，没有到处煽风点火。欧洲最优秀的人物一年来一直在努力结束纷争。在心平气和的时期，只需一刻钟问题就可解决。

如果事关两个宗教的基本原则问题，这种纷争也许是能平息下去的。但现在根本不是那样重大的问题，而是要弄清楚六个耶稣会修士或六位大臣是谁违背了

---

[1] 又译为海拉克勒斯，希腊、罗马神话中的英雄，以大力勇武著称。

[2] 雅典国王，以杀死牛首人身怪兽而闻名。

[3] 阿喀琉斯即那位除脚踵外浑身刀枪不入的希腊英雄，埃阿斯为伊利亚特战争中的希腊英雄，狄俄墨得斯为特洛伊战争中的希腊英雄。

教理。 整个德国都要为这六个耶稣会修士或六位大臣的荣誉而战了。

对思想刺激最严重的，莫过于新教徒的经书里一句针对天主教徒的侮辱性的话。 天主教徒要求删去这句话，新教徒拒绝。 两方都愚不可及。

令人惊讶的是，天主教徒硬是觉得这句侮辱性的话冒犯了他们，其实这是一句很一般的话，不会对任何人造成伤害，只是说得太多自己感到受了冒犯。 更令人惊讶的是，新教徒拒绝删去这句话。 天赋的公正和宗教的怜悯希望不要对别人说冒犯侮辱的话，而理性希望把它们变成祈祷。

1720 年舍尔邦月最后一日于巴黎

附录二

# 关于《波斯人信札》的几点思考

没想到《波斯人信札》使人觉得像一种小说，这是它最成功的地方。读者看到它有开端、发展和结局。不同人物都处于把他们联系起来的一根链条之中。随着他们在欧洲逗留的时间越长，世界这部分地区的风俗，在他们的脑子里就不再显得那么不可思议，那么稀奇古怪了。而这种不可思议和稀奇古怪，随各个人性格的不同，曾给每个人留下不同程度的强烈的印象。另一方面，郁斯贝克离开的时间愈长，他内院的混乱就愈加剧烈，也就是说怨愤日益强烈，爱情日益淡薄。

再说，这类小说一般都能获得成功，因为是自己讲述自己正身临其境的事情，这就比人们所能写的任何故事都更能让人感受到激情。这也是自《波斯人信札》问世以来，有几本引人入胜的作品[1]获得成功的原因之一。

还有，通常的小说不允许离题，除非你是要另写一本小说。通常的小说也不能夹杂议论，因为所有人物都不是为了发表议论而集合在小说里的。小说中夹杂议论，有悖于作品的意图和性质。但是，在书信这种形式中，登场的人物都不是预先挑选的，所谈论的话题不受任何预先拟订的计划或提纲约束，作者便于把哲学、政治和伦理道德融于小说之中，把一切用一条神秘的，亦可说未知的链条联

---

[1] 指模仿《波斯人信札》而写的作品。

结起来。

《波斯人信札》一出版，发行量就非常大，所以书商千方百计想得到该书的续篇，他们逢人便说："先生，请给我写一本《波斯人信札》吧。"

但是，我前面所讲的话足以说明，《波斯人信札》不可能有续篇，更不可能有出自其他人之手的信混入其中，不管那些信写得多么巧妙。

许多人认为，这本书里有些描述太大胆了。不过，请这些人注意这部作品的性质。在书中扮演重要角色的波斯人，都是突然身处欧洲，或者可以说身处另一个世界的。因此，在一定时间之内把他们描写得无知和充满成见，就在所难免。我们所着眼的全在于观察他们的种种想法的产生和发展。他们最初的想法应该是稀奇古怪的，所以我们没有别的办法，只能把他们写成稀奇古怪的人，才能使之与他们的想法相协调。我们只需描述他们看到每件不可思议的事物时的感觉。我们根本就没想到这会涉及我们的宗教的某项准则，甚至没有想到这样做是不谨慎的。这些描述总是伴随着惊奇和诧异，而不是伴随着审视的念头，更不是伴随着批判的念头。这些波斯人谈论我们的宗教，和谈论我们的风俗习惯时一样无知，他们有时觉得我们的教义很奇怪，那是因为他们完全不了解这些教义与其他真理之间的联系。

做出这种解释，是出于对这些伟大真理的热爱，与对人类的尊重不相干，我们无疑不想从最脆弱的地方给人类以打击。因此，请读者时刻把我所提到的这些描述，视为某些人所表现出的惊诧的情状，抑或某些根本不感到惊奇的人的奇谈怪论。读者诸君请注意，本书的全部引人入胜之处，在于真实的事物与观察这些事物之新奇、逼真和怪诞的方式之间始终存在的反差。《波斯人信札》这本书的性质和意图如此开诚布公，无疑使它骗不了任何人，除非有人甘愿自己骗自己。

孟德斯鸠

附录三

# 孟德斯鸠生平年表

1689 年　1 月 18 日，夏尔·德·塞孔达在拉布莱德古堡出生。

1696 年　10 月 16 日，夏尔·德·塞孔达的母亲在生下一个女儿三个星期之
　　　　后去世。

1700 年　夏尔·德·塞孔达进入居伊社团奥拉托利会。

1705 年　夏尔·德·塞孔达离开居伊社团。

1708 年　夏尔·德·塞孔达获得法学业士和学士学位之后，被接受进入波尔
　　　　多最高法院当参事。他居住在巴黎至 1713 年。关于他这段时期的情
　　　　况，人们知之甚少。

1713 年　10 月 15 日，夏尔·德·塞孔达的父亲去世。

1714 年　夏尔·德·塞孔达成为波尔多最高法院议员。

1715 年　4 月 30 日，夏尔·德·塞孔达迎娶出身于富有的新贵族家庭的雅
　　　　娜·拉蒂格为妻。新娘带来十万利弗尔的陪嫁。

1716 年　2 月 10 日，儿子让－巴普蒂斯特出生。
　　　　4 月 3 日，波尔多科学院接纳夏尔·德·塞孔达。
　　　　4 月 26 日，伯父去世，夏尔·德·塞孔达继承其财产，以及其波尔
　　　　多最高法院副院长之职和"孟德斯鸠"男爵的爵位。
　　　　同年，发表《论罗马帝国的宗教政策》。

| | |
|---|---|
| 1717 年 | 女儿玛丽出生。 |
| | 孟德斯鸠发表重新进入波尔多科学院的演说。 |
| 1718 年 | 业余从事科学研究，撰写多篇论文：《论回声的原因》和《论肾腺功能》等。 |
| 1719 年 | 孟德斯鸠在《新墨丘利》报上发表《古代和现代世界自然史纲要》，呼吁各国学者尽可能向他提供资料。 |
| 1720 年 | 论文《论物体重力的原因》和《论物体透明的原因》发表。 |
| 1721 年 | 《波斯人信札》一炮打响。 |
| 1723—1724 年 | 在摄政王逝世时，孟德斯鸠撰写《色诺克拉底致费莱斯的信》，假托"阿尔卡迈纳"这个名字，勾画出菲利普·德·奥尔良的肖像。 |
| 1724—1725 年 | 发表《尼德神殿》。这首散文诗被认为是译自古希腊一位作者的作品，包括七首短"歌"，而这些短歌又分为一系列洛可可式小图画。 |
| 1725 年 | 孟德斯鸠继续撰写道德小品，大部分是为波尔多科学院撰写的。发表作品《论职责》《论尊重与声誉》《关于激励我们从事科学的动机》。 |
| 1726 年 | 孟德斯鸠卖掉他法院副院长的职位。9 月底，孟德斯鸠将从 1724 年就开始写作的《西拉和欧克拉特的对话》寄给他的朋友贝尔。 |
| 1727 年 | 2 月 23 日，女儿德尼丝出生。 |
| | 孟德斯鸠为选入法兰西科学院进行宣传。 |
| 1728 年 | 1 月 5 日，孟德斯鸠当选为法兰西语文学院院士。同月 24 日，他发表加入法兰西科学院演说。院长马勒接见他，并请他尽快使"他的著作公众化"，以说明他为什么能当选。 |
| | 4 月 5 日，孟德斯鸠开始其伟大的游历，在贝尔维克元帅的侄子瓦尔德格拉夫勋爵陪同下出发去维也纳。孟德斯鸠从维也纳出发，经过格拉茨，抵达威尼斯。8 月 29 日，与约翰·劳就其"制度"进行谈话。在米兰逗留一个月（9—10 月）；在都灵、热亚那做短暂逗留。11 月，从热亚那渡过斯佩齐亚湾，在佛罗伦萨逗留。 |

1729年　1月19日，孟德斯鸠抵达罗马，直到7月初才离开罗马。这次逗留
　　　　期间偷闲去了一趟那布列斯。孟德斯鸠在布洛涅停留之后出发去德
　　　　国，相继抵达茵斯布鲁克、慕尼黑、奥格斯堡、法兰克福、汉诺威，
　　　　参观哈茨山煤矿。10—11月，在荷兰逗留，然后渡海去英国。

1730年　逗留伦敦，与知识界和政治界人物的大量接触。孟德斯鸠入选王家联
　　　　谊会，同时被共济会接纳。

1731年　5月，孟德斯鸠回到波尔多。他带回一些旅行日记以及关于他所参观
　　　　的国家的笔记。他写了一些关于煤矿的论文，对欧洲普遍存在的君主
　　　　制和关于几位君主的性格及其生活中的一些事件进行了思考；他似乎
　　　　模仿吕西安的《真正的历史》着手写一本关于青年的书。尤其他开始
　　　　写一本"关于罗马人的书"。

1734年　《罗马盛衰原因论》面世。孟德斯鸠全身心投入他的"关于法律的书"。
　　　　唯一穿插进行的是《阿尔萨克和伊斯梅尼克的东方史》（成于1742年）
　　　　及一些短情诗，偶尔写一些四行诗。

1741年　"我每天为我的《法律》工作八小时"。

1742年　2月2日，"对我来讲，随着我的作品的增加，我的精力日渐衰退。
　　　　然而我将近写好了十八本书，还有八本有待修改"。
　　　　孟德斯鸠因双眼白内障，工作很不方便。

1746年　11月，孟德斯鸠把自己描绘成"一个可怜的人，跌倒了，到处碰壁，
　　　　不认识任何人，永远不知道跟谁说话"。

1748年　《论法的精神》在日内瓦巴里约出版社出版，未署作者姓名。

1751年　戈尔蒂埃神父在《确定蔑视宗教的〈波斯人信札〉》一文中，攻击孟
　　　　德斯鸠年轻时的著作。

1753年　孟德斯鸠写《趣味漫笔》一文，发表于《百科全书》第七卷（1757年）。

1754年　孟德斯鸠出版《波斯人信札》的修订本，增加了一个《补篇》，其中
　　　　包括一些"思考"，驳斥戈尔蒂埃（未点名）。

1755年　2月10日，孟德斯鸠因"热病"死于巴黎。